Georg Unterholzner

Schlachttage

Für Angelika

Georg Unterholzner

Schlachttage

Kriminalroman

rosenheimerkrimi

Die Handlung dieses Romans ist frei erfunden. Eventuelle Ähnlichkeiten der Romanfiguren mit lebenden oder toten Personen sind nicht beabsichtigt, ebenso wenig eine Beschreibung der Verhältnisse in tatsächlich existierenden Institutionen, Organisationen oder Vereinigungen.

Besuchen Sie uns im Internet:
www.rosenheimer.com

2. Auflage
© 2011 Rosenheimer Verlagshaus GmbH & Co. KG, Rosenheim

Sonderausgabe für Reader's Digest:
Verlag Das Beste GmbH, Stuttgart, Zürich, Wien

Lektorat: Karin Janßen, Hilde Gar, Dr. Bettina Maurer,
Dr. Daniela McLaughlin, Dr. Sandra Schönreiter
Satz: Bernhard Edlmann Verlagsdienstleistungen, Raubling
Titelfoto: © Thomas Weitzel – Fotolia.com
Autorenportrait: Patrick la Banca
Druck und Bindung: GGP Media GmbH, Pößneck
Printed in Germany

ISBN 978-3-475-54112-4

Inhalt

Kapitel I

Der Unfall

»Ja – die Schlickin hat jetzt auch sterben müssen. Fünfund-sechzig Jahr' ist sie bloß g'worden. In der Kirche hat man sie die letzte Zeit oft g'sehen. Grad als wenn sie g'wusst hätt, dass es bald dahingeht mit ihr.«

Die Bäckin meinte betroffen schauen zu müssen, aber Fräulein Amalie, die Pfarrersköchin, fuhr ohne eine Ge-denksekunde fort: »Und so saudumm muss das zugegan-gen sein. Ist ihr doch glatt bei dem starken Wind letzte Woch eine Dachplatte auf den Kopf g'fallen, und sie war sofort maustot.« Sie packte umständlich die gekauften Brezen und Semmeln in ihren bauchigen Einkaufskorb.

»Und es ist sicher ein Unfall g'wesen?«, fragte die spindeldürre Bäckin und nahm den Fünfmarkschein der Pfarrersköchin entgegen. »Bei uns war nämlich ein Poli-zist und hat g'fragt, ob wir ihm nähere Auskünft' über den Tod der alten Bäuerin geben könnten.«

»Der Herr Pfarrer sagt, dass sich die Polizei um ihre Angelegenheiten kümmern und anständige Leut in Ruh lassen soll.« Die korpulente Amalie zählte das Wechselgeld nach und ließ es dann in ihrem zierlichen Geldbeutel ver-schwinden. »Er möcht ja nicht behaupten, dass alle seine Schäflein Engel sind, aber bei uns ist ein Unfall ein Unfall, sagt er. In Deining wird anständig g'storben, um'bracht wird da keiner.«

Mit diesen Worten und einem knappen Gruß verließ sie den Laden.

Max und ich kauften je eine Eiswaffel und zwei Pfund Knödelbrot, das wir meiner Mutter mitbringen sollten. Dann setzten wir uns auf die Treppe vor der Bäckerei und aßen das Eis langsam und bedächtig. Anschließend nahmen wir unsere Räder und schoben sie den schmalen Kiesweg zum Pfarrhof hinauf. Ich wollte den Pfarrer Schoirer bitten, ob er nicht Max und mir während der Pfingstferien Nachhilfestunden in Griechisch und Latein geben könnte.

»Komisch ist das schon mit dieser toten Bäuerin«, bemerkte Max, kurz bevor wir das Pfarrhaus erreicht hatten.

»Was soll da komisch sein?«, gab ich mürrisch zurück. »Vor ein paar Tagen ist der alten Schlickin eine Dachplatte auf den Kopf g'fallen und sie ist an den Verletzungen g'storben. Fertig«

Aber Max gab sich damit nicht zufrieden. Ich kannte ihn nun schon mehr als drei Jahre. Hinter jedem Schlaganfall vermutete er eine Vergiftung und hinter jedem Verkehrsunfall ein angeschnittenes Bremsseil. Bis vor einem halben Jahr hatte er jede Woche mindestens einen Krimi gelesen und mir anschließend die Fehler in den Ermittlungen geschildert. An keinem Kommissar in den Kriminalromanen ließ er ein gutes Haar. Lediglich Hercule Poirot hielt er für einen akzeptablen Kriminalisten, der die Details bei den Verbrechen angemessen beachtete.

Seit einigen Monaten hatte sein Interesse an Verbrechen aber zunehmend nachgelassen. Er hatte eine Freundin, Isabell, ein blondes Juristentöchterchen aus Solln. Hübsch war sie – keine Frage –, aber zickig wie ein Zwergpinscher.

Sie konnte mich vom ersten Augenblick an nicht leiden. Ich sie auch nicht.

Am eisernen Gartentor des Pfarrhofs angekommen, läutete ich, und bald erschien Fräulein Amalie.

»Was wollt ihr? Der Pfarrer hat keine Zeit.« Sie war eine sehr resolute Person und zeigte mit keiner Geste, dass wir uns erst vor zehn Minuten gesehen hatten.

»Grüß Gott, Fräulein Amalie«, begann ich mutig, denn sie schien im Augenblick geradezu sanftmütig. »Das ist mein Freund, der Max. Der will nämlich Geistlicher werden und möcht' aus dem Grund beim Hochwürden vorsprechen.«

Augenblicklich zog es ihre fleischigen Lippen auseinander, die sie gerade noch streng zusammengepresst hatte. Und weil sie ihre hellblauen Augen beseelt gen Himmel richtete, bemerkte sie nicht, wie Max mir den Ellbogen in die Rippen stieß. Die kleine Notlüge war aber notwendig gewesen, sonst wären wir an diesem weiblichen Zerberus niemals vorbeigekommen.

»Ja, das ist natürlich etwas anderes«, lispelte sie. »Kommt nur rein, ich setz auch gleich einen Kaffee auf.«

»Ich mag keinen Kaffee«, stieß Max hervor und schaute ärgerlich in den Boden.

Fräulein Amalie stellte sich taubstumm und lächelte weiter. Sie führte uns hinter das mit Efeu bewachsene Pfarrhaus, wo der gut sechzigjährige, korpulente Priester in seiner schwarzen Soutane auf der Veranda saß und eine Zigarre paffte. Den Kragen des strengen Priestergewandes hatte er geöffnet, die Ärmel aufgestrickt und die mächtigen Füße auf einen Hocker gelegt.

»Gelobt sei Jesus Christus«, grüßte ich den Geistlichen.

»In Ewigkeit, amen«, entgegnete er mürrisch und sah missmutig zu uns her. Max sagte kein Wort.

»Herrschaftzeiten, Amalie, ich hab doch g'sagt, dass ich heut nimmer g'stört werden möcht«, schimpfte der Pfarrer in Richtung Haushälterin.

Doch Amalie hatte beschlossen, uns zu mögen. Ihr nicht enden wollendes Lächeln schien den Pfarrer jedoch noch mehr zu reizen. »Du weißt genau, was heut noch alles ansteht. In zwei Stunden muss ich die Maiandacht halten und danach zum Schafkopfen. Und die Grabred für die tote Schlickin schreibt sich auch nicht von allein.«

Die Sache mit den Nachhilfestunden stand ungünstig, und ich beeilte mich, meine Anliegen vorzutragen: »Ich wollt fragen, ob Sie mir und dem Max«, dabei deutete ich auf meinen Freund, »in den Ferien ein wenig Nachhilfe geben könnten.«

Ich musste aufpassen, dass der geistliche Herr jetzt nicht anfing zu schimpfen. Wenn er sich einmal gegen die Nachhilfe ausgesprochen hatte, konnten wir die Sache vergessen. Jeder im Dorf kannte seine Sturheit.

Schoirer ließ seinen massigen Körper in den alten Korbsessel zurücksinken und nörgelte: »Die Herren Studiosi brauchen also kurz vor Ende des Schuljahres noch eine gute Note, und der alte Dorfpfarrer hat kaum was zu tun. Der hat leicht Zeit, dass er mit ihnen die unregelmäßigen Vokabeln wiederholt.«

Nickend zog er an seiner schwarzen Zigarre, hielt sie dann vor sein breites Gesicht mit den ausgeprägten Hängebacken und sah sie versonnen an.

»Es geht nicht um eine gute Note, sondern ums Überleben«, meinte Max flapsig.

Er hatte es gleich schon für eine saublöde Idee gehalten, zu dem Geistlichen zu gehen. Langsam nahm der Pfarrer die Hand mit der Zigarre zur Seite und sah mit schiefem Kopf interessiert zu meinem Freund hin.

»Ums Überleben geht's also.« Er lachte leise und schüttelte den massigen, schlohweißen Kopf. »Nein, nein, mein junger Freund. Ums Überleben is' bei der alten Schlickin 'gangen. Aber da hat nix g'holfen. Sie hat sterben müssen. Ein Mordsloch hat sie im Kopf g'habt. Genau hier, haben die Feuerwehrleut g'sagt, die die Leich geborgen haben.« Er deutete unter seinen auffallend tiefen Haaransatz in die Mitte der Stirn. »Bei euch geht's bloß um Noten oder vielleicht ums Durchfallen. Gar so ernst sollt man solche Sachen nicht nehmen.« Aufmerksam musterte der alte Priester meinen Freund. »Aber das Wichtigste in der Schul und im ganzen Leben ist der Wille. Wenn einer nicht lernen mag«, redete er Max direkt an, »dann hilft sowieso nix, auch keine Nachhilfe.«

Jetzt zeigte er ein weises Lächeln, mit dem er uns andeutete, dass für ihn die Unterhaltung beendet war. Ich musste es schaffen, zumindest einen Termin für die erste Stunde zu bekommen. Alles Weitere würde sich dann von allein ergeben. Der alte Pfarrer war meine letzte Hoffnung.

»Wie ist denn das Unglück mit der Schlickin überhaupt passiert?«, lenkte ich von unserem eigentlichen Anliegen ab. Vielleicht kamen wir über Umwege doch noch ins Geschäft.

»Ein halbes Vordach ist ihr letzten Mittwoch auf den Kopf g'fallen. Heut ist die Leich aus der Gerichtsmedizin 'kommen, und morgen ist die Beerdigung.«

Von dem Vordach wusste ich bereits, von der Obduktion nicht.

»Gerichtsmedizin?«, wiederholte ich ungläubig.

»Da hat sich bloß ein Polizist wichtig machen wollen«, raunzte der Pfarrer. Mit einer einladenden Handbewegung deutete er Max und mir endlich an, dass wir uns auf die Hausbank an der Längsseite des Gartentisches setzen sollten. »Saudumm muss es zugegangen sein, dass sie g'storben ist. Aber es war halt ein Unglück, wie schon so viele g'schehen sind. Und bei dem Verhau auf dem Schlicker Hof ist es kein Wunder, wenn jemand von einer Dachplatte erschlagen wird. Seit der alte Schlick tot ist, hat auf dem Hof keiner mehr was gerichtet, wahrscheinlich ist nicht einmal mehr anständig aufg'räumt worden. Eine Schand ist das.«

»Aber Sie haben doch g'sagt, dass es ein Unfall war«, warf Max ein. »Warum ist die Tote dann in die Gerichtsmedizin gekommen?

»Ich hab diese Obduktion für einen ausgemachten Schmarrn g'halten und tu es immer noch. Aber ein übergenauer Kriminalbeamter, so ein Tüpferlscheißer, hat offensichtlich darauf bestanden, dass die Leich von der alten Frau untersucht wird.« Der Pfarrer schaute jetzt freundlicher, das Schimpfen hatte ihm gutgetan. »Zum Zeitpunkt des Unfalls war jedenfalls niemand auf dem Hof. Der Sohn der Schlickin ist erst am Abend heimgekommen. Der war beim Wirt. Wer hätt die alte Frau denn umbringen sollen? Und warum?«

Kopfschüttelnd zog er an der dunklen Zigarre. Nach zwei vergeblichen Zügen setzte er sie ab und schaute enttäuscht drein. Sie war ausgegangen.

»Nun zu eurem Anliegen: Dem Kaspar hab ich ja früher schon einmal Nachhilfe in Latein gegeben. Das ist aber schon ein paar Jahr' her.«

Ich nickte und dachte an eine schwierige Phase in der fünften Klasse zurück. Nur mit Hilfe unseres Dorfpfarrers, zu dem ich in den Schulferien kommen durfte, wurde ich in die sechste Klasse versetzt.

»Mir macht das Lehrerspielen sogar Spaß, wenn ich ehrlich bin.« Mit flinken Augen schaute er Max und mich abwechselnd an. »Also. – Morgen Vormittag ist die Beerdigung, anschließend der Leichenschmaus. Nach meinem Mittagsschlaf – also um drei Uhr – könnt ihr kommen. Passt das?«

Es handelte sich dabei um keine Frage, sondern um eine Feststellung. Ich nickte und erhob mich, denn das Gespräch war nun wirklich beendet. Max und ich verabschiedeten uns und verließen den Pfarrhof. Unsere Räder lehnten am Gartenzaun. Wir schoben sie den schmalen Gehweg bis zur Hauptstraße. Dort stiegen wir auf und fuhren schweigend nach Hause.

Seit den Weihnachtsferien war Max in der Schule immer schlechter geworden. Er war nie ein besonders guter Schüler gewesen, doch seit er Isabell kannte, hagelte es Fünfer und Sechser. In Latein und Griechisch stand er inzwischen auf einer glatten Fünf. Wenn kein Wunder geschah, musste er die Klasse wiederholen. Trotzdem strengte er sich kein bisschen an. Auch seine Eltern waren nicht in der Lage, ihn zu größerem Fleiß zu bewegen. Das gab immer nur Streit, wie mir seine Mutter einmal sagte.

Maxls Vater hatte mir hinter dem Rücken seines Sohnes zweihundert Mark Prämie in Aussicht gestellt, wenn sein

Sprössling die Klasse wider Erwarten doch noch schaffen sollte. Die gemeinsamen Pfingstferien bei mir zu Hause auf dem abgeschiedenen Einödhof hielt Herr Stockmeier für die letzte Chance, denn in Wolfratshausen beim Bräu hatte mein Freund zu viel Ablenkung.

Doch auch die ländliche Idylle auf unserem Hof schien nicht den gewünschten Erfolg zu bringen. Max saß oft stundenlang über seinen Büchern, ohne zu klagen. Wenn man ihn jedoch anschließend den Stoff abfragte, den er hätte lernen sollen, hatte er davon keine Ahnung. Er träumte vor sich hin, ganz gleich ob er in ein Latein- oder ein Griechischbuch schaute.

Wenn ich nicht im Zimmer war, um ihn zu überwachen, sah er aus dem Fenster, und jeden Abend schrieb er einen Brief an seine Isabell.

»Wie viel muss ich lernen, dass der Pfarrer uns weiterhin gewogen bleibt?«, fragte Max und riss mich damit aus meinen Überlegungen.

»Wie meinst du das?«

Wir waren gerade daheim angekommen. Ich stieg vom Rad und schob es in die Garage. Max folgte mir und redete unbekümmert weiter.

»Dass ich die Klasse nicht mehr schaffen kann, steht doch fest. Aber der Pfarrer weiß sicher noch eine ganze Menge Details über die Schlickin und die näheren Umständ' ihres seltsamen Todes. Bei den Nachhilfestunden können wir ihn ganz nebenbei nach den Einzelheiten fragen. Das ist doch viel spannender als Latein und Griechisch.« Ich muss ihn fragend angeschaut haben, denn er fuhr schnell fort: »Ich hätt es dir schon früher sagen sollen, es hat sich aber bis jetzt keine Gelegenheit dazu ergeben.«

Er wurde sehr ernst und sah betroffen zu Boden. Was nun kam, fiel ihm nicht leicht.

»Ich werd die Klasse nicht schaffen, Kaspar, und das weißt du genauso gut wie ich.« Jetzt schaute er mir für einen kurzen Moment in die Augen. »Und wenn ich ehrlich bin, will ich das auch gar nicht. Ich will nach dem Schuljahr raus aus dem Internat und eine Lehre als Bierbrauer machen. In ein paar Jahren verdien ich genug Geld und heirat die Isabell. Dann können sich meine Eltern auf den Kopf stellen mit ihrem ewigen ›Sei doch vernünftig‹ und ›Zuerst musst du aber an deine Ausbildung denken‹. Sollen sie mich halt enterben, wenn ihnen was nicht passt. Mir ist das wurscht.«

Ich war entsetzt. War es möglich, dass mein Freund die schlechten Noten mit Absicht geschrieben hatte?

»Und ich? Was soll mit mir werden?«, brach es aus mir heraus.

»Aber Kaspar«, versuchte Max mich zu beruhigen. »Wir bleiben doch Freunde, auch wenn ich nicht mehr in unserem Internat bin. Bloß dass wir uns nicht mehr so oft sehen.«

»Darauf kann ich scheißen!«

Das konnte er doch nicht machen. Max war mein bester Freund, wahrscheinlich sogar mein einziger. Mit ihm verbrachte ich im Internat die meiste Zeit und saß sowohl in der Schule als auch im Studiersaal neben ihm. Im Schlafsaal hatten wir die Betten nebeneinander. Ich konnte nicht glauben, dass er in wenigen Wochen aus meinem Leben verschwunden sein sollte.

Und daran war nur Isabell schuld, diese Ziege. Vom ersten Augenblick an hatte ich gewusst, dass sie nicht gut war für Max. Und jetzt hatte sie ihn ganz auf ihre Seite gezogen.

Nachdem wir die Räder ohne ein weiteres Wort aufgeräumt hatten, gingen wir in die Küche, und Max aß ein paar Rohrnudeln, die vom Mittagessen übrig geblieben waren. Ich hatte keinen Appetit und las den Sportteil in der Zeitung. Die Löwen hatten das letzte Saisonspiel gegen Braunschweig verloren. Bei denen lief es momentan auch nicht gut.

Anschließend ging Max in mein Zimmer, wo auch sein Bett stand. Er wollte einen Brief an Isabell schreiben. Treffen konnte er sie in den Pfingstferien nicht, weil sie zu einer Tante nach Bonn gefahren war.

Er erwartete seit Tagen Nachricht von ihr und fragte oft, ob der Postbote schon da gewesen wäre. Max hatte ihr meine Adresse gegeben und befürchtete, dass sie diese zu Hause vergessen haben könnte. Doch auch in dem Fall musste langsam Antwort von ihr kommen, denn sicher hatte sie sein erster Brief schon erreicht.

Während der letzten Monate im Beusl hatte ihm Isabell jede Woche mindestens einen Brief geschrieben. Diese Funkstille seit Anfang der Pfingstferien wunderte meinen Freund, und er beklagte sich darüber täglich bei mir. Als Ersatz las er immer wieder die alten Briefe seiner Liebsten, die er in einem verschließbaren Kästchen unter seinem Bett aufbewahrte. Den Schlüssel dazu trug er an einem Kettchen um den Hals.

Kapitel II

Die Beerdigung der Schlickin

Mein Vater hatte beschlossen, dass auch Max und ich zur Beerdigung der alten Schlickin gehen sollten. Man hatte die Frau gekannt, und es gehörte sich, ihr die letzte Ehre zu erweisen.

Ich zog meinen dunklen Sonntagsanzug an, und mein Vater band mir seine alte schwarze Krawatte um. Max bekam einen Anzug von meinem älteren Bruder Hans, der ihm natürlich zu klein war, denn Max war über einen Meter neunzig groß und überragte meinen Bruder um Haupteslänge.

Mein Freund war heute sehr ruhig und abwartend. Er hatte sich nicht einmal beschwert, dass er in die Kirche gehen musste. Irgendetwas arbeitete in ihm, das war zu spüren. Ich hatte noch keine Gelegenheit gehabt, ihn auszuhorchen, aber seine gedämpfte Stimmung kam entweder davon, dass Isabell immer noch nicht geschrieben hatte, oder von seinem Interesse an der toten Schlickin. Mit der Schule hatte er ja bereits abgeschlossen, daran konnte es nicht liegen.

Eine Viertelstunde vor Beginn der Messe fuhren wir, Vater, Mutter, Max und ich, in unseren alten VW Käfer gepfercht zur Beerdigung nach Deining.

Es war ein warmer Frühsommertag, und als wir im Dorf ankamen, strebten bereits einige schwarz gekleidete

Leute zum Kirchhof. Wie es der Brauch war, gingen wir zuerst zum Leichenhaus, wo die Tote aufgebahrt lag.

Auf dem Weg dorthin erinnerte ich mich verschwommen an die alte Schlickin, eine dunkelhaarige, große Frau. Sie war eine fremdartige Erscheinung gewesen, und ich kannte niemanden, der sie besonders gemocht hätte.

Meist hat sie ihren Kopf so stolz und aufrecht getragen, als hätte sie einen Stock verschluckt. Es sah merkwürdig aus, wenn sie den Hals zusammen mit dem Kopf drehte, der restliche Körper aber starr blieb wie aus Beton gegossen. Ihre Körperhaltung erinnerte oft an einen Vogel Strauß.

Sie sprach kaum mit jemandem aus dem Dorf, und wenn, dann von oben herab und ohne ihn anzusehen.

Als ich sie jetzt im offenen, reich beschlagenen Eichensarg im Leichenhaus liegen sah, war ich zutiefst erschüttert. Nichts erinnerte mehr an die knochige Arroganz der lebendigen Schlicker Bäuerin, nichts mehr an ihre spröde Unnahbarkeit.

Die blassgelbe Haut ihres mageren Gesichts schien straff gespannt. Der Mund stand halb offen, als würde sie gerade einen klagenden Laut ausstoßen. Man konnte gut sehen, dass sie nur noch wenige Zähne hatte. Die große, gebogene Nase überragte das Gesicht, eingefasst von den vorspringenden, markanten Wangenknochen. Einzig die geschlossenen Augen und die vor der Brust gefalteten Hände demonstrierten ein wenig Ruhe, die man einem toten Menschen doch wünschte. Die dunkelbraunen Haare waren, anders als zu ihren Lebzeiten, weit in die Stirn gekämmt und von einer Spange in dieser Position gehalten.

Man hatte die Haare wohl mit Absicht so frisiert, da unter dem Haaransatz die tödliche Verletzung sein sollte, wie der Pfarrer von den Feuerwehrleuten wusste. Ein Sparrennagel vom Dachstuhl soll ihr die Schädeldecke durchschlagen haben, tief ins Gehirn eingedrungen sein und sie so getötet haben. Diese Version hatte uns mein Vater gestern Abend erzählt. Er wusste die Einzelheiten von einem Gespräch am Stammtisch.

Ich stand nur einige Augenblicke vor dem offenen Sarg der Schlickin, bis ich mein Weihwasser gespendet und mich bekreuzigt hatte. Dann wurde ich von meiner Mutter weitergeschoben, um den Angehörigen mein Beileid auszusprechen.

Der Reihe nach gab ich nun den Verwandten der Verstorbenen die Hand und murmelte monoton: »Herzliches Beileid!«

Ich kannte nur den Sohn der Verstorbenen. Er hieß Stefan, wurde aber von allen Steffl genannt. Er war lang und hager und hatte tief liegende, beinahe schwarze Augen, die oft unruhig flackerten. Das kastanienbraune Haar trug er streng gescheitelt auf einem langgezogenen, mageren Kopf, den er meist etwas nach vorne gebeugt hielt.

Die dunkelhaarige Frau neben dem Steffl musste seine Schwester Theresia sein. Sie sah ihm sehr ähnlich und war genauso schlank und beinahe so hochgewachsen wie er. Doch was bei ihm schlaksig und ungelenk wirkte, sah bei ihr knöchern und unnahbar aus. Dabei hatte sie ein interessant geschnittenes Gesicht mit hohen Wangenknochen wie ihre Mutter. Um die Augen herum waren aber mehr Falten zu sehen, als es bei einer knapp vierzigjährigen Frau zu erwarten war. Sie stand aufrecht da und reichte einem

Kondolenten nach dem anderen kühl die Hand, wobei sie vermied, ihrem jeweiligen Gegenüber in die Augen zu schauen.

Ihr Bruder dagegen weinte hemmungslos. Immer wieder schüttelte es ihn, und dann wandte er sich einige Augenblicke vom Sarg ab, um sich zu schnäuzen und die Tränen mit einem großen Taschentuch abzuwischen. Steffl war überhaupt der Einzige, der auf dieser Beerdigung echte Trauer zeigte.

Neben dem Geschwisterpaar stand ein feister, rundgesichtiger Mann mit Glatze und korrekt ausrasiertem, hellblondem Oberlippenbart. Dieser Schnurrbart schien auf seiner vorstehenden, überdimensionierten Unterlippe aufzuliegen, welche von Zeit zu Zeit leicht zitterte. Er war etwas kleiner als Theresia, zu der er immer wieder hinsah. Als ich ihm die Hand gab, wunderte ich mich über seinen kraftlosen Händedruck, der nur einen Moment dauerte. Ich spürte, dass er auffallend kleine, weiche Hände hatte. Er konnte kein Bauer oder Handwerker sein.

Von den übrigen Trauergästen kannte ich die meisten, denn sie kamen aus dem Dorf. Etwas abseits in einer Gruppe standen der Viehhändler Schwarz, seine Frau und ein modern gekleidetes, dunkelhaariges Paar, das ich noch nie gesehen hatte. Diese vier Leute unterhielten sich still miteinander, bis die Totenmesse begann.

Während des Gottesdienstes war die Kirche nicht einmal halb gefüllt. Das war ungewöhnlich für die Beerdigung einer großen Bäuerin. Bei manchen Beisetzungen reichte der Platz in der Kirche nicht aus, und ein Teil der Trauergäste wartete das Ende der Messe vor der Kirchentür ab.

Ich musste während der Trauerfeier immerzu an den Anblick der Toten denken, an ihre geschlossenen Augen und den halb geöffneten Mund.

»Grad so, als hätte sie den Hinterbliebenen noch etwas sagen wollen«, dachte ich. Dann verwarf ich den Gedanken aber wieder. Was hätte einem eine Tote noch sagen wollen?

Die Trauerfeier war bald zu Ende. Kein Chorgesang, ein wenig Orgelspiel vom Herrn Hauptlehrer Greiner und eine eher laue und kurze Totenansprache von Herrn Pfarrer Schoirer. Max saß im Kirchenstuhl neben mir. Als ich zu ihm hinüberschaute, war ich höchst erstaunt. Er hatte eine Seite mit unregelmäßigen lateinischen Verben aus der Grammatik herausgerissen und in das Gebetbuch gelegt. Leise hörte ich ihn flüstern: »Vincere, vinco, vici, victum – siegen.«

Nach der Trauerfeier gingen wir zusammen mit meinen Eltern zum Totenmahl. Der Postwirt hatte schön hergerichtet. Es gab eine gute Leberknödelsuppe und anschließend gemischten Braten. Nach dem Essen unterhielten sich die Trauergäste angeregt. Max und ich warteten einen günstigen Augenblick ab, dann verschwanden wir. Vor der Wirtschaft rissen wir uns zuerst die engen Krawatten vom Kragen.

»Ist das fad da drin.« Max schnaufte erleichtert aus und streckte seinen sehnigen, langen Körper, wobei es ihm die zu kurzen Hosen bis zu den Waden hochzog.

»Jetzt wird geratscht, bis es am Nachmittag Kaffee gibt. Mit so einer Beerdigung ist der ganze Tag hin.« Ich hatte in diesen Dingen durch die Teilnahme an zahlreichen Taufen, Hochzeiten und Begräbnissen Erfahrung.

»Und so lange bleibt der Steffl dann hier?«, wollte Max wissen.

»Freilich.«

»Dann ist jetzt niemand auf dem Schlickhof?«

»Ich kann mir nicht vorstellen, wer da noch sein sollte!«

»Aha.«

Er hatte etwas vor. Ich kannte ihn.

»Du, Kaspar. Wenn da heut Nachmittag keiner ist, dann könnten wir uns die Unfallstelle doch einmal in aller Ruhe anschaun. Um drei Uhr ist erst die Nachhilfe beim Pfarrer. Wir haben also noch gut zwei Stunden Zeit.«

Ich zuckte die Achseln. Natürlich hatten wir genug Zeit. Aber ich wusste nicht, was wir auf dem Hof Interessantes sehen sollten.

Plötzlich wurde die Eingangstür vom Wirtshaus aufgestoßen, und heraus kam die ganz in schwarze Seide gekleidete Tochter der Toten, die auf dem Friedhof neben ihrem weinenden Bruder gestanden war. Sie beachtete uns mit keinem Blick, obwohl wir keine drei Meter von ihr entfernt standen. Nervös nestelte sie an ihrem Kragen herum und verschaffte sich Luft, indem sie einige Knöpfe an ihrem teuren Gewand aufmachte. Nun traten auch der Steffl und der glatzköpfige, dicke Mann mit dem müden Händedruck aus der Tür.

»Das ist ja zum Hinwerden da drin«, schimpfte Theresia laut vor sich hin. Ihre hohe, schrille Stimme klang abstoßend. »Und der Gestank von diesen billigen Stumpen. Zum Davonlaufen!«

Max und ich flohen vor dieser unangenehmen Person und verzogen uns in den Wirtsgarten, wo einige hölzerne Tische und Bänke standen.

»Was ist denn das?«, fragte Max und deutete auf einen lang gezogenen Holzbau am Rande des Biergartens.

»Das ist die alte Kegelbahn«, erklärte ich. »Als Kegelbub kann man da Geld verdienen. Wenn die Kegler b'soffen sind, gibt's immer ein gutes Trinkgeld.«

Max war fasziniert von dem alten Gebäude. Über den podestartigen Eingang ging er zu der hölzernen Tür. Er drückte die Klinke – und wirklich – die Kegelbahn war nicht zugesperrt.

Flink war Max in dem Holzbau. Ich folgte ihm zögernd und schloss die Tür hinter mir.

An den tiefen, unregelmäßigen Längskerben in den starken Eichenbohlen, auf denen die Kugeln rollten, sah man, dass die Bahn schon seit längerer Zeit ohne große Reparaturen in Gebrauch war.

»Da könnt man ja genauso gut auf einem Kopfsteinpflaster kegeln«, meinte Max spöttisch. »Die Kugel geht doch eh dahin, wo sie mag. Auf einer solchen Bahn braucht man eher Glück als Können.«

Er schüttelte den Kopf und grinste.

Ich wusste genau, was er hören wollte. Ich sollte die Kegelbahn von seinem Vater, dem Bräu von Wolfratshausen, loben. Der hatte vor zwei Jahren seine Bahn modernisieren lassen. Dort wurden jetzt sogar die Turniere der umliegenden Vereine ausgetragen. Kegelbuben brauchte man dort nicht mehr, weil die Kegel an dünnen Seilen hingen und automatisch aufgestellt wurden, wenn eine Runde zu Ende war.

Gerade als ich anfangen wollte, diese technischen Errungenschaften als neumodischen Unfug abzutun, hörten wir ein lautes Knarzen vor der Tür. Wir sahen uns in die Augen. Wer das wohl sein mochte? Da hörten wir die unangenehm schrille Stimme von vorher.

»Schau mich gefälligst an, wenn ich mit dir red.« Das war eindeutig die Tonlage von Steffls Schwester. Nach einer kurzen Pause begann sie erneut zu keifen, nun lauter: »Bist du unsere Mutter jetzt endlich los. Da freust du dich aber. Stimmt's?«

Einige Augenblicke war nichts zu hören. Dann knarzte es erneut. Eine zweite Person war unter das Vordach getreten.

»Red nicht so laut, Theresia«, sagte eine dünne, monotone Männerstimme. »Nicht dass jemand mitbekommt ...«

»Schiss hat er, der Herr Bruder. Schiss, dass uns jemand hört. Aber warum denn? Hast vielleicht gar Angst um deinen guten Namen?« Wieder machte sie eine kurze Pause, um dann lauter und noch bissiger fortzufahren. »Aber da brauchst du keine große Angst mehr zu haben, Steffl. Der ist nämlich schon beim Teufel, wie vieles andere auch.« Sie lachte verächtlich. »Wenn du kein solcher Schlappschwanz wärst, tät ich dir sogar zutrauen, dass du die Mutter umgebracht hast. So gern, wie ihr zwei euch die letzten Jahre gehabt habt, wär's kein Wunder. Aber für einen Mord hast du nicht die Courage. Dafür hängt dir der Arsch zu weit unten.«

Wieder hörten wir dieses abstoßende Lachen und anschließend ein paar Schritte.

»So schlimm, wie du sagst, war's gar nicht«, verteidigte sich der junge Schlick. »Die Mutter war halt ein bisschen exaltiert. Ein wenig seltsam, notabene. Wenn du weißt, was ich meine. Aber gerade die letzte Zeit«, ich meinte, den Steffl laut schnaufen zu hören, »haben wir uns recht gut verstanden. Über Mamas Krankheit haben wir gewissermaßen zueinander gefunden.«

›Der redet vielleicht geschwollen daher‹, dachte ich. Max hatte wohl denselben Eindruck und hielt sich die rechte Hand vor den Mund, als Zeichen, dass er gleich loslachen könnte.

»Notabene«, fuhr der junge Schlick fort. »Wir haben erst jüngst, also vor zwei Wochen, einen Kredit bekommen. Erstklassige Konditionen. Mama hat sich bei der Raiffeisenbank für mich eingesetzt. Jetzt steig ich ins Zuckerrübengeschäft ein. Ganz groß.«

»Hast du das g'hört, Julius? Mein cleverer Bruder steigt ins Zuckerrübengeschäft ein.« Wieder hörten wir ein Knarzen, eine dritte Person war dazugekommen. »Das heißt, dass du die Aktien von der Zuckerrübenfabrik in Regensburg umgehend verkaufen musst. Wenn mein Bruder irgendwas mit Zuckerrüben zu tun hat, dann geht es mit der ganzen Branche bergab. Denn alles, was er bis jetzt angefangen hat, ist schief gegangen. Und wie!« Wieder bellte sie ihr Lachen. »Die Staatgutanzucht, die Lohndrescherei, einfach alles. Du hast halt Dreck an den Fingern, mein lieber Steffl. Und was immer du vorhast, geht den Bach runter.«

Nun war ein dünnes, meckerndes Männerlachen zu hören.

»Aber Theresia. Der Kredit. Ich bin wieder liquide. Notabene. Und jetzt in Zuckerrüben. Das wird eine exorbitante Sache. Da ist viel Geld zu machen. Glaub mir.«

»Wo wir grad beim Geld sind.« Die Stimme seiner Schwester bekam einen gefährlich lauernden Unterton. »Wann krieg ich denn meinen Erbteil? Der Hof ist ja noch nicht übergeben worden. Also – wann kriegen wir das Geld wieder, das dir mein Gatte in den letzten Jahren geliehen hat für deine – wie hast du gesagt – exorbitanten Unternehmungen?«

»Aber Theresia, tu dich nicht versündigen. Die Mutter ist noch keine drei Stunden im Grab, und du kommst schon mit solch profanen Dingen daher.«

»Wer hat denn mit den profanen Dingen angefangen? Wer hat denn angefangen mit dem Kredit und damit, dass es jetzt aufwärts geht?«

»Ja, schon.« Der junge Schlick wusste nicht recht weiter. »Aber die Erbschaft ist eine ganz andere Sache. Und so was braucht seine Zeit. Überlegung. Ruhe. Notabene.«

»Und den Schwarz, oder?«, bemerkte eine hohe Männerstimme. Sicher gehörte sie dem glatzköpfigen Mann, der während der Beerdigung neben Theresia gestanden und mit dem Geschwisterpaar die Wirtschaft verlassen hatte.

Der Schlick erwiderte nichts. Die letzte Bemerkung schien ihn tief getroffen zu haben.

»Wenn du meinst«, zischte seine Schwester nach einer kurzen Pause, »dass der Viehhändler Schwarz sein Geld vor uns kriegt, dann hast du dich geschnitten. Zuerst sind wir dran. Verstanden?«

Bei den letzten Worten hatte sie in die Bretter gestampft, dass es laut dröhnte.

Abrupt beendete sie nun die Unterhaltung: »So – und jetzt gehen wir wieder rein zu den Trauergästen. Richtig traurig über den Tod von der Mutter schaut von denen keiner aus, bloß zum Fressen und Saufen sind sie gekommen. Aber es muss alles seine Ordnung haben. Schließlich soll es im Dorf nicht heißen, dass unsere Mutter zweiter Klasse beerdigt worden ist und sich die Kinder nicht um einen anständigen Leichenschmaus gekümmert haben.«

Wir hörten sie davongehen.

»Die Theresia – das ist aber eine Scharfe.« Max legte sich die linke Hand an den Hals und verdrehte dazu die Augen, als wollte er sich selbst erdrosseln. Er war sichtlich beeindruckt. »Und im Geschäft – da tut sie immer so gespreizt und vornehm.« Max spitzte seinen Mund zu einer Schnute und versuchte, eine vornehme Dame nachzuahmen. »Also würklich, meine Gnädigste, das Trachtendürndl kombüniert ausgezeichnet müt der Pürlenkette.«

Ich musste lachen. »Sag mal, Max, kennst du die Schwester vom Steffl etwa näher?«

»Natürlich kenn ich die ›rasse Resi‹, wie der Papa sie nennt. Das ist doch die Frau vom Korrer, dem Goldschmied in der Marktstraße in Wolfratshausen. Ihr Mann ist der blonde Fettbatzen, der bei der Beerdigung neben ihr gestanden ist. Der mit der Glatze und dem ranzigen Schnurrbart auf der Wackelunterlippe. Wenn der Korrer sich aufregt, schlägt seine Unterlippe aus wie ein Geigerzähler in einem Atomkraftwerk.«

Nachdem sich Max durch den Türspalt versichert hatte, dass die Geschwister wirklich weg waren, verließen wir die Kegelbahn. Ich ging zurück in die Wirtschaft und sagte meinen Eltern, dass es dem Max und mir im Wirtshaus zu langweilig wäre und wir uns ein wenig im Ort umschauen wollten. Anschließend würden wir den Pfarrer besuchen.

Nun marschierten wir los zum Schlicker Hof. Wegen der Hitze hängten wir uns die Anzugjacken über die

Schulter. Den ganzen Weg lang wechselten wir kein Wort. Ich dachte über das Gehörte nach. Die Tochter der Verstorbenen hatte gesagt, dass ihr Bruder einen Grund gehabt hätte, seine Mutter umzubringen. Es ging offensichtlich um viel Geld. Max machte sich sicher ähnliche Gedanken.

Von Deining zum Schlicker Hof sind es etwa eineinhalb Kilometer in östlicher Richtung. Nach einer guten Viertelstunde waren wir da. Vorbei an zwei alten, verrosteten Mähdreschern kamen wir zu dem gewaltigen Hofgebäude.

»So ein Saustall«, murmelte Max und schaute sich auf dem Hofgelände um, wobei er die Schultern hochgezogen und die Hände tief in den Hosentaschen vergraben hatte.

Die Unglücksstelle, das eingestürzte Vordach des ehemaligen Kälberstalls, war nicht schwer zu finden. Dort musste die tote Schlickin gelegen haben, als sie von ihrem Sohn letzten Mittwoch gefunden worden war.

Max zog die Hände aus den Hosentaschen, strich die schulterlangen, rotblonden Locken nach hinten und setzte sich in Bewegung. Der Haufen aus Dachziegeln, abgebrochenen Sparren und Dachlatten war knapp einen halben Meter hoch. Max untersuchte die Stelle, war aber mit dem Ergebnis offensichtlich nicht zufrieden.

»Nix zu sehen«, murmelte er. »Hier sind keine Spuren von einem Unfall. Kein Blut, keine Haare. Überhaupt nix.«

»Was suchst du denn eigentlich?«, fragte ich ihn aus einigen Metern Entfernung.

»Einen Hinweis auf das Unglück. Aber wahrscheinlich haben die Sanitäter und danach die Polizei keinen Stein auf dem anderen g'lassen. Die haben sicher alle Spuren verwischt.«

»Dann können wir ja wieder gehen.« Ich wandte mich rasch um.

»Nicht so schnell«, meinte Max. Er war mit seinen Untersuchungen noch nicht fertig.

»Die Leiche der Schlickin ist also hier g'funden worden«, murmelte er. »Zumindest wenn es stimmt, was die Leute erzählt haben.« Er hatte vorsichtig einige Dachziegel zur Seite gelegt. »Die unteren Platten sind schon vor längerer Zeit runterg'fallen. Da wächst Moos drauf. Erst die obere Schicht ist frisch. Die liegen noch nicht lange da, wahrscheinlich erst seit letzter Woche.«

Max räumte noch ein wenig in dem Haufen herum. Dabei schaute er immer wieder nach oben zum Rest des Vordachs, wo durchgefaulte Latten und angebrochene Dachplatten fadenscheinig über seinem Kopf hingen.

»Aber irgendwas stimmt bei der G'schichte nicht.« Max war jetzt sehr konzentriert. Er redete eher mit sich selber als mit mir. »Die Alte geht doch nicht hierher, stellt sich auf den Haufen herunterg'fallener Platten und wartet, bis das Dach endgültig zusammenbricht und sie erschlägt.« Max drehte sich zu mir um. »Das stinkt, Kaspar. Ich sag dir: das stinkt.«

Nun hörte ich ein Motorengeräusch und lief zum Eck des Kälberstalles.

Von dort sah ich einen weißen Mercedes, der trotz der vielen Schlaglöcher in der Zufahrtsstraße zügig näher kam. Einen solchen Wagen hatten nur der Tierarzt und der Viehhändler Schwarz.

Da wir keine gute Erklärung für unseren Aufenthalt auf dem Schlicker Hof gehabt hätten, versteckten wir uns hinter dem alten Plumpsklo. Wegen des fürchterlichen

Gestanks, den wir die nächsten Minuten zu ertragen hatten, war unschwer zu erkennen, dass der Abort noch benutzt wurde.

Schwungvoll fuhr das Auto in den Hofraum und bremste abrupt.

Der Fahrer stieg aus, die Beifahrerin blieb sitzen. Beide hatte ich auf der Beerdigung gesehen. Es waren der Viehhändler Schwarz und seine Frau.

Der große, schlaksige Mann ging mit langen Schritten zum Unglücksort und hielt dort kurz inne, dann drehte er sich um und besah sich kopfschüttelnd die geräumige Hoffläche, in deren Mitte ein Haufen verrosteter landwirtschaftlicher Maschinen war. Zwischen den Maschinen wuchsen Brennnesseln.

»Da können wir wieder fahren, Frau«, rief er mit lauter, selbstbewusster Stimme. »Die Maschinen kann der Steffl alle wegschmeißen oder dem Alteisenhändler geben. Das Einzige, was hier einen Wert hat, ist das Gebäude. Mit Einschränkungen. Und die Grundstücke halt.«

»Ist denn niemand da?«, hörten wir die Frau vom Beifahrersitz aus fragen.

»Der Steffl ist noch beim Leichenschmaus«, entgegnete der Mann und schlenderte zurück zum Fahrzeug. »Und sonst wohnt hier ja keiner.«

Max und ich kauerten immer noch an der Rückseite des Aborts, obwohl der Gestank an diesem warmen Sommertag schier unerträglich war. Schließlich hörten wir eine Autotür zufallen und den Dieselmotor starten. Wir zogen uns noch weiter hinter unsere stinkende Deckung zurück, um nicht gesehen zu werden, falls der Wagen in unsere Richtung fahren sollte.

Das Auto stieß jedoch ein Stück zurück, machte eine enge Wendung und verließ den Hofraum in Richtung Deining.

»Der Schwarz hat noch nie einen Anstand g'habt«, stieß ich hervor und richtete mich auf. »Kommt der einfach daher und schaut sich den Hof an wie eine Sau, die ihm jemand zum Kauf angeboten hat. Dabei ist die alte Schlickin erst ein paar Stunden im Grab. Kannst dir so was vorstellen?«

»Willst du damit sagen, dass du den Mann in dem Mercedes kennst?« Max pfiff leise durch die Zähne. »Und wie heißt er? Schwarz?«

Ich nickte.

»Ist das vielleicht der Schwarz, von dem mein Vater schon erzählt hat? Der soll ein rechter Bazi sein.«

Ich nickte, dann stürzten wir eilig aus unserem Versteck und atmeten, froh über die frische Luft, tief durch.

Das Anwesen war mir gleich schon verwahrlost erschienen, aber jetzt sah ich weitere Details. Der Putz war quadratmeterweise von den Mauern gefallen. Die meisten Fensterläden hingen schief oder fehlten ganz. Sie lagen da, wo sie eben aus ihren Verankerungen herausgebrochen waren. Jetzt wurden sie von den zahlreichen Brennnesseln überwuchert. Viele Fensterscheiben, sogar einige vom Wohnhaus, waren zersprungen.

»Hast du so einen Saustall schon mal g'sehen?«, fragte ich Max.

Der schüttelte grinsend den Kopf. Ihm schien es hier zu gefallen, aber wahrscheinlich gefiel es ihm überall, wo sich kein Schulbuch befand. Langsam schlenderten wir in Richtung Stall. Jetzt erst bemerkten wir die Feinheiten.

Neben dem Misthaufen lag ein alter Kochtopf, direkt daneben eine abgebrochene Mistgabel, bei der man aufpassen musste, dass man nicht in einen Zinken hineintrat. Die Tür zum Kuhstall stand schief in den Angeln und schien in erster Linie von den zahlreichen Spinnweben gehalten zu werden, die zwischen ihr und dem Türrahmen gespannt waren.

Als wir in den Stall hineinlugten, bemerkten wir, dass er nicht einmal ausgemistet war. Dabei hatten die Schlicks seit vielen Jahren keine Kühe mehr.

Ganz nebenbei nahm Max das Gespräch wieder auf: »Was macht der eigentlich, der Schwarz?«

»Der Schwarz«, erklärte ich, »ist der größte Viehhändler in der ganzen Gegend.«

Max nickte versonnen. »Und? – Hat der Geld?«

»Ob der Geld hat?« Max konnte wirklich blöd fragen. Manchmal schien es, als hätte er keine Ahnung vom Leben auf einem Dorf. »Hast du schon einmal einen armen Viehhändler g'sehen? So was gibt's nicht. Genauso wenig wie eine nackerte Kuh.«

»Jetzt sag halt. Ist der was Besonderes, der Schwarz?«

»Das kann man schon sagen«, versuchte ich zu erklären. »Ein jeder Viehhändler ist ein Schlawiner. Und der größte Schlawiner von allen ist der Schwarz. Aber er zahlt nicht schlecht, sagt mein Vater. Er hat ihm schon oft ein Stück Vieh verkauft. Für die Kinder hat er immer einen Kaugummi dabei, wenn er kommt.«

Auf einem ausgetretenen Fußweg zwischen dem Unkraut hindurch gingen wir zum dreistöckigen Wohnhaus. Vor der breiten, geschnitzten Haustür blieben wir einen Moment stehen. Dann probierte Max, ob sie zugesperrt war, aber sie ließ sich zu unserer Verwunderung öffnen. Mein Freund wollte gleich ins Haus hinein, aber das ging mir zu weit.

»Spinnst du«, fuhr ich ihn an. »Komm da sofort wieder raus. Du kannst doch nicht einfach in ein fremdes Haus einbrechen und dort rumspionieren.«

Max verdrehte die Augen himmelwärts, aber er merkte, dass es mir ernst war. Zögernd trat er zurück und schloss die Tür hinter sich.

»Schisser«, murmelte er laut genug, dass ich es verstehen konnte. »Meinst du vielleicht, dass es in der Bruchbude was zu stehlen gibt?«

Dann wandte er sich ab und ging um das Wohnhaus herum.

Etwa zehn Meter vor der Stirnseite des Gebäudes war ein alter, halb zerfallener Backofen. An dessen Längswand stand eine Zielvorrichtung aus dicken Strohringen. Auf dem improvisierten Kugelfang steckte eine Zielscheibe aus Pappe mit einigen Einschüssen.

Max inspizierte die Scheibe näher und fragte nebenher: »Ist der Steffl im Schützenverein?«

»Ich hab keine Ahnung«, gab ich zurück und hob die Schultern.

»Der schießt hier mit echter Munition. Das sind keine Luftgewehrkugeln, auch kein Kleinkaliber.« Max hatte die Löcher in der Mauer und in der Scheibe überprüft. Dann bückte er sich, hob ein kleines, plattgedrücktes Metallstück auf und hielt es in meine Richtung. »Der Herr Schlick schießt mit echten Bleikugeln. Nobel.«

Er warf den Metallklumpen in Richtung Zielscheibe, drehte sich um und kam zu mir her. Zusammen gingen wir auf die andere Seite des Wohnhauses. Etwa zwanzig Meter neben dem Hof stand ein einstöckiger Bungalow.

»Das ist das Austragshaus von der alten Schlickin«, erklärte ich.

Man hatte es vom Zufahrtsweg von Deining her nicht sehen können, da es auf der entgegengesetzten Seite des Hofes lag und von dem gewaltigen Hofgebäude verdeckt wurde.

Unsicher traten wir näher.

Auch hier Brennnesseln, Unkraut und halb eingewachsene Gegenstände. Das Zuhaus selbst war noch recht gut in Schuss. Kein Wunder, denn das Gebäude konnte nicht viel älter als fünf Jahre sein. Aber man sah rings um das Gebäude bereits erste Zeichen von Verwahrlosung: Spinnweben, hochgewachsenes Gras an der Hauswand und ein ausgetretener Fußweg zwischen dem Hof und der Eingangstür des Bungalows.

»Für was hat denn die Schlickin ein eigenes Haus gebraucht?«, fragte Max verwundert. »Das Wohnhaus vom Hof ist so riesig, dass drei achtköpfige Familien Platz genug hätten.«

»Das verstehst du nicht«, versuchte ich zu erklären. »Du kommst aus der Stadt.« Während wir um das Zuhaus herumschlichen und durch die verdreckten Fenster ins Innere des Bungalows lugten, fuhr ich fort: »Wenn zwei Generationen auf einem Hof nicht miteinander auskommen, dann ist es g'scheiter, wenn einer geht. Und dafür wird dann halt ein separates Haus gebaut.«

»Aber die hätten sich doch im Hof drin auch nicht g'sehen. Dort hätt jeder eineinhalb Stockwerke bewohnen können. Da kann man sich doch aus dem Weg gehen.«

»Das verstehst du einfach nicht«, wiederholte ich kopfschüttelnd, während ich durch ein trübes Fenster das Durcheinander in der Küche betrachtete, wo Töpfe und Teller auf dem Tisch hoch aufgestapelt standen. Bald hatten wir genug gesehen und gingen in den Hofraum zurück.

Auf dem Weg dorthin versuchte ich erneut, Max einige Dinge klarzumachen. »Also – die alte Schlickin ist nicht gut aus'kommen mit dem Steffl. Er war jung, sie war alt. – Und stolz. Damit sie ihm zeigt, wer der Herr auf dem Hof ist, lässt sie sich ein Haus bauen, ob sie's braucht oder nicht, spielt keine Rolle. Sie hat sich durchg'setzt, das war ihr wichtig.«

»Und von wem hast du diese Schlauheiten?«, wollte Max wissen.

»Hier weiß jeder, wie so was läuft.«

»Bärig«, meinte Max und schüttelte den Kopf. »So sind also die Bräuche der Eingeborenen in den abg'legenen Provinzen.«

In einiger Entfernung hörten wir erneut das Geräusch eines Motors. Vom Kälberstall aus, wo wir inzwischen wieder angekommen waren, sahen wir, wie sich ein blauer Opel Kadett langsam dem Anwesen näherte. Der Fahrer des Wagens versuchte den Schlaglöchern auf dem Weg auszuweichen und fuhr deshalb Slalom. Er machte es aber nicht so geschickt wie der Viehhändler Schwarz vor etwa einer Stunde. Immer wieder plumpste der Wagen in ein Loch, und man hörte, wie der Boden des Fahrzeugs auf dem Kiesweg aufschlug.

»Wir müssen uns verstecken«, rief ich Max zu, der versonnen dastand. Ich packte ihn am Arm und zog ihn hinter die Mauer des Misthaufens.

»Was soll das?«, protestierte er.

»Wie sollen wir denn erklären, was wir hier machen?«, fragte ich zurück. »Vielleicht ist es der Steffl oder seine Schwester, die ›rasse Resi‹. Wir müssen uns wieder verstecken, und hinter das Plumpsklo geh ich nimmer. Den G'stank halt ich nicht noch mal aus.«

Max grinste, als ich den Ort unseres Leidens erwähnte. Er war offensichtlich mit der Wahl des neuen Verstecks einverstanden.

Nach einigen Minuten fuhr der Kadett in den Hof ein. Das Fahrzeug hielt etwa zehn Meter vom Misthaufen entfernt. Die uns abgewandte Fahrertür öffnete sich, doch zunächst stieg niemand aus. Wir hörten lediglich das metallische Klicken eines Feuerzeugs und sahen dann Zigarettenrauch aufsteigen.

»Schau mal, wer da kommt«, flüsterte Max.

»Das ist ja der Huber«, entfuhr es mir. Inspektor Huber hatten wir vor knapp vier Jahren bei der Aufklärung der drei Mordfälle im Internat Heiligenbeuern kennengelernt. Max machte ein Zeichen, dass wir in Deckung bleiben sollten.

Jetzt erhob sich die Person vom Fahrersitz und bewegte sich vom Auto weg. Der kurze, trippelnde Schritt und die untersetzte Gestalt gehörten natürlich dem Inspektor. Er sah aus wie früher, nur ein bisschen dicker und grau war er geworden.

Er ging direkt zur Unglücksstelle. Rauchend stand er eine Weile vor dem Haufen Dachplatten, dann wandte er sich um und schaute unschlüssig im Hof umher. Mechanisch zündete er sich eine zweite Zigarette an, dann kam er direkt auf uns zu. Hatte er etwas gehört?

Kurz vor unserem Versteck blieb er stehen, öffnete den Hosenschlitz und pinkelte auf den von Gras überwachsenen Mist, welcher etwa einen halben Meter außerhalb der eigentlichen Miststatt lag. Dabei kniff er die Lider zusammen und legte den Kopf in den Nacken, damit ihm der Rauch nicht in die Augen stieg.

Max hielt sich die Hand vor den Mund, blähte die Backen, und seine Augen traten heraus. Bald konnte er sich nicht mehr zusammenreißen. Er prustete los.

Der Inspektor fuhr zusammen, und beinahe hätte er sich an die Hose gepinkelt vor Schrecken. Zornig sah er in die Richtung, woher das Geräusch gekommen war, unterbrach seine Tätigkeit abrupt und verstaute die Utensilien eilig in der Hose.

Max hatte sich bereits aufgerichtet, und auch ich stelle mich nun offen hin.

»Ach, ihr zwei seid das«, stellte Huber ärgerlich fest. »Hättet ihr mich nicht in Ruhe fertig…?«

Er wollte den Satz nicht beenden. Wahrscheinlich wusste er nicht, welches Verb er für seine unterbrochene Tätigkeit hätte gebrauchen sollen.

Dann veränderte sich abrupt sein mürrischer Gesichtsausdruck. Innerhalb weniger Augenblicke hatte er ein gewinnendes Lächeln aufgesetzt.

»Schön, euch zu sehen«, grinste er und kam auf uns zu, wobei er den rechten Handrücken flüchtig an der Hose abstreifte. Dann gab er erst Max und anschließend mir die Hand.

Davor grauste es mir ganz fürchterlich, da ich befürchtete, dass sich daran noch Reste seines unterbrochenen Uniervorgangs befanden. Ihm nicht die Hand zu geben, kam aber aus Respekt Erwachsenen gegenüber nicht in Frage.

»Was macht ihr denn hier?«, fragte Huber uns wie alte Freunde, die man auf der Kirchweih oder bei einer anderen Gesellschaft trifft. »Dumme Frage. Natürlich seid ihr vor Ort, wenn jemand auf ungewöhnliche Weise ums Leben gekommen ist. – Und groß seid ihr geworden, richtige junge Männer.«

Max verdrehte die Augen, denn er hasste es, auf seine Größe angesprochen zu werden. Dann sagte er in gleichgültigem Tonfall: »Der Kaspar und ich wollten uns den Platz anschauen, wo die alte Schlickin verunglückt ist. Und was treibt Sie auf diesen Musterhof, wo die Dachplatten so tief fliegen?«

»Ich sehe mir den Tatort eines heimtückischen Verbrechens an.« Genau beobachtete Huber, wie Max auf das Gesagte reagieren würde.

Mein Freund zog skeptisch die Augenbrauen hoch, schaute den viel kleineren Inspektor von oben herab an und fragte scheinbar gelangweilt: »Verbrechen, warum Verbrechen?«

Grinsend zog der Inspektor sein altes, zerbeultes Zigarettenetui aus der Jackentasche und suchte dann sein Feuerzeug, das er in der Hemdtasche fand.

Nach dem ersten Zug begann er: »Das war doch kein Unfall. Die Frau Schlick ist hinterrücks ermordet worden. Zugegeben, die Sache ist gut arrangiert. Aber niemand ist blöd genug und stellt sich unter ein Dach, das so fadenscheinig ausschaut wie das da.«

Mit einer Kopfbewegung deutete er in Richtung Unglücksstelle.

»Aha. – Und wer hat die Schlickin um'bracht? Sicher haben Sie schon eine heiße Spur.« Max musterte den Inspektor ohne allzu großes Interesse.

»Es gibt einige Verdächtige«, hielt sich Huber bedeckt.

»Und Zeugen?«

»Dazu kann ich nichts sagen. Wegen der laufenden Ermittlungen, ihr versteht.« Hubers himmelblaue Schweinsäugerl schauten prüfend zu uns her.

»Ist in der Gerichtsmedizin was Interessantes rausgekommen?«, fragte ich den Inspektor und schien einen wunden Punkt getroffen zu haben.

»Was wisst ihr?«, fragte er mit einem seltsamen Unterton, den ich nicht deuten konnte, zurück. »Und woher wisst ihr, dass die Leiche obduziert worden ist?«

»Der Pfarrer hat uns erzählt, dass die Leich in der Gerichtsmedizin war. Es ist aber offensichtlich nichts Spektakuläres g'funden worden, obwohl ein überakkurater Beamter auf einer Untersuchung der Toten bestanden hat.« Max grinste den Polizisten an. »Waren Sie vielleicht dieser Polizist?« Sein Grinsen wurde immer breiter. »Wie hat der Pfarrer diesen diensteifrigen Herrn bezeichnet?« Max tat so, als würde er angestrengt überlegen. Schließlich fiel ihm das richtige Wort ein. »Einen Tüpferlscheißer. Genauso hat er g'sagt: Tüpferlscheißer.«

Der Inspektor stand jetzt stocksteif da. Offensichtlich hatte er beschlossen, den Tüpferlscheißer zu überhören.

Er meinte nüchtern: »In einer Beziehung hat der Pfarrer recht. Auf mein Betreiben hin ist die Leiche obduziert worden. Aber seitdem der neue Pathologe in der Rechtsmedizin in München ist, kommt kein vernünftiger Befund mehr heraus«, schimpfte Huber mit leicht gerötetem Kopf.

»Bei dem ist einer bloß erstochen worden, wenn das Messer noch in der Leiche drinsteckt. Die Stichverletzung allein zählt nicht. Dieser Ignorant findet nichts, einfach gar nichts. Von komplizierteren Dingen will ich gar nicht reden.« Ärgerlich warf er die halb gerauchte Zigarette zu Boden und trat sie energisch aus. »Nicht bloß, dass der Kerl ein beschissener Pathologe ist. Nein – der hat auch keinerlei kriminalistischen Spürsinn. Bei dem ist alles ein Unfall, oder er dreht's eben so hin. Bloß damit der Fall abgeschlossen ist und man keine Scherereien mehr damit hat.« Der Polizist schnaufte böse und fuhr keifend fort: »Ich kann euch schon ein paar Fakten erzählen, damit ihr nicht glaubt, ich wäre bloß zum Zeitvertreib hier. Die Schlickin hat mitten in der Stirn ein Loch im Schädel gehabt mit etwa elf Millimetern Durchmesser. Und was sagt dieser Depp von einem Gerichtsmediziner? Ein Sparrennagel hat dem Opfer den Schädel durchschlagen und ist ins Gehirn eingedrungen. Ein Schuss kann es natürlich nicht gewesen sein. Denn es gibt nur ein einziges Loch im Kopf, also keinen Einschuss und Ausschuss, wie sich das bei einer Kugelverletzung gehört. Im Schädel und im ganzen Körper war außerdem kein Projektil zu finden.« Der Polizist sah uns eindringlich an. »Aber es kann auch kein Sparrennagel gewesen sein, denn rund um das Loch im Schädelknochen waren keine Spuren von Rost. Und die alten Nägel vom Dachstuhl sind doch alle verrostet.«

Er hob ein Stück verfaulten Dachsparren mit einem etwa dreißig Zentimeter langen, oxidierten Nagel drin vom Boden auf und hielt es uns unter die Nase. Nachdem wir zustimmend genickt hatten, warf er das moderige Holzstück wieder zurück auf den Haufen.

»Und?«, fragte Max interessiert, »hat die Spurensicherung an der Unglücksstelle einen Sparrennagel mit Blut und Knochensplittern dran g'funden?«

»Nein, eben nicht«, stieß der Inspektor hervor. »Aber das allein würde noch nichts beweisen. An dem Nachmittag, als die Bäuerin hier gestorben ist, hat es stark geregnet. Die Spuren vom Rost könnten also aus der Wunde ausgewaschen und die Blutspuren vom Sparrennagel abgewaschen worden sein. Und dann hätte unser Pathologe wieder recht.«

»Was macht ein Mensch, dem etwas Schweres auf den Kopf fällt?«, fragte Max und drückte an einem Pickel herum, der mitten auf seiner rechten Wange blühte. »Haben Sie darüber schon mal nachgedacht?«

Der Inspektor und ich sahen ihn verwundert an. Was sollte diese Frage?

»Ist es nicht so, dass jemand, dem etwas auf den Kopf zu fallen droht, die Schultern hochzieht und seine Rübe möglichst noch mit den Händen schützt?« Max sah konzentriert zu dem Haufen Dachplatten hin. »Wenn man über sich einen Dachstuhl zusammenbrechen hört und man nur einen Moment hat, um richtig reagieren zu können, dann wird man wenigstens den Kopf einziehen. Die Verletzungen von den herunterg'fallenen Balken und Dachplatten sind dann am Hinterkopf. Niemals vorn am Hirn.«

Max schaute den Inspektor und mich mit weit geöffneten Augen an, als wollte er prüfen, ob wir ihm folgen könnten. Das Funkeln in seinen Augen dauerte aber nur einige Sekunden. Dann drehte er sich langsam von dem Unglücksort weg und schaute gedankenverloren auf seine staubigen Schuhe. Emotionslos meinte er, dass wir bald beim Pfarrer in Deining Nachhilfe hätten. Und schließlich müsste er in den Ferien viel lernen.

Dann gab er Huber stumm die Hand. Ich nickte dem Inspektor zum Abschied zu, vermied es aber, ihm die Hand zu geben. Mir grauste es immer noch.

Wir gingen zügig los in Richtung Dorf. Kurz vor Deining überholte uns Hubers Auto. Er winkte uns freundlich durch das Seitenfenster zu.

Als Inspektor Huber vor knapp vier Jahren eine Reihe von Morden in unserer Klosterschule, dem ›Beusl‹, aufklärte, hatten Max und ich ihm geholfen, da er selbst keine Chance gehabt hätte, bestimmte Einzelheiten aus dem Alltag in der Klosterschule zu erfahren. Er war ein sehr guter Polizist, das hatte er damals bewiesen.

Da wir eine gute Viertelstunde zu früh am Pfarrhof ankamen, setzten wir uns auf die Treppenstufen vor dem Gartentor.

Max begann nach einigen Minuten: »Jetzt hab ich den Inspektor ganz schön durcheinander'bracht. An dem Loch in der Stirn, das eigentlich am Hinterkopf sein müsst, wird er noch rumkauen.« Er grinste, schüttelte dann aber ungläubig den Kopf. »Ich kann mir zwar nicht vorstellen, dass die alte Schlickin um'bracht worden ist. Wie denn? Mit einem rostigen Sparrennagel? So ein Schmarrn. Aber der Inspektor weiß auch nix Genaues. Er behauptet, dass es Hinweise auf ein Verbrechen gibt, und stellt den Pathologen als Deppen hin, weil ihm die Untersuchungsergebnisse von der Obduktion nicht g'fallen. Mehr nicht.« Nun drehte er langsam seinen Kopf und sah mich nachdenklich an. »Aber andererseits gäb's schon ein paar Leut, denen der

Tod von der alten Bäuerin gut in den Kram gepasst hätt. Vor allem dem jungen Schlick, dem finanziell das Wasser anscheinend bis zum Hals steht. Dann seiner Schwester, der ›rassen Resi‹, die endlich Geld sehen möcht. Und zum Schluss dem Schwarz, der offensichtlich auch kein Mitglied in der Heilsarmee ist und der dem jungen Schlick einen Haufen Geld g'liehen hat. Der Schwarz war sogar schon auf dem Hof und hat nachg'schaut, ob's was zu holen gibt.«

Wir saßen noch einige Minuten stumm da, bis Fräulein Amalie schließlich ans Gartentor kam und uns in den Pfarrhof hereinholte.

»Dass ihr aber Hochwürden nicht zu lang aufhaltet«, ermahnte uns die Haushälterin gleich zur Begrüßung. »Der Herr Pfarrer braucht seine Kräfte. Ein geistlicher Mensch hat nämlich höhere Aufgaben.«

Dann führte sie uns in den Pfarrgarten, wo Hochwürden bereits auf uns wartete.

»Gelobt sei Jesus Christus.«

»In Ewigkeit, amen«, erwiderte der korpulente Herr aus seinem Korbsessel heraus und gab uns die Hand, ohne aufzustehen. »Gestern Abend nach dem Schafkopfen hab ich noch ein bisserl im Cicero g'lesen. Damit ich mich heut bei den Herren Studiosi nicht recht blamier!«

Er war gut aufgelegt und blinzelte verschmitzt über seine kleine, runde und randlose Lesebrille zu uns her. Vor einigen Jahren hatte er mir erzählt, dass er neben der Theologie aus Interesse auch einige Semester Altphilologie studiert hätte.

Sofort kannte er sich in unseren Büchern aus, die wir zum Unterricht mitgebracht hatten, und begann die

Lektion mit großem Geschick und einer Lockerheit, die ihn stark von unseren Lehrern unterschied.

Besonders wunderte ich mich während der Nachhilfe über Max.

Nicht, dass er plötzlich mit überragendem Wissen geglänzt hätte. Aber zumindest bemühte er sich, alles an Latein und Griechisch aus sich herauszuholen, was irgendwo zu finden war. In der Schule hatte er die letzten Monate den Eindruck gemacht, dass ihn die Fächer einfach nicht interessierten, und war demonstrativ dem Unterricht nicht gefolgt.

Der Pfarrer schüttelte schließlich den Kopf: »Also, Max, wenn ich mir deine Griechisch- und Lateinkenntnisse so anschau, dann seh ich in Abgründe, die in ihrer Tiefe und Düsternis an den klassischen Hades erinnern. Ich würd dir empfehlen ...«

Hochwürden wurde vom Klingeln der Hausglocke mitten im Satz unterbrochen.

»Herrschaftzeiten«, schimpfte Fräulein Amalie, während sie an uns vorbei zum Gartentor stürmte. »Wer läutet denn da so deppert?«

Wir hörten aufgeregte Stimmen, dann kam die Haushälterin wieder auf die Veranda geeilt und sprudelte heraus: »Herr Pfarrer, mit Verlaub, es tät pressieren. Der alte Müller hat wieder einen Anfall, und der Herr Doktor ist nicht da.«

»Sag den Leuten, ich komm gleich.« Der schwere Mann richtete sich mühevoll auf und ging ins Haus. Mit einem Gebetbuch und einem kleinen, schwarzen Holzkasten in der Linken sowie einer Injektionsspritze in der Rechten kam er wenig später wieder heraus.

»Wir sehen uns morgen, nach der Maiandacht. Behüt euch Gott.« Schon war er an uns vorbei. Wir hörten, wie er die Leute grüßte, die vor dem Gartentor auf ihn warteten.

Max und ich wollten nun ebenfalls gehen, doch da kam Fräulein Amalie mit ein paar Dampfnudeln und einer Kaffeekanne auf einem großen Tablett aus der Wohnzimmertür auf die Terrasse.

»Den Müller muss Hochwürden spritzen, wenn er wieder einen Krampfanfall hat und der Doktor grad nicht da ist«, erklärte sie. »Vorsichtshalber nimmt der Herr Pfarrer gleich noch das Besteck für die letzte Ölung mit. Man weiß ja nie.«

Schwer atmend stellte sie das Tablett ab und deckte mit großer Selbstverständlichkeit für drei Personen. Hätten wir uns jetzt mit einer Ausrede davongemacht, ohne ihre Dampfnudeln zu kosten und ihr etwas Gesellschaft zu leisten, wäre auf ewige Zeiten die Tür zum Pfarrhof verschlossen gewesen.

»Wenn Sie aber einmal Pfarrer sind, dann lassen Sie sich die Haare schon abschneiden«, sagte sie zu Max, nachdem sie sich zu uns gesetzt hatte und die erste Dampfnudel in der Hand hielt. »Mit den langen Haaren könnten Sie natürlich gut bei einer Passion mitspielen. Aber«, eingehend musterte sie Max, »für einen g'scheiten Christus in Oberammergau sind Sie zu groß und ein bisserl zu dürr. An einem Christus sollt nämlich schon was dran sein, damit man bei der Aufführung nicht abg'lenkt ist, weil man an die schlechten Zeiten mit den Essensmarken erinnert wird.«

Jetzt biss sie kraftvoll in ihre von Puderzucker überzogene Köstlichkeit. Max war der Appetit offensichtlich vergangen. Er mochte es nicht, wenn man ihm empfahl, dass er die Haare abschneiden sollte. Seine Nudel legte er wieder zurück auf den Teller und starrte mich an. Seiner Meinung nach hätte ich gestern wohl nicht sagen sollen, dass er Geistlicher werden wollte. Doch ich war mir sicher, dass wir ohne diese Notlüge nicht an Fräulein Amalie vorbei zum Pfarrer vorgedrungen wären. Und wenn wir Näheres über die alte Schlickin erfahren wollten, so war die Köchin genau die richtige Adresse. Ich wusste auch, wie das einzufädeln war.

»Also, Fräulein Amalie, Ihre Dampfnudeln sind ein Gedicht«, begann ich. »Dagegen war das Essen heut beim Wirt geradezu ungenießbar.«

Ein zufriedenes Lächeln zog die breiten Lippen der Haushälterin auseinander, und endlich nahm auch Max seine Nudel wieder in die Hand und biss hinein.

»Warum waren Sie eigentlich heut nicht auf dem Leichenschmaus, Fräulein Amalie? Sie waren doch sicher eing'laden.«

»Ich hab noch zu tun g'habt.« Das gutmütige Lächeln war schnell aus dem fleischigen Gesicht der Pfarrersköchin verschwunden, sie sah erst mich und dann meinen Freund forschend an. Offensichtlich war es uns beiden anzusehen, dass wir mit dieser knappen Antwort nicht zufrieden waren. Also rückte sie mit der Wahrheit heraus: »Und wenn ich ehrlich bin, hab ich gar nicht hingehen mögen.«

»Die Schlicks sind demnach nicht besonders beliebt«, setzte Max nach. »Nicht einmal bei Ihnen.«

»Nein, sie sind nicht b'sonders beliebt«, bestätigte die Haushälterin mit einem strengen Blick auf Max, der seine Dampfnudel wieder weggelegt hatte. »In den letzten paar

Monaten ist die alte Schlickin aber auffallend oft zum Gottesdienst gekommen. Sogar beim Rosenkranz hab ich sie öfters g'sehen. Und vor etwa vierzehn Tagen hat sie mir g'sagt, dass sie die Kapelle im Schindergraben renovieren lassen möcht. Sie würd für alle Unkosten aufkommen. Es handelt sich um einen Haufen Geld, aber sie hat nicht einmal das G'sicht verzogen, wie sie g'hört hat, wie viel. Und dann hat sie was g'sagt, was ich nicht vergessen werd: ›Geld hab ich genug, vielleicht sogar zu viel, um ein zufriedenes Leben führen zu können.‹ Genau so hat sie g'sagt.«

»Die Leichenrede vom Hochwürden hat aber nicht so geklungen, als hätt er sich von einem seiner besten Schäfchen verabschieden müssen«, bemerkte Max in seiner lässigen Art.

Dann biss er erneut in die köstliche Mehlspeise, und Fräulein Amalie nahm dies mit einem zufriedenen Lächeln zur Kenntnis.

»Ich bin mir sicher, dass sich der Herr Pfarrer letzte Woche narrisch geärgert hat. Und zwar über den Steffl und seine unverschämte Schwester Theresia.« Fräulein Amalie nahm eine weitere Dampfnudel und forderte uns auf, nicht zu sparen. »Die zwei sind vergangenen Samstag gekommen, um die Vorbereitungen für die Beerdigung von ihrer Mutter zu bereden. Ich hab alles mitgekriegt, weil Hochwürden die Leut auf der Terrasse empfangen hat und ich gerade zufällig im Garten war. Noch nie hab ich eine Tochter erlebt, der die Beerdigung von ihrer Mutter so wurscht war wie der Theresia.« Mit zusammengekniffenen Augen biss sie in die Nudel. »Der Steffl hat gar nix g'sagt. Der war bloß dag'sessen mit seinem verweinten G'sicht. Wie der Pfarrer die G'schwister drauf ang'sprochen hat, dass die Schlickin die Renovierung von der alten Kapelle hätt zahlen wollen, hat die Theresia gleich ganz schnippisch g'fragt, ob er denn was Schriftliches hätt. Wenn nicht, könnt er ja behaupten, was er mag.« Jetzt kam die resolute Dame erst richtig in Fahrt und holte tief Luft. »Hat man so was Unverschämtes schon g'hört? Behauptet der Wolfratshauser Markttrampel doch glatt, unser Hochwürden tät lügen.« Fräulein Amalie schnaufte schwer ob dieser Unverfrorenheit und nahm sich eine dritte Nudel. »Der Steffl hat zwar ganz kleinlaut g'meint, man könnt über die Sache noch mal nachdenken. Wo es doch der Wunsch der Mutter g'wesen wär. Er ist aber gleich von seiner Schwester zurück'pfiffen worden und hat dann keinen Mucks mehr g'macht.«

Fräulein Amalie verstummte und sah uns mit hochrotem Kopf entrüstet an.

Max und ich hatten genug gehört. Wir hielten die Gelegenheit für günstig und verabschiedeten uns.

Als wir nach Hause kamen, sahen wir die ganze Familie bereits bei der Brotzeit am großen Holztisch unter dem alten Birnbaum. Das passte gut, denn ich hatte nach den zuckersüßen Dampfnudeln gewaltigen Hunger auf etwas Saures. Vater saß an dem einen Tischende, Mutter am anderen. Wir setzten uns gegenüber von Oma und Opa an die Längsseite des Tisches auf die eichene, grob gehobelte Bank.

»Na, Max«, eröffnete mein Vater die Unterhaltung, »was habt ihr denn nach dieser Beerdigung noch alles ang'stellt?«

Er blinzelte ihn mit freundlichem Gesicht an, und man merkte, dass er ihn gut leiden konnte. Ihn schienen auch seine langen Haare nicht zu stören, über die sich so viele Leute aufregten.

»Wir waren im Dorf beim Pfarrer, und vorher haben wir uns noch den Schlicker Hof ang'schaut.« Max sagte das ganz nebenher, ohne den genaueren Grund unseres Besuches zu erwähnen.

»Dann habt ihr ja die Perle der oberbayerischen Landwirtschaft g'sehen«, meinte Vater süffisant, um schließlich ernst fortzufahren. »Man kann sich's ja heut gar nimmer vorstellen, aber das war einmal ein Hof, wie es keinen zweiten gegeben hat im ganzen Landkreis. Ach, was sag ich, im ganzen Oberland. Wie der alte Schlick, also der Mann von der jetzt verstorbenen Schlickin, noch g'lebt hat, hab ich dort ein Jahr als Praktikant g'arbeitet. Das war noch vor dem gottverdammten Krieg. So einen Hausstand wie dort auf dem Schlicker Hof hat's in der ganzen Umgebung nirgends 'geben, allein vom Gesinde her. Wir waren«, er hielt kurz inne, um sich zu besinnen und nachzurechnen, »zwei Praktikanten, fünf Knechte, ein Oberknecht und vier Mägde. Der alte Schlick hat schon vor dem Krieg einen Bulldog g'habt und eine Dreschmaschine außerdem. Um es kurz zu machen, es war eine Freude, dort zu arbeiten. Bald nach dem Krieg ist der alte Schlick dann von einem Ross erschlagen worden. In der Früh ist er tot mit gebrochenem Schädel hinter dem Pferdestand g'legen.

Bei seiner Beerdigung sind wohl an die fünfhundert Leut g'wesen und haben ihm die letzte Ehr erwiesen. Jedenfalls hat der Friedhof in Deining nicht alle Trauergäst' g'fasst. Danach ist es mit dem Hof schnell abwärts gegangen. Die Schlickin hat was vom Kommandieren im Haus und vom Kochen verstanden, aber in der Landwirtschaft hat sie sich nicht ausgekannt. Ihr Sohn, der Steffl, ist etliche Jahre jünger als ich und hätt damals mit seinen gut zwanzig Jahren auch anpacken können. Aber der hat die Landwirtschaft nicht g'lernt wie jeder andere, der eine landwirtschaftliche Ausbildung mit Winterschule macht. Nein – der junge Herr hat ja gleich studieren müssen, und zwar in Hannover, weil die da droben b'sonders g'scheit sind. Wenn der Steffl in der Vakanz einmal daheim war, dann hat er keinen Gabelstiel ang'rührt, sondern immer bloß schlau daherg'redet. Nix haben ihm die Angestellten recht machen können, aber ständig sind neue Maschinen 'kauft worden. Die guten Knechte sind dann bald weg g'wesen, und auf den Schlicker Hof ist nur noch gegangen, wer sonst nirgendwo Arbeit g'funden hat.

Am Anfang hat die Schlickin dem Steffl noch die Stange g'halten, weil sie so stolz war auf ihren Buben mit seinem preußischen Diplom. Wie sie eine Kuh nach der anderen hergeben haben müssen, weil nicht mehr genug Futter für die Viecher da war, hat sie zuerst g'meint, das wär eben jetzt eine Übergangszeit. Aber schließlich ist ihr ein Licht aufgegangen, als die Schulden immer höher und die Einkünfte immer niedriger g'worden sind.«

Jetzt hätte mein Vater beinahe das Essen vergessen vor lauter Reden. Schnell schob er sich eine große Scheibe Radi in den Mund und dazu ein Stück Butterbrot.

Max nutzte die Pause und fragte: »Aber der Steffl hat doch noch eine Schwester?«

Vater kaute einige Male, schluckte den Bissen hinunter und holte dann erneut aus: »Ja, die Theresia, zu der man auf keinen Fall Resl hat sagen dürfen.« Er lachte übermütig. »Jeder vernünftige Mensch weiß, dass eine ›Theresia‹ nicht dümmer oder hässlicher wird, wenn man ›Resi‹ zu ihr sagt. Die Theresia jedenfalls hat mit dem Hof nicht viel zu tun g'habt. Sie ist beizeiten auf eine höhere Töchterschul g'schickt worden nach Hohenburg und hat dann den reichen Goldschmied Korrer in Wolfratshausen g'heiratet.«

»Den kenn ich«, fiel Max meinem Vater ins Wort, was dieser für ein weiteres Stück Radi nutzte. »Zu dem geht meine Mutter, wenn sie sich was Schönes kaufen will. Der hat sein Geschäft in der Marktstraße nicht weit weg von uns, und man sagt, dass er narrisch viel Geld hat.«

»Ja, genau«, bestätigte mein Vater. »Den hat sich die Theresia gleich geangelt. Besonders schön ist sie ja nie g'wesen, die jung' Schlickin, aber rassig. Da haben die Burschen seinerzeit alle g'schaut, wenn die schneidige junge Theresia in der Vakanz einmal in die Kirche 'gangen ist. Sie hat sich auch immer raus'putzt wie eine Prinzessin. Von einem Hiesigen hat sie natürlich nichts wissen wollen. Die hat es schon damals ganz hoch oben g'habt.« Vater trank jetzt einen großen Schluck Bier und wischte sich mit dem Handrücken über den Mund. »Jedenfalls hätt die Theresia eine große Mitgift kriegen sollen nach dem Testament vom Vater, und dann war die Streiterei endgültig fertig. Es heißt, dass ihr das Geld nach ihrer Hochzeit nie ausbezahlt worden ist. Zum Schluss sind sie beim Schlick alle miteinander über Kreuz gekommen. Die alte Schlickin hat sich dann noch ein Austragshaus bauen lassen, weil sie es mit dem Steffl nicht mehr ausg'halten hat. Und die Schulden sind immer mehr g'worden, wird g'sagt. Das Resultat habt ihr ja heut g'sehen.«

»Warum hat der Steffl denn nicht g'heiratet?«, fragte ich, denn jetzt interessierte mich die Sache auch.

»Das mit dem Heiraten hat der junge Schlick genauso damisch angepackt wie alles andere auch«, meinte Vater kauend. »Erst ist ihm keine gut genug g'wesen. Wenn er wirklich einmal mit seiner Mutter auf einen Ball gegangen ist, hat er nicht einmal getanzt mit den Mädchen aus dem Dorf. Nach ein paar Jahren war er schon nicht mehr so wählerisch. Aber dann war kein Frauenzimmer mehr so dumm, sich in den Verdruss auf dem Schlicker Hof zu setzen. Schulden, eine ungute Schwiegermutter und einen eingebildeten Lappen als Mann. Dazu eine Schwägerin, die noch einen Haufen Geld kriegen soll, obwohl nichts da ist. Da war keine mehr scharf drauf, Schlickin zu werden, zumal der Hof, soweit ich weiß, bis jetzt noch nicht übergeben ist.«

»Was heißt das: noch nicht übergeben?«, wollte Max wissen.

Alle am Tisch sahen ihn verdutzt an, da jeder, der von einem Bauernhof kommt, die Bedeutung des ›Übergebens‹ kennt.

Meine Mutter versuchte nun, ihm den Sachverhalt zu erklären. »Ein Hof wird von der älteren Generation an die jüngere übergeben, wenn die Jungen in der Lage sind, den Hof selber zu bewirtschaften. Meistens passiert das, wenn der junge Bauer heiratet. So hat die junge Familie ihr Einkommen mit dem, was sie mit dem Hof erwirtschaftet. Den Alten wird zum Lebensunterhalt dann ein Austrag bezahlt, der vor der Übergabe des Anwesens zwischen den beiden Parteien ausg'handelt worden ist. Im Fall von der Schlickin hat sie sich zwar ein Austragshäusl bauen lassen, den Hof aber nicht übergeben. Das ist ungewöhnlich, aber schließlich geht uns das Ganze nix an.«

Mutter war sehr dafür, sich aus den Belangen anderer Leute herauszuhalten.

Als wir einige Stunden später im Bett lagen, erklärte mir Max, dass wir morgen Früh nach Wolfratshausen fahren müssten. Er wollte mir gerne das Geschäft vom Korrer zeigen. Einen passenden Vorwand für einen Besuch beim Goldschmied habe er. Außerdem wollte er nachschauen, ob bei seinen Eltern nicht ein Brief von Isabell angekommen wäre.

Kapitel III

Der Goldschmied

Am nächsten Morgen fuhren Max und ich mit dem Rad nach Wolfratshausen. Wir begründeten unseren Ausflug damit, dass mein Freund einige wichtige Bücher zu Hause vergessen hätte. Eigentlich war aber mit seinen Eltern vereinbart, dass ihr Sohn die ganzen Ferien bei uns auf dem Hof verbringen und lernen sollte, ohne zwischendrin heimzufahren.

Ich war in der Nacht lange wach gelegen und hatte über Max und seine Zukunftspläne nachgedacht. Ich wusste, dass er sein Vorhaben durchführen würde. Es waren die letzten Wochen, die ich mit ihm zusammen verbringen würde, also drängte ich ihn nicht mehr dazu, zu lernen. Ich wollte noch eine schöne Zeit mit ihm haben, denn sobald er eine Lehre als Bierbrauer anfangen würde, wäre er aus meinem Gesichtskreis verschwunden.

Als wir verschwitzt beim Bräu ankamen, wurden wir eher zurückhaltend empfangen.

»Ich hab gemeint, ihr müsst lernen«, bemerkte Maxls Mutter kühl, als wir sie in der geräumigen Wirtshausküche trafen. Ihr schien es gar nicht zu passen, dass ihr Sprössling nicht bei seinen Büchern saß, sondern mit dem Rad spazieren fuhr.

Flink lief Max in sein Zimmer und holte einige alte Schulhefte und ein Lateinbuch aus der letzten Klasse. Das war als Alibi ausreichend. Anschließend fragte er die dicke Köchin Zenzl, ob nicht ein Brief für ihn gekommen wäre.

»Ich wüsst nix«, entgegnete diese mit ihrem spröden Charme und wies mit einer knappen Bewegung ihres fleischigen Kopfes in Richtung Fensterbank, wo ein Stapel Kuverts lag.

Max schaute die Briefe hastig durch und legte den Stoß dann enttäuscht zurück. In seinem Gesicht war unschwer zu lesen, dass kein Brief von Isabell dabei gewesen war. Gedankenverloren schaute er eine Weile aus dem Fenster, was im Trubel der Mittagszeit niemand in der Wirtshausküche mitbekam.

Dann erklärte er, dass er vor dem Mittagessen noch den Ring vom Juwelier holen wolle, den er am ersten Ferientag zur Reparatur gebracht hatte. Er forderte mich auf mitzukommen und lief los. Nach ein paar Metern die Marktstraße entlang standen wir vor dem Juwelierladen Korrer. Es war ein nobles Geschäft mit vielen teuren Ringen, Halsketten, Kropfbändern und Uhren im Schaufenster. In der Mitte der Auslage sah man auf einem dunkelblauen Samtkissen ein goldenes Diadem mit grünlich schimmernden Edelsteinen.

Max deutete auf das Diadem und sagte: »Das Ding wird am Abend immer aus der Auslage rausg'nommen. Es heißt, dass die Korrerin damit ins Bett geht. Vielleicht fühlt sie sich dann wie eine echte Königin.«

Während er das sagte, tippte er sich mit dem rechten Zeigefinger an die Stirn, um anzudeuten, was er von dieser Königin hielt. Dann öffnete er die Ladentür.

Die ›rasse Resi‹ stand kerzengerade hinter der Ladentheke. Sie hatte ein starres Lächeln aufgesetzt, wobei uns ihre dunklen Augen so kalt anschauten wie die eines Raubfisches.

»Grüß Gott, die Herrschaften. Was kann ich für Sie tun?«

Die Krähenfüße in ihren Augenwinkeln zogen sich in einem beinahe geometrischen Muster fast bis zu den Ohren hin. Ich musste unwillkürlich an einen Spruch meines Großvaters denken: ›Die Schönheit vergeht, das Luder bleibt.‹

»Grüß Gott, Frau Korrer. Ich soll einen Ring abholen für meine Mutter. Der Ring sollt eine neue Fassung kriegen, hat die Mama g'sagt.« Max zeigte seine makellosen Zähne und macht eine Grimasse, die das unechte Lächeln der Juwelierin wohl imitieren sollte.

»Jetzt müssen Sie mir schon ein bisserl helfen, wer Sie sind«, druckste die Frau des Goldschmieds herum. »Ich hab Sie doch schon öfters g'sehen hier in Wolfratshausen. Aber auf den Namen komm ich einfach nicht.«

Ihr Grinsen wurde immer noch starrer und verwandelte sich in eine faltige Fratze.

Max ließ das Lächeln in seinem Gesicht schlagartig verschwinden und ersetzte es durch einen gelangweilten Ausdruck, den er dadurch verstärkte, dass er den Mund beim Sprechen kaum bewegte: »Das ist doch verständlich, bei so viel Kundschaft jeden Tag. Und ich bin ja bloß in den Ferien daheim, weil ich sonst im Internat in Heiligenbeuern in die Schul geh. Ich bin nämlich der Stockmeier-Max, der Sohn vom Bräuwirt.«

»Ja natürlich«, tat sie ganz entsetzt. »Dass ich da nicht gleich draufgekommen bin. Dabei sind Sie ganz der Vater. Ein Gesicht gewissermaßen. Bloß der Schnurrbart fehlt.«

»Dafür sind die Haare länger«, bemerkte Max trocken und und sah zur Decke.

Hysterisch kicherte sie los. Doch als sie merkte, dass weder Max noch ich mitlachten, hörte sie sofort wieder auf. Dann bückte sie sich und zog den großen Schubladen unter dem Ladentisch heraus. Darin suchte sie unter den akkurat eingeräumten Papiertütchen und holte schließlich das Gesuchte hervor. Mit spitzen Fingern fasste sie in das Tütchen und hielt nun einen schönen, mit einem Smaragd besetzten goldenen Ring in der Hand. Diesen legte sie auf ein dunkelblaues Samtdeckchen, das sich auf der Ladentheke befand.

»Sehr schön hat er das gemacht, der Julius. Da, schauen Sie.« Sie hielt uns den goldenen Ring mit dem Edelstein unter die Nase. »Wie der Smaragd zur Geltung kommt mit der neuen Fassung. Das ist doch gleich ganz was anderes wie vorher, wo er so versteckt war.«

Jetzt hob sie den Ring an die eigens für die Präsentation installierte Lampe und wiegte bewundernd den Kopf hin und her. Offensichtlich erwartete sie ein Lob von unserer Seite.

»Was bin ich schuldig?«, fragte Max tonlos. Der Ring schien ihn in keinster Weise zu interessieren. Er sah ihn nicht einmal an.

»Zweiundvierzig Mark.«

Schnell hatte Frau Korrer die Pretiose wieder im Tütchen verstaut und hielt sie uns hin. Ich nahm das Schmuckstück entgegen, während Max bezahlte.

»Vielen Dank für den Auftrag und stets zu Diensten, die Herrschaften.«

Wir verabschiedeten uns knapp und gingen.

»Die Korrerin stinkt vor lauter Falschheit«, keifte Max, als wir endlich ein paar Meter vom Geschäft weg waren. »Aber wo wir schon mal hier sind, wollen wir ihren Mann auch noch kennenlernen.«

Er stieß mich sanft in die Seite und blinzelte lustig.

»Wie willst du das anstellen?«

»Das wirst gleich sehen.«

Wir gingen am Rathaus vorbei durch eine Seitengasse, und plötzlich waren wir an der Loisach. Max steuerte geradewegs auf eine Bank zu und setzte sich.

»Gib mir das Tütchen«, forderte er mich auf.

Ich hielt es ihm hin und war gespannt, was nun passieren würde.

Max holte den Ring heraus und betrachtete ihn genau von allen Seiten. Dann zog er eine kleine Zange aus dem Hosensack und machte sich an der Fassung des Smaragdes zu schaffen. Er musste die Zange daheim beim Bräu eingeschoben haben, ohne dass ich es mitbekommen hatte. Nach einigen Manipulationen erschien ein zufriedenes Grinsen auf seinem Gesicht.

»So – gleich lernen wir den Herrn Korrer kennen. Der muss seinen Pfusch nämlich wieder in Ordnung bringen, der gute Julius.«

Fröhlich ließ Max den Ring in die Tüte fallen und schob sie lässig ein. Zu Hause beim Bräu ließ er zuerst die kleine Zange in einer Küchenschublade verschwinden. Dann suchten wir Maxls Mutter, um ihr den geänderten Ring zu zeigen. Sie holte ihn ohne großes Interesse aus dem Tütchen, schaute ihn kurz an und wollte ihn dann gleich ins Schlafzimmer bringen, wo sie ihren Schmuck in einem abschließbaren Kästchen aufbewahrte.

»Komm, Mama«, protestierte Max. »Lass uns das schöne Stück doch auch mal bewundern.«

»Bitte.« Frau Stockmeier gab Max den Ring. »Ich muss mich aber noch um die Gäste kümmern. Heut ist nämlich die Geburtstagsfeier vom Dr. Brauer. Da sind lauter vornehme Leut eing'laden. Die wollen unterhalten werden.«

Schon war die große, blonde Frau weg in Richtung Gastzimmer. Unschlüssig schob Max das Tütchen ein.

»Wenn die Mama ›Doktor‹ hört, ist sie nicht zu halten«, sagte er spöttisch. »Letztes Jahr hat sie einmal g'meint, ich müsst doch nach dem Abitur nicht unbedingt Brauereiwesen studieren. Es gäb doch so viele schöne Berufe, bei denen man dann auch einen Doktortitel erwerben könnt! Da hättest du aber den Papa hören sollen. Der schimpft ja nicht oft, aber wenn, dann richtig.« Max lachte sein sorgloses Bubenlachen, wie er es im letzten halben Jahr nur mehr selten getan hatte. »Das Thema wird nicht mehr ang'sprochen, dafür hat der Papa g'sorgt.«

Wir setzten uns an den Küchentisch, und Max fragte Zenzl, die ebenso umfangreiche wie tüchtige Köchin, ob es nicht bald etwas zu essen gäbe. Vorausschauend hatte sie aber bereits für jeden von uns einen Teller hingestellt und brachte dazu eine dampfende Schüssel mit Leberknödelsuppe. »Eigentlich ist die gar nicht für euch, aber bei der G'sellschaft vom Dr. Brauer sind eh schon alle so fett. Da schaden euch die Leberknödel weniger.«

»Auf geht's, Zenzl, wo bleibt die Suppe?«, hörte man den Bräu mit seiner lauten, dunklen Stimme vom Gang her rufen.

Wenige Augenblicke später stand seine mächtige Gestalt neben dem großen Herd in der Küche.

Als er uns mit den dampfenden Tellern am Tisch sitzen sah, lachte er und meinte: »Da können die Gäste natürlich lang warten, wenn zuerst die Herren Gymnasiasten was kriegen.«

»Du, Papa.« Max hatte den Suppenlöffel auf den Tisch gelegt, war aufgesprungen und zog den Ring umständlich aus dem Hosensack. »Ich wollt es der Mama nicht zeigen, damit sie sich nicht aufregt. Aber der Korrer hat den Ring verpfuscht. Da schau.« Er hielt seinem Vater das Schmuckstück hin. »Der Smaragd ist nicht richtig festg'macht.«

Herr Stockmeier schaute unschlüssig auf den Ring. Ihn schien die Pretiose nicht zu interessieren, denn er sagte nichts weiter.

Also schlug Max vor: »Ich geh gleich noch mal rüber zum Juwelier und zeig ihm seinen Murks.«

»Wenn du magst.« Der Bräu zuckte die Achseln. »Wir haben den Ring ja bloß richten lassen, weil der Korrer vor zwei Wochen eine große Feier bei uns ausg'richtet hat. Da hat er hübsch viel Geld dagelassen. Sogar Champagner hat's geben. Und das beim Korrer, der sonst ein jedes Zehnerl so lang umdreht, bis man die Prägung nicht mehr kennt.«

»Was hat der Korrer denn g'feiert, Papa?«

»Das hat er nicht g'sagt. Bloß von einer glücklichen g'schäftlichen Entwicklung hat er g'redet. Mehr nicht. Es waren Leut auf der Festlichkeit, die ich nicht kennt hab.«

Inzwischen hatte die Zenzl mehrere große Terrinen mit der guten Leberknödelsuppe gefüllt, und die Bedienungen trugen sie ins Gastzimmer. Der Bräu hielt ihnen die schwenkbare Küchentür auf und verschwand dann ebenfalls.

»Interessant«, murmelte Max zwischen zwei Löffeln Suppe. »Schön langsam wird's spannend. Die glückliche Entwicklung könnt leicht mit dem Tod der Schlickin zusammenhängen. Oder was meinst du, Kaspar?«

»Aber – das gibt's doch nicht.«

Dem dicken, glatzköpfigen Mann waren in kürzester Zeit Schweißperlen auf die Stirn getreten, und seine gewaltige Unterlippe vibrierte mit hoher Frequenz. Noch einmal prüfte Herr Korrer mit dem Vergrößerungsglas im Auge den Ring. Dann nahm er das Okular heraus, legte den Ring auf den Tisch und sah verzweifelt zu seiner Frau hinüber. Die lehnte an einem großen Tisch, auf dem eine stattliche Anzahl von Pokalen ausgestellt war. Sie hatte die Arme vor der Brust verschränkt und sah ihn spöttisch grinsend an.

»Ferdl«, schrie der Goldschmied schließlich, wobei er den Kopf nach hinten in Richtung Werkstatttür gedreht hatte. »Ferdl! Wird's bald. Komm sofort raus und schau dir an, was du angestellt hast.«

Der Vorhang wurde zur Seite geschlagen, und ein hoch aufgeschossener, semmelblonder Bursche von etwa siebzehn Jahren kam mit neugierigen Augen in den Verkaufsraum. Die blasse Haut seines lang gezogenen Gesichts war von Pickeln übersät.

»Da – schau dir das an.« Das Gesicht vom Korrer war inzwischen puterrot angelaufen, das Zittern der Unterlippe hielt an. »Polieren, hab ich gesagt, sollst du den Ring und nicht kaputt machen.«

Unsicher sah sich der Ferdl im Raum um. Schnell hatte er Max und mich wahrgenommen, grüßte uns jedoch nicht. Dann nahm er den Ring und prüfte ihn von allen Seiten. Zum Schluss hielt er ihn noch ins Licht und fuhr einige Male mit Daumen und Zeigefinger über die Einfassung des Edelsteines.

Dann schüttelte er energisch den Kopf und sagte selbstsicher: »Das war ich nicht, Meister. Ganz bestimmt nicht.«

Damit drückte er dem Korrer das Schmuckstück wieder in die Hand und sah ihn fragend an.

»Was?«, schrie der Juwelier. »Frech werden auch noch.« Die blauen Augen traten ihm vor Aufregung aus dem Kopf, und die Unterlippe stand für eine Sekunde still. »Kannst schon wieder gehen. Kannst schon gehen. Aber pass auf, dass du nicht bald ganz gehen kannst. Auf Nimmerwiedersehen, sozusagen.«

Er zog ein frisches, weißes Schnupftuch aus dem Hosensack und wischte sich den Schweiß von der Stirn. Der Lehrling verschwand wortlos hinter der Werkstatttür.

»Das Personal heutzutage, ts, ts, ts.« Frau Korrer machte eine vornehme Schnute und schüttelte den Kopf. Wie sie mit verschränkten Armen und erhobenen Hauptes dastand, hätte man meinen können, dass sie sich gerade zufällig in dem Laden aufhielt und mit der Reklamation überhaupt nichts zu tun hatte.

»Also, die Herren, das tut mir unsagbar leid. Natürlich werden die Kalamitäten in Ordnung gebracht.« Noch einmal wischte sich Korrer mit dem Taschentuch über das ganze Gesicht. »Selbstverständlich werden die Reparaturen schnellstens ausgeführt. Gratis, das versteht sich. Aufs Haus, sozusagen. Und dann bringt Ihnen der Ferdl den Ring vorbei. Gar keine Frage. Und entschuldigen Sie bitte die Umstände, die Ihnen entstanden sind.«

Diensteifrig lief er um die Ladentheke herum und öffnete die Tür. Als er an mir vorbeikam, roch ich seine Ausdünstungen, eine widerliche Mischung aus süßem Rasierwasser und ranzigem Schweiß.

»Ein Kompliment mögen Sie bitt schön ausrichten an die Frau Mama und den Herrn Papa. Meine besten Grüße, und nochmals bitt ich tausendmal um Entschuldigung.«

Es war das erste Mal, dass sich jemand vor mir verbeugte, als Max und ich den Laden verließen.

»Da hast aber eine schöne Sauerei ang'richtet«, schimpfte ich meinen Freund, als uns niemand mehr hören konnte. »Jetzt hat der Lehrling den ganzen Ärger.«

Mein Freund blieb zunächst stumm und lotste mich wieder am Rathaus vorbei in Richtung Loisach.

»Dass der Lehrbub vom Korrer Schwierigkeiten kriegt, hab ich ehrlich nicht g'wollt. Aber wie hätt ich wissen können, dass der geizige Hund einen Lehrling hat?« Unglücklich schnaufte Max tief aus. »So ein Mist. Zum Schluss schmeißt der Korrer ihn wirklich raus. Zuzutrauen wär's ihm.«

Zerknirscht setzte sich Max auf eine Bank. Ich ging vor ihm auf und ab. Das Schicksal vom Ferdl ließ mir keine Ruhe.

»Du musst hingehen und die Wahrheit sagen. Du musst sagen, dass du den Ring kaputt g'macht hast. Was bleibt dir sonst übrig?«

»Schmarrn«, zischte Max. »Dann steht der Korrer ja noch dümmer da, weil er meinen kleinen Zerstörungsakt gar nicht g'merkt hat. So geht's nicht.«

Max hielt den Kopf in seinen Händen, die Arme auf die Knie gestützt. Er machte sich Sorgen.

Nach einer Weile sah er auf und schimpfte: »Der Korrer ist ein geldgieriger Kerl, und seine Alte ist wahrscheinlich nicht besser. Ich kann schlecht beurteilen, wie solche Leut reagieren. Wir müssen uns zuerst mit dem Ferdl unterhalten. Sonst machen wir die Sache bloß noch schlimmer. Erst wenn wir mit ihm g'redet haben, sehen wir weiter.«

Ab ein Uhr warteten wir auf der anderen Straßenseite gegenüber vom Juwelierladen auf den Ferdl. Max und ich waren in der Zwischenzeit zurückgegangen zum Bräu, und Max hatte zehn Mark aus dem Geheimversteck in seinem Zimmer geholt.

Pünktlich um ein Uhr schloss der Goldschmied seinen Laden zu. Anschließend nahm er die wertvollen Stücke aus der Vitrine. Erst eine Viertelstunde später kam der lange Ferdl aus der Ladentür heraus, die ihm sein Lehrmeister aufhielt. Er schlug sofort den Weg Richtung Bräu ein. Max rannte los und ich hinterher. Schnell hatten wir den Lehrling erreicht. Schnaufend blieben wir vor ihm stehen.

»Das trifft sich gut«, sagte er ruhig. »Ich wollt gerade den Ring bei euch in der Wirtschaft abgeben. Ich habe ihn sofort gerichtet. Viel hat ja nicht g'fehlt.«

Er drückte dem Max das Papiertütchen, das er aus der Westentasche gezogen hatte, in die Hand und wollte gleich in die andere Richtung davon.

»Halt«, schrie Max. »Bleib doch stehen. Ich muss dir noch was sagen.«

Er tat einige Schritte auf den Ferdl zu. Der drehte sich zu ihm um und sah ihn fragend an.

»Du«, druckste Max herum, »ich hab nicht g'wollt, dass du Ärger kriegst wegen uns, oder besser g'sagt wegen mir.«

Max holte fünf einzelne Markstücke aus dem Hosensack und hielt sie dem blonden Schlacks hin.

»Willst mir ein Trinkgeld geben? Das wär aber nicht nötig g'wesen.« Ferdl grinste, und schon hatte er das Geld eingeschoben. Die unreine Haut in seinem hellen Gesicht hatte sich etwas gerötet.

»Nein, es ist …« Max schaute in den Boden. »Es ist eher ein Schmerzensgeld wegen dem Ärger, den du g'habt hast.«

»Hast du vielleicht den Ring kaputt g'macht?« Der Lehrling lachte kurz auf. »Ich hab g'meint, ein kleines Kind hätt sich damit g'spielt, und dabei hat sich der Edelstein g'lockert. Ich kann mich gut an die Arbeit erinnern, denn ich hab den Ring ja nicht bloß poliert, sondern auch die ganze Fassung selber g'macht. Der Meister tut nicht mehr allzu viel, weißt du. Der liegt die meiste Zeit auf dem Kanapee in der Werkstatt, ist dreckfad und liest Zeitung. Seine Frau schleimt derweil die Kundschaft im Laden an und schaut, dass sie den Leuten möglichst viel Geld abnimmt.«

»Du redest aber nicht g'rade gut von deinen Dienstherren«, meinte Max. »Hast du denn keine Angst, dass wir das dem Korrer erzählen?«

»Nur zu.« Der Ferdl schien wirklich ein fröhlicher Mensch zu sein. »Wisst ihr was? Bevor ihr mich beim Korrer hinhängt, gehen wir in den Biergarten vom Humpl. Da leisten wir uns eine Maß. Geld haben wir ja.«

Dabei klimperte er mit den fünf Markstücken in seiner rechten Hosentasche.

Zum Humpl war es nicht weit und wir gingen mit. Im Biergarten setzten wir uns an einen kleinen, grünen Tisch in die Sonne.

»Also, beim Korrer könnt ihr mich gern hinhängen«, wiederholte der Ferdl und machte es sich auf seinem Stuhl gemütlich.

Da kam bereits die Bedienung zu uns an den Tisch. »Was darf's denn sein?«

»Für mich eine Maß Bockbier«, meinte Ferdl selbstbewusst.

»Für mich dasselbe.« Max hatte sich auf seinem Stuhl aufgerichtet.

»Ich trinke beim Max mit«, sagte ich verlegen und deutete auf meinen Freund.

Bis das Bier kam, redeten wir nichts. Dann nahm Ferdl seine Maß routiniert mit der Rechten und rief: »Ein Prosit auf den edlen Spender.«

Er hielt seinen Krug stolz in die Höhe und stieß kräftig mit Max an. Ich nahm anschließend auch einen kleinen Schluck aus Maxls Maßkrug.

»Warum würd es dir denn nichts ausmachen, wenn wir dich beim Korrer hinhängen? Der könnt dich doch rausschmeißen. Dann hättest du den Dreck im Schachterl.«

»Nix Dreck im Schachterl.« Ferdl lehnte sich gemütlich zurück und genoss die Sonne. »Der Juwelier Eisemann hinterm Rathaus, der tät mich sofort nehmen. Ich bin nämlich der beste Juwelierlehrling in ganz Oberbayern. Und das hab ich seit der Zwischenprüfung sogar schriftlich.«

Ferdl zog aus seiner Westentasche ein fein modelliertes goldenes Uhrband. »Wer so was machen kann, der ist kein Depp.«

Er zeigte uns das gute Stück über den Tisch herüber, und wir durften es bewundern.

»Und mehr zahlen würd der Eisemann auch noch. Bloß komm ich nicht aus dem blöden Ausbildungsvertrag raus. Verstehst?«

Er schob das Uhrband wieder ein und nahm einen kräftigen Schluck. Den brauchte ich jetzt auch.

»Die Korrers sind aber recht komische Leut, findest nicht?«, fragte Max und schaute sein Gegenüber interessiert an.

»Komisch ist viel zu freundlich. Geldgierige Grattler sind s'. Und so zerstritten, dass ihr euch das gar nicht vorstellen könnt. Jeden Tag haben sie gestritten, seitdem ich vor zwei Jahren angefangen hab, bei ihnen zu arbeiten. Jeden Tag. Erst seit ungefähr vierzehn Tag' ist es besser. Und letzte Woch ist die Mutter von der Chefin g'storben. Seitdem ist die Stimmung noch mal gehoben. Jetzt spekulieren sie sicher auf eine schöne Erbschaft.« Ferdl lachte. »Mit dem plötzlichen Geldsegen haben sie sich wieder lieb.«

Ferdl trank seine Maß leer und verabschiedete sich ohne große Umschweife. In einer Viertelstunde musste er zurück an seinen Arbeitsplatz. Er bezahlte sein Bier beim Hinausgehen.

Max saß noch eine Weile still da. Er schien nachzudenken. Gerade als wir aufbrechen wollten, kam eine auffallend schöne, dunkelhaarige Frau in den Biergarten. Sie mochte etwa dreißig Jahre alt sein und trug ein hellblaues, geblümtes Kleid. Ihr folgte ein großer, kräftiger, etwa fünf Jahre älterer Mann, der sein pechschwarzes Haar zurückgekämmt und ohne Scheitel trug. Auch er war eine recht attraktive Erscheinung mit einem streng geschnittenen Gesicht und einer habichtartigen Nase. Nur eine rotgefärbte Narbe auf der rechten Stirnseite, welche auch die rechte Augenbraue zerschnitt, trübte diesen Eindruck. Das Paar setzte sich an unseren Nebentisch.

Ich kannte die beiden. Sie waren am Tag zuvor auf der Beerdigung der alten Schlickin gewesen und mit dem Viehhändler Schwarz zusammengestanden.

»Das sind der Metzger Kandlbinder und seine Schwester, die schöne Afra«, flüsterte Max mir zu. »Sie soll ein Verhältnis mit einem großen Bauern haben, sagen die Leut.«

»Die zwei waren auf der Beerdigung gestern«, raunte ich Max zu.

Der machte ein neugieriges Gesicht. An Aufbruch war nun nicht mehr zu denken.

»Ja, wo bleibt er denn, dein Herzallerliebster?«, fragte der Kandlbinder gut gelaunt seine Schwester. Er hatte eine kräftige Stimme. »Der Steffl, mein ich, ist zuletzt noch in den Abort hineing'fallen, weil er gar nicht kommen mag.« Er grinste.

»Du weißt genau, Kili, dass ich es nicht mag, wenn du so von ihm redest.« Die junge Frau schaute ihren Bruder mit ihren hellbraunen Augen böse an. »Er hat halt eine schwache Blase. Aber da gibt's schlimmere Leiden. Geldgier zum Beispiel.«

Der Metzger fuhr zusammen. Dann nahm er einen tüchtigen Schluck aus dem Bierkrug, den die Kellnerin ihm gerade gebracht hatte. Seine Schwester trank Kaffee. Die Bedienung hatte noch einen weiteren Krug an den Tisch der Kandlbinders gestellt. Wem der wohl gehören mochte?

Da trat mir Max unter den Tisch mit dem Fuß vorsichtig an mein Schienbein und machte mit dem Kopf eine

Bewegung Richtung Wirtshaustür. Von dort her kam der Schlick-Steffl mit seinem unsicheren Gang. Bevor er an dem Nachbartisch neben der schönen Afra Platz nahm, strich er sich die dunklen, fettigen Haare mit einer fahrigen Bewegung zurück.

Sie lächelte ihn zufrieden an. »Gut schaust aus mit deinem neuen Anzug.«

Er trug den gleichen dunklen Zweiteiler, den er bereits bei der Beerdigung seiner Mutter angehabt hatte. Die ausgelatschten, staubigen Schuhe, die man unter dem Biertisch sehen konnte, passten gar nicht zu der neuen, modischen Garderobe. Linkisch schaute der Steffl sich um. Auch zu uns sah er her, er schien Max und mich aber nicht zu erkennen.

»Den hab ich gekauft wegen der Beerdigung von der Mama. Respektive.« Er schluckte deutlich hörbar, und sein weit hervorstehender Adamsapfel ging mehrmals auf und ab. »Sonst leg ich ja weniger Wert auf Äußerlichkeiten. Notabene. Aber zu bestimmten Anlässen ...«

Er beendete den Satz nicht und bekam einen tieftraurigen Gesichtsausdruck. Er mochte gut vierzig Jahre alt sein, sah aber wesentlich älter und verbraucht aus.

»Also, Wörter kennst du.« Zärtlich strich die Afra dem jungen Schlick die Haare zurecht. »Ich kenn keinen, der so vornehm daherreden kann wie du.«

Mit ihrer Berührung hatte sie die Wehmut aus dem Gesicht ihres Geliebten vertrieben. Er lächelte scheu. Der Kandlbinder schaute den beiden amüsiert zu. Er hatte seit dem Erscheinen des jungen Schlick noch kein Wort gesagt.

»Bin ja schließlich nicht umsonst so lang in der Ausbildung gewesen.« Der Steffl fühlte sich geschmeichelt.

»Klosterschule, Abitur, Hochschule. Da heißt es studieren. Notabene.«

Stolz sah die Afra ihn an und gab ihm schließlich einen Kuss auf die Wange.

»Ihr Weiber immer.« Der Schlick war rot geworden. »Das darfst aber nicht machen, Afra. Die Leute schauen schon.«

»Die gaffen bloß, weil wir zwei so ein schönes Paar sind.« Noch einmal bekam der Steffl einen Kuss.

Max sagte kein Wort. Auch ich hielt den Mund und sah zu den Kastanienbäumen.

Ich wusste, dass Max alles hören wollte, was am Nebentisch geredet wurde, und natürlich interessierte es mich auch.

»Jetzt hört's endlich auf mit der Schmuserei.« Der Kandlbinder wischte sich den Bierschaum vom streng gestutzten Schnurrbart. »Wie soll's denn weitergehen mit euch beiden, Steffl? Dir gehört doch jetzt der ganze Besitz?«

»Ja, gewissermaßen. Eigentlich schon.« Der Schlick richtete sich in seinem Stuhl auf. »Es sind halt noch ein paar Formalitäten zu klären. De facto.« Er fühlte sich sichtlich unwohl.

»Was denn für Formalitäten?«, wollte der Kandlbinder wissen.

»Erbschaftsangelegenheiten! Das ist nicht so einfach.«

»Aber es lässt sich doch alles regeln, wenn ein notarieller Vertrag da ist.« Der Metzger lächelte sein Gegenüber aufmunternd an.

»Ein Testament, meinst du?« Schnell wechselte Schlicks Blick zwischen den beiden Geschwistern hin und her. »Ein

Testament in dem Sinn, gewissermaßen, gibt's schon. Aber das hat die Mutter vor ein paar Wochen geändert.«

»Wie geändert?« Dem Kandlbinder gefror sein Lächeln im Gesicht ein.

»Sie hat das Testament zu meinen Gunsten geändert.« Der junge Schlick schaute jetzt sehr ernst. »Die Theresia kriegt bloß ihre Mitgift ausbezahlt und einen Pflichtteil von der Erbschaft. Mehr nicht. Der Hof g'hört mir allein.«

»Das ist ja bärig«, meinte der Metzger. »Und der Theresia schadet's nicht, beim Korrer haben s' eh schon genug Geld.«

Steffl nickte unsicher.

Der Metzger hatte sich inzwischen eine Zigarette angezündet und sog den Rauch tief ein. Man konnte ihm ansehen, dass er mit der Auskunft zufrieden war.

»Wirst halt ein oder zwei Wiesen verkaufen müssen, damit die Theresia ihren Anteil kriegt«, bemerkte Afra in Richtung Steffl und blinzelte dann ihrem Bruder zu.

»Aber das ist doch alles sekundär. Kleine Fische, in dem Sinn.« Der Schlick warf den Kopf energisch zurück. »Ich bin da an einem Projekt partizipiert. Da ist der Hof doch sozusagen«, er suchte das richtige Wort, »sozusagen zweitrangig.«

Die beiden Geschwister schauten ihn verständnislos an, aber jetzt war der Steffl nicht mehr zu bremsen.

Mit leuchtenden Augen berichtete er: »Ich hab da einen Geschäftspartner. Erste Adresse, so viel kann ich euch verraten. Wir machen eine Sozietät, und dann geht's ins Zuckerrübengeschäft. Ganz groß. Danach haben wir keine finanziellen Sorgen mehr, das versprech ich euch. Seit zwei Wochen hab ich den Kredit bewilligt, und in

Kürze krieg ich das Geld aus der Lebensversicherung von der Mama.«

»Aber der Hof. Der schöne Hof.« Afra schaute ihn fassungslos an.

»Ich versteh dich nicht.« Der Schlick schüttelte überheblich den Kopf. »Was wirft so ein Hof schon ab? So gut wie nichts. Und dann die Arbeit und der Dreck. Ich hab aber was gelernt, ich war auf der Universität. Glaubt ihr, dass ich nach all den bestandenen Examen und dem vielen Lernen ausmiste und Kühe melk. Ich bin doch nicht blöd. Notabene.«

Der Kandlbinder hatte sich mit verdrossener Miene auf seinem Stuhl zurückgelehnt und die Arme vor der Brust verschränkt. Seine Stimme hatte plötzlich einen metallenen, unguten Klang: »Unsere Eltern wären froh g'wesen, wenn sie bei einer Kuh ausmisten hätten dürfen. Wir haben aber bloß ein paar Geißen g'habt. Und an der Maul- und Klauenseuch kurz nach dem Krieg sind die armen Viecher alle verreckt. Weißt das noch, Afra?«

»Ob ich das noch weiß!« Die braunen Augen der schönen Frau wirkten plötzlich leer. »In dem Winter ist doch der Franzl g'storben. Unterernährt, hat der Doktor g'sagt, wär er g'wesen. Vier Tage ist er tot in der Holzhütte draußen g'legen. Die Leich haben wir wegen dem vielen Schnee nicht früher ins Dorf runterbringen können. So armselig war's damals bei uns im Hinteren Wald. Den Kuhdreck hätten wir nicht g'scheut. Aber es war die Gripp, die elendige, wegen der der Franzl hat sterben müssen. Denn unterernährt waren wir alle. Die Mutter zuerst.«

Am Nebentisch herrschte nun betroffene Stille. Der Kandlbinder zündete sich noch eine Zigarette an.

»Komm, gib mir auch eine«, bat seine Schwester und legte die rechte Hand auf die Linke ihres Bruders. Sie hatte lange, schlanke Finger mit breiten Kuppen. Die Fingernägel waren sehr gepflegt und dezent hellrot lackiert.

»Bist narrisch? In deinem Zustand!«, fuhr sie der Metzger an und zog seine Hand mit der Zigarettenschachtel weg.

»Eine wird schon nix machen. Das hat sogar der Doktor g'sagt.« Ihre Hand war zu seinem kräftigen Unterarm hinaufgeglitten und drückten ihn ein wenig.

»Dann ist der Doktor ein Depp.«

Resolut steckte er die Packung Overstolz weg.

Nun sah er den Steffl scharf an und begann: »Die Afra hat g'meint, dass doch jetzt für die Zukunft alles gerichtet wär, nachdem deine Mutter nicht mehr lebt. Ihr könnt jeden weiteren Schritt frei entscheiden, ohne dass jemand dreinredet. Einen großen Hof habt ihr und so viel Grund wie kein anderer Bauer rundum. Jetzt heißt's halt anpacken. Außerdem pressiert's, schließlich seid ihr ja bald zu dritt.«

Er warf seiner Schwester einen zärtlichen Blick zu.

»Schau doch her, Steffl.« Beinahe bittend sah der Metzger jetzt zu dem jungen Schlick. »Die Afra und ich, wir haben es doch auch zu was gebracht. Und g'habt haben wir am Anfang nix. Gar nix. Die Ärmel aufstricken haben wir halt müssen. Dann ist es schon gegangen. Und als Nächstes übernehmen wir einen schönen Laden in der Marktstraß. Ich hab da schon was im Auge.«

»Der Kili hat recht.« Afras Augen leuchteten, und sie wiederholte: »Ein oder zwei Grundstücke wirst halt verkaufen müssen. Mit dem Geld zahlen wir zuerst deine

Schwester aus. Vom Rest kaufen wir ein paar Kühe und trächtige Muttersäu', und auf geht's.«

Sie schien wirklich keine Arbeit zu fürchten.

»Und einen neuen Bulldog bekommt ihr von mir«, setzte ihr Bruder noch einen drauf. »Das ist dann mein Hochzeitsgeschenk.«

Der lange Schlick schaute missmutig. Tief schnaufte er ein, bevor er begann: »Aber das Zuckerrübengeschäft. Ich wollt es ja nicht verraten, aber jetzt sage ich es doch: Der Schwarz ist bei dem Geschäft mit dabei, der Viehhändler. Notabene.«

Er lehnte sich selbstgefällig zurück und erwartete eine respektvolle Beurteilung seiner Pläne. Da kam er beim Kandlbinder aber an den Falschen.

»Dass du die Arbeit nicht erfunden hast, das hab ich schon früher g'merkt. Aber dass du so stinkfaul und dumm bist, hätt ich doch nicht gedacht.« Er winkte enttäuscht ab, um anzudeuten, dass die Unterhaltung für ihn beendet sei. Doch noch einmal drehte er sich zum Steffl hin und sagte: »Der Schwarz ist mein Spezl, das weißt du. Aber wenn's ums Geld geht, dann kennt der keine Freundschaft. Und dich –«, der Metzger beugte sich über den Tisch zum Steffl hin, »dich frisst der Schwarz auf'm Kraut. Bedienung, zahlen!«

Hastig trank der Kandlbinder den letzten Schluck aus seinem Krug. Im Stehen gab er der Kellnerin das Geld für die ganze Zeche. Auf einen strengen Blick hin stand seine Schwester zögernd auf, streichelte dem blöd dreinschauenden Schlick noch einmal übers schlecht rasierte Gesicht und ging dann hinter ihrem Bruder her aus dem Biergarten.

Der Schlick saß noch eine Weile da und sah verloren drein. Man hätte Mitleid mit ihm haben können. Schließlich verließ er grußlos, an der Kellnerin vorbei, den Gasthof.

»Das hat sich g'lohnt.« Max grinste. »Hast du g'merkt, dass da was nicht stimmt. Bloß ums Geld ist es gegangen. Der Kandlbinder und seine Schwester sind narrisch froh, dass die Alte weg ist. Dem Steffl sind fast die Tränen gekommen, als er kurz die Beerdigung ang'sprochen hat. Von den drei' hat jeder ein Motiv, dass er die alte Schlickin umgebracht haben könnt. Der Steffl, weil er den Hof erbt. Und die Kandlbinders, weil ihnen die Alte nicht mehr im Weg steht.«

Als wir beim Bräu ankamen, saßen die Eltern vom Max gerade beim Nachmittagskaffee in der Küche. Wir setzten uns dazu und aßen einen guten Hefezopf.

»Was habt ihr denn getrieben in der Stadt?«, fragte Maxls Vater gemütlich.

Mir blieb bei der Frage der Zopf im Hals stecken.

Er schien sich im Gegensatz zu seiner Frau zu freuen, dass wir da waren.

Offensichtlich waren ihm die Noten seines Sohnes nicht gar so wichtig, obwohl er mir doch die Prämie ausgesetzt hatte. Vielleicht steckte ja auch seine Frau hinter dem Plan mit den zweihundert Mark.

Max dagegen antwortete ruhig kauend: »Wir waren im Biergarten beim Humpl. Da waren auch der Kandlbinder, seine Schwester und ihr Geliebter, der Schlick.«

»Was verstehst jetzt du schon von einem Geliebten?«, wollte seine Mutter wissen.

Der Bräu betrachtete seinen Sprössling gutmütig und strich sich den Schnurrbart gerade. »Mit der schönen Afra hat der Schlick schon einen Fang g'macht. Sapperlott. Hinter der sind schon viele Burschen her g'wesen, und es hat böse Raufereien wegen ihr gegeben. Ein sauberes Weibsbild ist sie ja, das muss man zugeben. Und Holz vor der Hütte wie eine böhmische Kindsmagd.«

Der Wirt deutete mit beiden Händen die Oberweite der Dame an.

Frau Stockmeier hatte einen roten Kopf bekommen. »Wie kann man denn bloß so ordinär daherreden vor den Buben.« Sie sah ihren Mann böse an.

»Meinst vielleicht, dass sich die Buben den ganzen Tag lang über die heilige Dreifaltigkeit unterhalten?« Herr Stockmeier wurde grantig. »Das ist ja nicht auszuhalten, das gute Benehmen den ganzen Tag lang.« Missmutig tauchte er ein Stück Zopf in den Kaffee. »Und b'sonders bissig werden die Weiber, wenn's um eine andere geht. Noch dazu, wenn die sauber g'wachsen ist. Du hast dich früher auch nicht beschwert, wenn dir die Männer nachg'schaut haben. Und als ich dem eingebildeten Zahnarzt aus Tuttling ein paar runterg'haut hab, weil er dir nachg'stiegen ist, hat dir das doch gefallen. Gib's nur zu.«

Jetzt erst schob er sich das tropfende Stück Zopf in den Mund und kaute grimmig. Dunkle Kaffeetropfen hingen in seinem Schnurrbart.

Wortlos stand die Frau Stockmeier auf und ging zur Tür. Dort drehte sie sich um und schimpfte in Richtung Bräu: »Aber gar so arg hättest du ihn auch nicht schlagen müssen. Der arme Kerl tut mir heut noch leid.«

Mit einem lauten Knall flog die Tür ins Schloss.

»Jaja, meine Gattin«, sinnierte der Bräu und schaute verträumt in seine Kaffeetasse. »Ich hab's sehr gut getroffen mit ihr. Sie hält das G'schäft zusammen. Ich kümmere mich um die Gäst'. Und eine saubere Frau ist sie immer noch, deine Mama.« Freundlich und zufrieden schaute er zu seinem Sohn hin. »Und früher – das sag ich euch – da war sie die Schönste im ganzen Oberland. Und ang'schaut hat sie keinen, so stolz war sie. Fast ein Jahr lang bin ich ihr nachg'laufen, bis sie endlich g'merkt hat, dass es mich überhaupt gibt. Und dann wär der Herr Zahnarzt dahergekommen und hätt g'meint, dass er sich hier aufblasen kann wie ein Pfingstochs. Aber dem hab ich g'holfen. Wie ich mit dem fertig war, hat er selber einen Doktor 'braucht. Und nach Wolfratshausen hat er sich nicht mehr getraut.« Zufrieden schob er das letzte Stück Hefezopf in den Mund und schnaufte tief ein. »Eine schöne Zeit war das.«

Wir konnten uns nicht mehr lange in Wolfratshausen aufhalten, denn um fünf Uhr mussten wir beim Pfarrer Schoirer sein. Wir verabschiedeten uns also und radelten direkt nach Deining. Etwas verschwitzt kamen wir dort an, doch den geistlichen Herren störte das nicht. Er beschwerte sich lediglich über das schwüle Wetter und darüber, dass ihm der Arzt verboten hatte, mehr als eine Halbe Bier am Tag zu trinken. Und das ihm, einem gebürtigen Wolnzacher, dem der Hopfen gewissermaßen in die Wiege gelegt war.

Nach der Nachhilfestunde fuhren wir zu uns nach Hause. Mein Bruder Hans war für ein paar Tage gekommen, um bei der Heuernte zu helfen. Er machte gerade eine Fremdlehre auf einem großen Hof in Lenggries. Die ganze Familie freute sich, ihn wiederzusehen, denn er kam bloß alle paar Wochen heim. Bis weit in die Nacht hinein saßen wir an dem Tisch unter dem Birnbaum und unterhielten uns.

Da hörten wir eine Sirene. Alle sprangen auf und liefen um das Wohnhaus herum, um in Richtung Deining schauen zu können. Von dort kam das Sirenengeheul zuerst.

In schneller Reihenfolge waren dann auch die Sirenen aus den anderen Ortschaften zu hören. Aus Ergertshausen, Egling, Dingharting und Aufhofen.

Mein Vater und mein Bruder, die beide bei der freiwilligen Feuerwehr waren, überlegten nicht lange. Sie sprangen in unseren alten VW Käfer und brausten davon, um zusammen mit der Deininger Feuerwehr bei dem Unglück zu helfen.

Als wir den Feuerschein über Deining sahen, hatte das Auto den Hof bereits seit einigen Minuten verlassen.

Max überlegte nur einen Augenblick, dann reagierte er. »Komm, Kaspar, vielleicht können wir auch was tun.«

Was Max wollte, war klar. Es ging ihm nicht darum, der Feuerwehr beizustehen, sondern er wollte Informationen aus nächster Nähe, zumal er sicher schon einen Verdacht hatte, wo es brannte.

Meine Mutter protestierte zunächst dagegen, dass auch Max und ich zu der Brandstelle wollten. Doch Opa wies sie mit deutlichen Worten darauf hin, dass auch wir jede Hilfe gut brauchen könnten, wenn wir den Schaden hätten.

Also fuhren Max und ich mit dem Rad Richtung Deining. Bald schon sahen wir, dass es nicht im Ort selbst brannte, sondern von uns aus gesehen etwa einen Kilometer dahinter. Und dort stand nur ein einziges größeres Gebäude: der Schlicker Hof.

Max trat nun mit aller Kraft in die Pedale, und ich hatte Mühe, ihm zu folgen. Auf dem schmalen Kiesweg von Deining zu dem Anwesen mussten wir öfters den Weg frei machen, um die ankommenden Feuerwehrfahrzeuge aus den Nachbarorten vorbeizulassen. Außerdem zog der helle Feuerschein von weither die Leute an, und wir waren nicht die Einzigen, die mit dem Rad zum Schlicker Hof fuhren oder zu Fuß dorthin kamen.

Als wir uns der Brandstelle näherten, sahen wir, dass es hinter dem lang gezogenen Hofgebäude brannte. Dort stand der Bungalow. Die Feuerwehrmänner waren in erster Linie damit beschäftigt, die Wände des Bauernhofes nass zu spritzen, damit diese nicht Feuer fingen. Das Zuhaus war offensichtlich nicht zu retten. Die Flammen hatten dessen Dach bereits zerstört. Der Dachstuhl war bei unserer Ankunft gerade zusammengebrochen. Jetzt loderten die Flammen aus den Fensteröffnungen, wo das Fensterglas durch die hohen Temperaturen bereits zersprungen war.

Wir halfen unter Anweisung eines Feuerwehrmannes sofort mit, das Mobiliar aus dem Wohnhaus des alten Gebäudes zu schleppen, denn der Wohnteil des lang gestreckten Hofes stand dem Bungalow am nächsten und war somit am meisten gefährdet. Wieder und wieder rannten wir ins riesige Wohnhaus und trugen Geschirr, Kleidung, Teppiche, Möbel und alles, was uns einigermaßen wertvoll erschien, aus dem Haus in den verwahrlosten Hofraum.

Nach etwa einer Stunde konnten wir damit aufhören, denn der Brand war unter Kontrolle und die Gefahr vorbei, dass sich das Feuer weiter ausbreitete. Wir besahen uns den Schaden: Der Bungalow war völlig ausgebrannt, der Dachstuhl – oder was davon übrig war – war eingestürzt. Die Fenster und Türen waren schwarze Löcher, aus denen es jetzt in dicken Wolken qualmte, da das Löschwasser in dem Gebäude verdampfte.

Eine Unmenge Leute war da. Feuerwehrmänner, die zum Teil ihre Ausrüstung schon wieder zusammenpackten, zum Teil noch in die Glut des ausgebrannten Hauses hineinspritzten. Daneben waren viele Helfer aus dem Dorf gekommen. Natürlich auch Schaulustige, die das Geschehen mit den Händen in den Hosentaschen kommentierten. Letztere konnten sich jedoch manch böse Bemerkung der Feuerwehrleute anhören.

Max stieß mich in die Seite. »Hast du den Steffl irgendwo gesehen?«

Ich zuckte die Achseln. An den hatte ich gar nicht gedacht in dem Durcheinander. Max und ich liefen auf dem Hofgelände herum und suchten ihn. Ich fragte einige Bekannte aus dem Ort, natürlich auch meinen Vater und meinen Bruder.

Nirgends war der junge Schlick aufgetaucht. Keiner hatte ihn gesehen.

Max meinte, dass er vielleicht bei der Afra wäre und von dem Brand noch gar nicht erfahren hätte. Er schien davon aber nicht sonderlich überzeugt.

Nachdem es für uns nichts mehr zu tun gab, wurden wir von meinem Vater nach Hause geschickt. Mit mühsamen Tritten in die Pedale quälten Max und ich uns zurück zu unserem Hof. Als wir dort ankamen, fielen wir todmüde in die Betten.

Am nächsten Tag musste ich schon früh mit meinem Vater und meinem Bruder aufs Feld zur Heuernte. Max fuhr mit dem Rad zum Schlicker Hof, um bei den Aufräumarbeiten zu helfen. Jeder Hof schickte bei einem Brandfall in der Nachbarschaft eine Hilfe zur Unglücksstelle. Das war der Brauch, und Max gehörte ja gewissermaßen zur Familie.

Beim Mittagessen zu Hause traf ich Max wieder. Er stank entsetzlich nach Rauch und schien erschöpft. Er aß nicht einmal seinen Teller leer, obwohl es Omas Schweinebraten gab, den er sonst sehr schätzte. Normalerweise hätte er mindestens zwei Portionen gegessen, sein Appetit war berüchtigt.

Nach dem Essen zog Max mich zur Seite.

»Ich muss mit dir reden. Alleine.«

Also gingen wir hinter den Hühnerstall, wo eine Bank war, von der aus man an schönen Tagen die ganze Alpenkette sehen konnte. Wir hatten etwa eine Viertelstunde Zeit, denn nach dem Essen trank mein Vater gerne eine Tasse Kaffee, bevor er wieder aufs Feld fuhr.

Kaum saßen wir, sprudelte es aus Max heraus: »Stell dir vor – in dem abgebrannten Bungalow war noch wer drin.«

Ich starrte ihn fassungslos an.

»Und der Inspektor Huber meint, dass es der Steffl ist, den sie da ganz verkohlt g'funden haben.«

Mir lief es kalt den Rücken hinunter.

»Ich habe nur kurz mit ihm reden können, denn es waren ja noch die Spezialisten von der Brandinspektion und ein Pathologe aus München da. Aber wir treffen ihn heut gleich nach unserer Nachhilfestunde hinter der Josefskapelle.«

»Warum sollen wir den Huber treffen?«, fragte ich. »Der hat doch mit der verkohlten Leich genug zu tun.«

»Jetzt überleg mal«, erwiderte Max. »Gestern am frühen Nachmittag sind der Steffl und die Kandlbinders im Streit auseinandergegangen. Und am Abend hat der Bungalow gebrannt – mit dem Steffl drin. Da wird es den Inspektor schon interessieren, dass sich die Kandlbinders und der junge Schlick gestritten haben. Ein Tatmotiv hat der Kandlbinder, falls der Steffl die schwangere Afra nicht mehr heiraten wollt. Und von Hochzeit hat der Steffl gestern kein Wort g'sagt.«

Er schaute ernst drein, um die Wichtigkeit des Gesagten zu unterstreichen. Dann standen wir auf und gingen zurück zum Haus, wo Vater gerade seine zweite Tasse Kaffee austrank. Mit einem knappen »Auf geht's« erhob er sich von der Eckbank, setzte seinen Hut auf und schlurfte hinaus in den Hof. Ich musste zuerst auf den Traktor klettern, weil ich fahren sollte. Mein Vater bestand darauf, denn ich dürfe den Umgang mit den Maschinen trotz meiner monatelangen Abwesenheit während der Schulzeit nicht verlernen.

Man wisse nie, wofür man erlernte Fähigkeiten noch brauchen könne, sagte er oft. Und das, was man gelernt habe, könne einem niemand nehmen. Gerne erzählte er dann die Geschichte von den zwei Flüchtlingsfamilien aus dem Sudetenland, die nach dem Krieg auf unserem Hof einquartiert waren, bevor sie nach Geretsried zogen. Als sie kurz nach dem Krieg zu uns gekommen waren, hatten sie nichts dabeigehabt als einen Handkarren und einen leeren Magen. Nur mit ihrem Fleiß und dem erlernten Beruf, erklärte mein Vater, hätten sie es wieder zu etwas gebracht.

Heute betrieben die einen eine große Maschinenbaufirma, die anderen eine Schreinerei.

Während ich den Nachmittag über das Heu anstreute, musste ich an den jungen Schlick denken. Ich war mir sicher, dass er der verkohlte Tote in dem abgebrannten Zuhaus war. Wer sonst hätte es sein sollen? Es tat mir unendlich leid um ihn. Er hatte gestern im Biergarten so zerbrechlich und unsicher gewirkt und dabei so viel Unsinn geredet. Ganz anders als der derbe Kandlbinder oder dessen tüchtige Schwester, die sich alles selbst erarbeitet hatten und so praktisch und anpackend veranlagt waren.

Um drei viertel fünf radelten Max und ich nach Deining. Mein Freund hatte sich nach dem Mittagessen geduscht und anschließend hingelegt. Geschlafen hatte er sicher nicht, seine Augen schauten hundsmüde.

Immer noch war kein Brief von Isabell gekommen.

Pfarrer Schoirer war während der Nachhilfestunde mit Max überhaupt nicht zufrieden, denn der war mit dem Kopf ganz woanders. Abgesehen von seinem erbärmlichen Wortschatz erriet Max kaum eine der grammatikalischen Besonderheiten. Er gab schließlich vor, Kopfweh zu haben, und bemühte sich, leidend dreinzuschauen.

Also entließ uns der Pfarrer mit einigen tadelnden Worten etwa eine Viertelstunde früher als vorgesehen. Ohne Umwege fuhren wir zur Josefskapelle, einem abgelegenen Kirchlein im Wald, und warteten dort auf Inspektor Huber. Doch der ließ sich Zeit. Während unseres Wartens umrundete Max ein ums andere Mal die kleine Kapelle. Ich hatte mich auf den Opferstein gesetzt, von dem es hieß, dass dort im Mittelalter Verbrecher hingerichtet worden seien. Der Gedanke daran verursachte in meinem Magen ein leichtes Kribbeln.

Inspektor Huber kam mit einer guten halben Stunde Verspätung. Ungeschickt fuhr er den Waldweg zum Kirchlein herauf und hielt einige Meter vor der Kapelle. Dann stieg er umständlich aus seinem blauen Kadett und kam zu uns her.

Flüchtig gab er erst Max und dann mir die Hand. »Was gibt's?«, wandte er sich an meinen Freund. »Mir pressiert's. Ich erwarte jeden Augenblick weitere Ergebnisse aus der Pathologie in München.«

Ungeduldig schaute er Max an.

Der begann zu erzählen, was wir gestern im Biergarten erlauscht hatten. Der Inspektor stand mit verschränkten Armen da und schaute vor sich auf den Boden. Man konnte an seinem verschlossenen Gesicht nicht erkennen, ob ihn die Ausführungen von Max in seinen Ermittlungen voranbrachten. Mein Freund ließ sich durch das Verhalten des Polizisten irritieren. Er redete viel schneller als sonst, wiederholte und versprach sich.

Schließlich unterbrach ihn Huber. »Ich war heute Mittag schon bei dem Ehepaar Korrer in ihrem Juweliergeschäft in Wolfratshausen und habe ihnen die traurige Mitteilung überbracht. Die verkohlte Leiche in dem abgebrannten Zuhaus ist aller Wahrscheinlichkeit nach der Bruder von Frau Korrer. Die Pathologen haben heute Vormittag die Zähne der Leiche mit den Aufzeichnungen von seinem Zahnarzt verglichen. Es passt genau.« Er steckte sich eine Zigarette an. »Seine Schwester hat die Nachricht mit Fassung getragen. Auch ihr Mann hat sehr besonnen reagiert. Ich habe sie dann noch nach der Pistole gefragt, die neben der Leiche gefunden wurde.«

»Nach welcher Pistole?«, wollte Max wissen.

»Neben der Leiche ist eine Waffe gefunden worden«, erklärte der Inspektor und inhalierte tief. »Frau Korrer hat mir dann erzählt, dass ihr Bruder eine Pistole gehabt hätte. Er hat gerne geschossen. Zum Üben war eine Schieß-scheibe im Hofraum aufgestellt.«

Max warf mir einen triumphierenden Blick zu. Die Schießscheibe hatten wir vorgestern bei unserem Besuch auf dem Schlicker Hof gesehen.

Huber fuhr fort: »Dann hat der Korrer noch gemeint, dass sein Schwager ein Verhältnis mit Frau Afra Kandlbinder gehabt hätte und deren Bruder, ein Metzger, als gewalt-tätig einzuschätzen sei. Ein Motiv hätten die beiden auch gehabt, wenn ich an eure Beobachtungen denke. Nur – alle Verdächtigen, also alle, die für einen gewaltsamen Tod vom jungen Schlick in Frage kämen, haben ein Alibi.« Der Inspektor war trotz des warmen Sommerwetters erkäl-tet und schnäuzte sich. »Die Geschwister Kandlbinder haben den ganzen Tag in ihrer Metzgerei gearbeitet. Ges-tern war Mittwoch, und mittwochs ist immer Schlacht-tag. Am Nachmittag waren sie eine Stunde beim Humpl, wo sie den jungen Schlick getroffen haben. Den ganzen Abend waren die Kandlbinders zu Hause und haben fern-gesehen.« Huber schnäuzte sich erneut. »Das Ehepaar Korrer war gestern Nachmittag in München und ist erst am späten Abend zurückgekommen. Die Alibis werden nicht genauer überprüft, denn die Polizei geht nach dem momentanen Stand der Ermittlungen von Selbstmord aus. Besser gesagt, Kommissar Kurzer, mein Chef, hat beschlossen, dass es Selbstmord war. Aus, fertig. Und ich habe im Laufe der letzten drei Jahre gelernt, mich seiner Meinung lieber anzuschließen.«

Mehr wollte Huber nicht sagen. Einen Gruß nuschelnd gab er Max und mir die Hand und stieg ohne ein weiteres Wort in seinen Wagen. Dann fuhr er langsam in Richtung Deining davon. Verdutzt über den fluchtartigen Abschied standen wir da.

»Der hat sich heut schon einen saftigen Anschiss eing'fangen«, meinte Max und zog die linke Augenbraue nach oben.

»Wie kommst denn darauf?«

»Der Huber hat doch gerade angedeutet, dass der Steffl vielleicht um'bracht worden ist. Sonst hätt der Inspektor doch nicht nach den Alibis von den Verdächtigen g'fragt. Aber sein Chef besteht drauf, dass es Selbstmord war. Der Inspektor hat sicher einen strengen Hinweis bekommen, dass es besser für ihn wär, sich der Meinung seines Vorgesetzten anzuschließen. Und so etwas nennt man einen Anschiss!«

Wir fuhren zurück nach Hause. Die ersten dreihundert Meter des Waldweges mussten wir gut aufpassen. Unzählige Baumwurzeln machten das Radfahren nahezu unmöglich.

Nachdem diese Strecke überwunden war, begann Max erneut: »Aber der Huber hat recht. Der Steffl hat sich nicht selber um'bracht. Der hat gestern Nachmittag überhaupt nicht danach ausg'schaut, als würd er heimfahren und sich dann eine Kugel durch den Kopf schießen. Und – warum hätt er das Haus anzünden sollen?« Max runzelte ungläubig die Stirn. »Und genau das hat der Huber seinem

Vorgesetzten, dem Kurzer, g'sagt. Da kannst Gift drauf nehmen. Und dann hat ihm der Obersheriff Kurzer den Kopf g'waschen. Einige Fakten sprechen für Selbstmord. Das reicht, sagt der Häuptling. Nun kann der Fall schnell abg'schlossen werden. Schnell und ohne weitere, aufwendige Nachforschungen.«

Max fuhr sehr langsam. Offensichtlich wollte er Zeit gewinnen, bis wir zu Hause waren. Er hatte mir früher schon erzählt, dass er auf unserem Hof nicht gut über Verbrechen nachdenken konnte. Er meinte, da sei so eine antikriminelle Grundstimmung, und das störe ihn bei seinen kriminalistischen Überlegungen.

»Kannst du dich noch an den Kurzer erinnern?«, fragte Max plötzlich.

»Freilich«, erwiderte ich und dachte daran, wie dieser Polizist vor drei Jahren den Max angefahren hatte, als der ihm bei den Morden im Beusl einige interessante Details verraten wollte.

»Der Kurzer ist zwar dumm wie ein Pfund Salz, aber«, Max machte eine kleine Pause, »er ist der Chef vom Huber. Das müssen wir bedenken.«

Wortlos fuhren wir den Rest der Strecke nach Hause. So konnte Max sich noch einige Gedanken machen.

Kapitel IV

Zurück im Beusl

Drei Tage später waren die Pfingstferien zu Ende. Am Sonntagabend brachte mein Vater Max und mich mit dem Auto ins Internat nach Heiligenbeuern, das von allen Schülern ›Beusl‹ genannt wurde.

Nachdem wir unsere Sachen – Kleidung, Fressalien und die mitgenommenen Bücher – verstaut hatten, unterhielten wir uns mit den Klassenkameraden bis spät in die Nacht im Schlafsaal. Eigentlich war jedes Gespräch in den Schlafräumen verboten, wenn das Licht gelöscht war. Doch unser Präfekt, Pater Zeno, war klug genug, am ersten Abend nach den Ferien keine Kontrollgänge mehr zu machen, nachdem der Schlafsaal dunkel war. Sicher verstand er, dass wir unsere Erlebnisse erzählen wollten, und wenn er das Gebot des Stillschweigens im Schlafsaal gar nicht erst überwachte, brauchte er auch keine Strafen auszusprechen.

Der Unterricht an den ersten Schultagen war wie immer. Die Lehrer tadelten und lobten in dem Verhältnis, das ihnen angemessen schien. Die für Max entscheidenden Griechisch- und Lateinschulaufgaben sollten bald geschrieben werden, die Termine standen fest. Er wurde aber in diesen beiden Fächern kaum mehr aufgerufen. Ich hielt es für ein sehr schlechtes Zeichen, dass man ihn in Ruhe ließ. Die Lehrer hatten ihn offensichtlich schon aufgegeben, er war ein hoffnungsloser Fall. Max dagegen genoss diese Situation und schaute während des Unterrichts mehr aus dem Fenster als in seine Bücher. Sicher dachte er an Isabell, von der er immer noch keine Nachricht hatte.

Ich versuchte, möglichst viel mit ihm gemeinsam zu unternehmen. Wir spielten Fußball und hörten abends zusammen den amerikanischen Soldatensender AFN auf dem kleinen Weltempfänger, den er zum letzten Geburtstag geschenkt bekommen hatte.

Das Beusl ohne Max konnte ich mir nicht vorstellen, und eine tiefe, kalte Verzweiflung wuchs in mir. Mein Freund würde schon bald nicht mehr da sein.

Am Mittwoch kam die große Wende.

Wie an jedem Werktag wurden im Speisesaal während des Mittagessens durch den Pater, der die Aufsicht während des Essens hatte, die Briefe an die Zöglinge ausgeteilt. Jeder freute sich, wenn er einen Brief bekam, doch Max war schier aus dem Häuschen, als er ein hellblaues Kuvert erhielt.

Seit beinahe drei Wochen hatte er nichts von Isabell gehört.

Sofort nach dem Essen rannte er in den Klosterhof, obwohl es regnete. Er wollte allein sein, während er den Brief las, und das war innerhalb der Klostermauern kaum möglich.

Ich kümmerte mich nicht weiter um ihn und ging in den Studiersaal, um mit Clemens, unserem Primus und Klassensprecher, eine Partie Schach zu spielen. Obwohl ich in der Regel verlor, spielte ich gern mit ihm. Er war ein sehr ruhiger Junge und ließ seine Überlegenheit beim Schach und auch in schulischen Dingen nicht raushängen.

Wir hatten gerade die erste Partie beendet, und zur Abwechslung hatte ich gewonnen, da kam Max tropfnass in den Studiersaal. Er blieb in der Nähe der Eingangstür stehen und schaute sich unschlüssig um. Er sah aus, als wüsste er gar nicht, was er im Studiersaal eigentlich wollte. Nachdem er einige Augenblicke wortlos am selben Fleck dagestanden war, drehte er sich um und ging wieder hinaus.

Clemens und ich waren gerade dabei, die zweite Partie zu beginnen, doch schon nach drei Zügen konnte ich mich nicht mehr auf das Spiel konzentrieren. Ich sagte Clemens, dass ich mit dem Spielen aufhören wollte, da mir Max so seltsam vorgekommen war. Mein Schachpartner räumte achselzuckend die Figuren vom Brett. Ich stand auf und rannte aus dem Studiersaal in den breiten Gang. Max war nirgends zu sehen. Ich schaute im Klassenzimmer, im Schlafsaal und auf dem Klo. Nichts.

Dann lief ich hinunter zur Pforte und fragte, ob Max noch mal in den Hof hinausgegangen wäre. Der Pförtner, ein junger Frater, verneinte. Unschlüssig stand ich da und überlegte, wo mein Freund geblieben sein könnte. Allzu viele Möglichkeiten, sich zu verstecken, gab es nicht in den alten Klostermauern.

Endlich fiel mir ein, wo er sein musste. Ich rannte die Treppen hinauf in den zweiten Stock, an unserem Studiersaal vorbei, und blieb vor der Putzkammer stehen. Da musste er drin sein, das war unser altes Versteck.

Vorsichtig schaute ich nach rechts und links, aber Pater Zeno war nicht zu sehen. Die Putzkammer durfte nämlich nur auf Anweisung des Präfekten betreten werden. Ich öffnete die Tür und schlüpfte hinein.

In der Dunkelheit der fensterlosen Kammer hörte ich jemanden atmen. Das war Max. Ich tastete mich zum Lichtschalter und drückte ihn. Jetzt erkannte ich meinen Freund, wie er auf einem umgedrehten Putzkübel dasaß. Die Ellbogen hatte er auf die Knie gestützt und den Kopf hielt er in beiden Händen, die er zu Fäusten geballt hatte. Auch ich nahm einen Kübel, drehte ihn um und setzte mich etwa einen Meter von ihm entfernt hin. Ich spürte, dass ich noch eine Weile warten musste, bis Max mir erzählen würde, was passiert war. Ich ließ ihm Zeit.

»Da«, meinte er tonlos nach einigen Minuten. »Lies das.«

Er hielt mir den Brief hin.

Plötzlich richtete er seinen Oberkörper auf und sah zu mir her. Seine Augen waren verquollen. Ich hatte ihn noch nie weinen gesehen, nicht einmal, als er sich vor drei Jahren ein paar Rippen gebrochen hatte. Er legte in jeder Lebenslage großen Wert darauf, eher auszuteilen als einzustecken. Aber jetzt hatte er geweint.

Angestrengt atmete er stoßweise mit offenem Mund, als ich den Brief nahm. Die Schrift war schön geschwungen und gut leserlich, eine typische Mädchenschrift.

HALLO MAX,

es tut mir leid, dass Du es auf diese Art und Weise erfahren musst, aber ich konnte es Dir einfach nicht sagen, als wir zusammen waren.

Schon seit einiger Zeit empfinde ich nicht mehr dasselbe für Dich, was ich anfangs empfunden habe. Außerdem ist unsere Beziehung nicht gut für Dich. Sicher bin ich schuld daran, dass Du die Klasse wiederholen musst. Wir wollen also vernünftig sein und uns nicht mehr sehen.

Es stimmt gar nicht, dass ich bei einer Tante am Niederrhein war. Ich wollte nur eine Pause und habe in den letzten vierzehn Tagen gemerkt, dass wir nicht zusammenpassen.

Bitte versteh!

Es war eine wunderschöne Zeit mit Dir. Lass uns Freunde bleiben.

ISABELL

PS: Von meinen Eltern soll ich Dich schön grüßen. Mein Vater wünscht Dir für Deinen weiteren Lebensweg alles Gute.

Max tat mir unendlich leid. Ich stand auf, ging zu ihm hin und legte meine rechte Hand auf seine Schulter. Sagen konnte ich nichts.

Mein Freund fuhr sich ein paar Mal mit beiden Händen durch die rotblonden, langen Haare, die ihm weit ins Gesicht hinein hingen. Schließlich hob er den Kopf und meinte leise: »Tu mir bitte den Gefallen und red nie mehr von Isabell.«

Das würde mir nicht allzu schwer fallen.

Nun schüttelte er den Kopf und stand auf. Er ging in der Putzkammer einige Male auf und ab wie ein Tiger in einem viel zu kleinen Käfig. Schließlich hatte er einen Entschluss gefasst. Energisch setzte er sich wieder auf seinen Kübel, nachdem er ihn etwas näher an den meinen herangerückt hatte.

»Ich will nicht durchfallen«, sagte er ruhig, aber bestimmt. »Ich will nicht durchfallen, und wenn es bloß deswegen ist, dass der damische Alte von der Isabell nicht recht hat.«

Ich konnte ihm nicht folgen. Was hatte der Vater von Isabell damit zu tun, ob Max die Klasse wiederholen musste oder nicht?

Max merkte, dass er mir eine Erklärung schuldig war.

»Die Sache ist doch sonnenklar.« Fest schaute er mir in die Augen. »Der Alte wünscht mir für meinen weiteren Lebensweg alles Gute. – Dass ich nicht lach. – Der steckt sicher hinter der ganzen G'schicht. Er will nicht, dass sein Töchterchen mit jemandem beieinander ist, der vielleicht kein Abitur machen wird. Ist doch verständlich, oder? Stell dir die Tragödie vor: Die Tochter vom Dr. Superwichtig zusammen mit dem Herrn Elftklassdurchfaller.« Jetzt schaute er trotzig wie ein kleines Kind und sagte ganz langsam und eindringlich: »Aber ich werd nicht durchfallen. Den Gefallen werd ich ihm nicht tun, dem Arschloch!«

»Und wie willst das anstellen?«, fragte ich ihn geradeheraus.

»Mit Lernen klappt das nie«, meinte er versonnen. »Dafür hab ich schon zu viel versäumt. Ich brauch in Griechisch und auch in Latein einen Zweier in der letzten Schulaufgab, sonst bin ich weg vom Fenster. Aber es könnt eine Lösung geben. Es kommt bloß drauf an, ob ein paar Leute aus der Klasse mitspielen.« Nun erklärte er mir seinen Schlachtplan, wie er die zwei Fünfer ausgleichen wollte.

Nachdem er fertig war, hielt ich den Augenblick für geeignet, es Max zu gestehen, dass mir sein Vater zweihundert Mark versprochen hatte, wenn ich ihn so weit zum Lernen antreiben könnte, dass er die Klasse noch schaffen würde.

»Schau an, schau an«, meinte Max und versuchte ein leichtes Grinsen. »In dich hat mein Vater wohl mehr Vertrauen als in sein eigen Fleisch und Blut. Aber wenn du mir hilfst und die Sache hinhaut, hast du dir die zweihundert Mark auch verdient. Ganz umsonst kriegst du das Geld aber nicht.«

Zunächst musste Max meinen Schachpartner Clemens für seinen Plan gewinnen. Clemens war ein Vorzeigeschüler, hatte in nahezu jedem Fach eine Eins, war aber eigentlich kein Streber, denn in der Freizeit lernte er nie. Ich wüsste nicht einmal, ob er sonderlich intelligent war, aber er konnte sich ungewöhnlich gut konzentrieren und war sehr diszipliniert. Er lernte jede Studierzeit von der ersten bis zur letzten Minute. Andere, und dazu gehörte auch ich, legten schon mal einen Krimi ins Lateinbuch und hielten es so, dass Pater Zeno nichts sehen konnte. Wenn er uns draufkam, gab es zwar nach wie vor Strafarbeiten, doch wir Schüler waren älter geworden und in allen Formen von Erschleichung kleiner Annehmlichkeiten sehr routiniert.

Clemens und Max waren keine Freunde. Zu oft schon hatte Max unseren Primus als beschränkt hingestellt, weil er mehr lernte, als unbedingt notwendig war.

Ich dagegen hatte ein besseres Verhältnis zu ihm; also begleitete ich Max auf seinem ›Gang nach Canossa‹. Clemens saß gerade an seinem Pult in der ersten Reihe des Studiensaals und las.

»Du, Clemens«, redete mein Freund ihn an. »Ich hab was zu reden mit dir.«

Der dunkelblonde, klein gewachsene Klassensprecher sah Max misstrauisch von unten her an. Dann steckte er ein Lineal in das Buch, schlug es zu und legte es ohne Hast weg.

»Es geht um Folgendes«, begann Max von Neuem, wobei er sich einen Stuhl heranzog und sich verkehrt herum draufsetzte, sodass er die Unterarme auf die Lehne stützen konnte. »Ich brauch eine gute Note in Latein und Griechisch, sonst fall ich durch.« Clemens verzog keine Miene. Maxls schulische Situation war ihm wie allen anderen in der Klasse klar. »Mit dem Lernen wird das aber nicht mehr hinhauen, weil ich in den Ferien nicht den ganzen Stoff vom letzten halben Jahr aufholen hab können.« Der Gesichtsausdruck von Clemens wurde immer gelangweilter. »Ich hab mir also überlegt, wie ich es doch noch schaffen könnt.«

Max war von seinem Stuhl schon wieder aufgestanden. Er wirkte nervös, und man spürte, wie wichtig es ihm in diesem Augenblick war, das Richtige zu sagen.

»Um es kurz zu machen: Du sollst die eine Schulaufgabe für mich schreiben und von der anderen den Text besorgen.«

Jetzt war die Katze aus dem Sack, und Max ließ sich wieder auf den Stuhl fallen. Konzentriert schaute er zu Boden. Seine Anspannung war offensichtlich, denn ihm standen Schweißtropfen auf der von Sommersprossen übersäten Nase.

»Mal ganz abgesehen davon, dass du ein fauler Hund bist und dich selbst in diese Scheißsituation gebracht hast.« Clemens hob die Augenlider und sah Max kalt an. »Wie stellst du dir das vor? – Und warum sollte ich das für dich tun? Was hätte ich davon?«

»Ich hab mir das so vorg'stellt.« Max rückte mit seinem Stuhl näher an Clemens heran. »Du schreibst auf deine Griechischschulaufgabe meinen Namen, ich schreib deinen Namen auf mein Blatt, und fertig ist die Laube.«

Erwartungsvoll schaute Max seinen neuen Freund an.

Der schien aber nicht sonderlich überzeugt von dessen Plan. Er sah abwesend zum Fenster an der Stirnseite des Studiersaales und sagte müde: »Und die billige Nummer soll uns der Schuller, unser Griechischlehrer, abnehmen?« Clemens zog ein Gesicht, wie er es oft machte, wenn ihm etwas nicht einleuchten wollte. »Der ist doch nicht blöd. Griechisch ist mein Lieblingsfach, und alles andere als eine Eins oder schlimmstenfalls eine Zwei wäre eine Überraschung. Bei dir ist das anders. Da wäre alles, was besser als eine Fünf ist, ein großer Erfolg.«

Obwohl er die Problematik korrekt umrissen hatte, hielt Clemens nun sein fliehendes Kinn auf die linke Hand gestützt und musterte Max neugierig wie ein seltenes Tier. Er wartete, was sein Gegenüber ihm bieten konnte.

»Daran hab ich auch schon gedacht«, entgegnete mein Freund. »Ich schreib, was ich eben so weiß. Ich werd mich auch anstrengen. Dabei streiche ich oft und viel durch, wiederhole mich, und versuch, das Arbeitsblatt zu versauen. Nach der Schulaufgabe gehst du zum Schuller und sagst ihm, dass du dich ganz schlecht gefühlt hast. Vielleicht lässt er dich die Arbeit dann wiederholen. Am wichtigsten ist, dass wir die Federhalter tauschen. Wegen der Farbe.«

Daran hatte ich nicht gedacht. Clemens war der Einzige in der Klasse, der nicht mit blauer oder schwarzer, sondern mit grüner Tinte schrieb. Das war sozusagen sein Markenzeichen.

»Und wenn der Schuller durch die Reihen geht während der Schulaufgabe?«, fragte Clemens.

»Das hat er noch nie g'macht«, hielt ich dagegen. »Der stellt sich bei jeder Probe in der letzten Reihe auf einen Stuhl. Er glaubt doch, dass er die Schüler auf diese Art und Weise leichter beim Spicken erwischt. Dem Franz hat er dieses Jahr das Blatt jedenfalls schon abg'nommen.«

»Gut«, meinte Clemens trocken. »Vielleicht könnte man was drehen. Ich werde drüber nachdenken. Aber – was kriege ich dafür?«

»Es gibt nur was für den Doppelpack. Eine einzelne gute Note hilft mir nicht weiter.« Max war jetzt in Fahrt. »Dein Bruder studiert doch Altphilologie an der Uni? Der müsst uns anhand der ungewöhnlichen Wörter, die der Pater Aurelian, unser Lateinlehrer, immer einen Tag vor der Schulaufgabe rausgibt, den richtigen Text in der Bibliothek suchen. Wenn wir den Text haben, könnten wir ihn vorher schon übersetzen, und fertig.«

Clemens hatte den Blick von Max abgewandt, beobachtete ihn aber aus den Augenwinkeln.

Nach etwa einer Minute fragte er ruhig: »Und was gibt's für den Doppelpack?«

»Eine Jahresabschlussfeier an der Loisach, die sich g'waschen hat. Ich besorg ein Riesenfass Bier, und der Rest findet sich.«

Max grinste aufmunternd von einem Ohr zum anderen. Clemens hatte ihn bis zum Schluss angehört und nicht Nein gesagt. Es bestand also Hoffnung, dass er ihm helfen würde, zumal er sich von Max dessen Deutschheft geben ließ, um sich die Schrift meines Freundes genauer anzuschauen.

Bereits am Freitag war die Griechischschulaufgabe, und alles lief genau so, wie Max es sich vorgestellt hatte. Doch Clemens hatte den Plan sogar noch verbessert. Er wollte sich durch die Blatttauschaktion nämlich nicht die Note versauen lassen.

Herr Schuller war ein junger, dynamischer Lehrer, der bereits als Referendar am Beusl gewesen war. Er stellte sich während der Schulaufgabe wie immer auf einen Stuhl in der hintersten Reihe, um einen besseren Überblick über die Klasse zu haben. So meinte er am besten jedem Unterschleif vorbeugen zu können.

Clemens legte sofort nach Erhalt des Aufgabenblattes los wie die Feuerwehr. Er übersetzte den Schulaufgabentext zunächst mit seiner grünen Tinte und war früh genug fertig, um dasselbe noch mal mit blauer Tinte auf ein zweites Blatt Papier zu schreiben.

Diese Arbeit war für Max.

Als der Lehrer am Ende der Stunde die Aufgabenblätter einsammeln wollte, spritzte Franz, der im Klassenzimmer am entgegengesetzten Ende von Clemens saß, seinem Vordermann den Inhalt einer eigens präparierten Tintenpatrone ins Genick. Ganz nach Anweisung der Regie, welche von Max, Clemens und mir ausgearbeitet worden war, drehte der vollgekleckerte Vordermann sich um, packte Franz mit der rechten Hand am Kragen und plärrte: »Spinnst du? Schau dir mal die Schweinerei an.«

Mit der Linken deutete er auf seinen vollgeklecksten Pullover. Sofort war der Lehrer bei ihnen, um den Streit zu schlichten.

Diesen Augenblick des Durcheinanders mussten wir nutzen. Max ließ sein eigenes, blau beschriebenes Blatt schnell unter dem Pult verschwinden und nahm die ebenfalls blau geschriebene Schulaufgabe von Clemens entgegen. In aller Ruhe schrieb er seinen Namen drauf. Nachdem Herr Schuller jedem der beiden Streitenden eine Strafarbeit verpasst hatte, sammelte er die Schulaufgaben ein und ließ sie in seiner dunkelbraunen Aktenmappe verschwinden.

Natürlich musste Max die Strafen für Franz und seinen Schauspielerkollegen schreiben. So war es verabredet. Der versaute Pullover gehörte ohnehin ihm. Er wollte ihn seiner Mutter zeigen, ob er noch zu reinigen war oder man ihn gleich wegwerfen sollte.

Mein Freund hatte jetzt ein Problem weniger, denn etwas Schlechteres als eine Zwei konnte es bei den großartigen Griechischkenntnissen von Clemens gar nicht geworden sein. Dass der Lehrer die unterschiedlichen Schriften der beiden erkannte, war unwahrscheinlich. Clemens hatte die letzten Tage geübt, um Maxls Schrift zu imitieren. Dabei hatte er enormes Talent bewiesen.

Eine knappe Woche später war die Lateinschulaufgabe angesetzt. Pater Aurelian, unser Lehrer, gab uns einen Tag vor jeder Schulaufgabe eine kurze Liste unbekannter Verben, die im Aufgabentext vorkommen würden. Diese vier Wörter hatten wir im Unterricht noch nicht durchgenommen. Da wir gerade den ›Gallischen Krieg‹ von Julius

Cäsar übersetzten, waren es drei Wörter für spezielle Waffen, die in dem Schulaufgabentext vorkommen würden, und eines für ein typisch gallisches Kleidungsstück.

Jetzt galt es, die zweite Operation generalstabsmäßig durchzuziehen. Clemens hatte die Telefonnummer der Zimmerwirtin seines Bruders. Dort rief er an, nachdem Pater Aurelian uns die ausgefallenen Vokabeln genannt hatte. So hatte der Bruder den ganzen Nachmittag Zeit, den Text in der Universitätsbibliothek in München zu suchen und uns gegen Abend telefonisch die Textstelle und am besten auch noch die Übersetzung durchzugeben. Die Kosten für die Telefonate und zwanzig Mark Bearbeitungsgebühr gingen natürlich auf Max.

Nachdem der Bruder von Clemens alle Informationen erhalten hatte, liefen Max und ich auf den Sportplatz, um Fußball zu spielen. Ein Anruf vor vier Uhr nachmittags war nicht zu erwarten.

Als wir an der ›Johnny-Hütte‹ ankamen, einem Bretterverschlag neben dem Sportplatz, der als Umkleideraum diente, lief ein Wurzler – so nannten wir die Fünftklässler – auf Max zu und zupfte ihn am Hemd.

»Da drüben ist ein Mann. Der will mit dir reden.«

Er deutete auf eine Männergestalt, die am entfernteren der beiden Fußballtore lehnte und rauchte.

Max sah kurz zu mir herüber, dann zog er sich in aller Ruhe seine Sportkleidung an. Er strich das Löwentrikot glatt, das er von seiner Mutter zu Weihnachten geschenkt bekommen hatte, und kontrollierte die Schraubstollen an seinen Fußballschuhen. Anschließend forderte er mich auf, mit ihm zu kommen.

Geradewegs ging er auf Inspektor Huber zu.

»Sie sind ein schlechtes Vorbild für die Jugend«, meinte er lässig und deutete mit der Linken auf Hubers Zigarette, während er dem Polizisten die Hand gab.

Der Inspektor war überrascht. Er sah erst schuldbewusst drein, dann warf er die Kippe zu Boden und trat sie aus. Schließlich gab er auch mir die Hand, wobei er mich nur flüchtig anschaute.

»Sie sind aber sicher nicht gekommen, um dem Kaspar und mir beim Fußballspielen zuzusehen.« Max hatte sich mit verschränkten Armen vor dem Inspektor aufgebaut.

»Nein«, entgegnete der knapp. »Aber hier kann ich nicht reden. Zu viele Leute. Kommt, laufen wir ein Stück.«

Wir gingen neben dem Inspektor auf dem ausgefahrenen Kiesweg Richtung Loisach. Die Stollen der Fußballschuhe drückten durch die Sohle, doch wir hielten bereits nach etwa zweihundert Metern an. Auf einer Bank neben einem Feldkreuz, das an die Gefallenen der Weltkriege erinnern sollte, setzten wir uns.

»Es war Mord«, sagte Huber knapp. »Der junge Schlick ist umgebracht worden.«

»Das war doch klar«, meinte Max und schaute gelangweilt drein. Seit dem Brief von Isabell hatte er nicht mehr über die toten Schlicks gesprochen. Aber er hatte sicher oft über die Fälle nachgedacht, auch wenn er selbst andere Sorgen hatte.

»Ich komme aber in der Sache nicht weiter«, platzte der Polizist heraus. »Ihr müsst mir helfen.«

»Warum?«

»Weil keiner mit mir redet. Oder besser gesagt, weil ich mit niemandem reden kann.« Der Inspektor war plötzlich aufgesprungen. Eine so spritzige Bewegung hätte ich ihm gar nicht zugetraut. »In einer Pressemitteilung von meinem Chef, dem Kurzer, heißt es, dass sich der Steffl erschossen hat, nachdem er das Haus angezündet hatte. Der Fall ist also offiziell abgeschlossen, und es wäre sehr unklug von mir, wenn ich weitere Ermittlungen anstellen würde.« Er machte eine wegwerfende Handbewegung. »Der Kurzer ist kein böser Mensch, bloß ein wenig phlegmatisch. Und er mag es gar nicht, wenn seine Meinung angezweifelt wird. Sollte er mich dabei erwischen, dass ich mich nicht an seine Anweisungen halte, gibt's Ärger. Dann bleibe ich einfacher Inspektor bis ans Ende meiner Tage.« Huber wirkte verzweifelt. »Aber er lässt nicht mit sich reden, und mir fehlen die klaren Beweise. Dabei ist die Pistole, die man neben der verkohlten Leiche des jungen Schlick gefunden hat, vermutlich nicht die Waffe, mit der der tödliche Schuss abgefeuert wurde.«

»Warum vermutlich?«, wollte Max wissen.

»Wir haben das Projektil, das den Schädel vom Steffl durchschlagen hat, nicht finden können«, erklärte Huber. »Im Magazin der Waffe, die neben dem Toten gelegen hat, waren nur Patronen mit einem Bleiprojektil. Auch in der Trainingsscheibe neben dem alten Backofen steckten ausschließlich Bleikugeln. Der junge Schlick hat aber zwei ganz kleine Löchlein in seinem Kopf gehabt. Eins vorne und eins hinten.«

Max schüttelte den Kopf und murmelte: »Das kann unmöglich von einem Bleiprojektil kommen. Die pilzen nach dem Einschlag doch auf und machen am Ausschuss ein Riesenloch.«

»Genauso ist es. Das hat sogar der unfähige Pathologe in München auf seinem Bericht so protokolliert, und mein Chef hat ihn gelesen. Wahrscheinliche Todesursache: Kopfschuss mit Vollmantelgeschoss, höchstwahrscheinlich Stahlkugel.« Huber zupfte sich nervös an der Nase. »Aber wir haben in der ausgebrannten Küche kein Stahlprojektil gefunden.«

Max grinste: »Sie sind also genauso schlau wie vorher, denn es könnt sich ja eine Patrone mit einer Stahlkugel in der Waffe befunden haben, und ausg'rechnet die hat sich der Steffl durchs Hirn g'jagt. Andererseits wär's möglich, dass der Steffl vor dem Haus oder sonst wo erschossen worden ist. Anschließend hat ihn der Mörder in die Küche getragen und seine Waffe neben ihn hing'legt. Detaillierte Spuren sind vom Brand ja alle zerstört worden, oder?«

»Genau. Außerdem hat die Feuerwehr Unmengen von Wasser ins Haus gespritzt. Mit dem Wasser wurde alles, was nicht festgenagelt war, aus der Küche rausgespült. Vielleicht auch das gesuchte Geschoss«, schimpfte Huber.

»Überleg mal, Kaspar.« Max stellte mir gerne Rätselfragen. »Welche Kugel, meinst du, schwimmt besser? Die aus Stahl oder die aus Blei?«

Ich dachte einen Augenblick nach, dann prusteten wir beide los.

»Ja, lacht nur«, ärgerte sich der Inspektor. »Aber mit so einem Dreck kommt der Staatsanwalt daher, wenn es um die Tatwaffe und solche Sachen geht. Es könnte eben sein, dass der Steffl sich mit einer Stahlkugel das Leben genommen hat, obwohl er zum Zielschießen nur Bleikugeln verwendet hat. Und es könnte sein, dass das Projektil aus der Küche rausgespült worden ist.«

»Angenommen, der Steffl ist wirklich um'bracht worden und der Mörder wollt, dass es aussieht wie ein

Selbstmord«, überlegte ich. »Wär's nicht besser g'wesen, er hätt die Waffe dag'lassen, mit der er den Steffl wirklich erschossen hat?«

»Dann würden wir an der Seriennummer sehen, dass es nicht die Waffe vom Schlick ist«, entgegnete der Inspektor. »Der Steffl hatte einen Waffenschein, und seine Mauser war registriert. Die Sache liegt womöglich ganz anders. Der Täter hat wohl nicht daran gedacht, dass wir anhand der Schädelverletzungen auf das Projektil rückschließen können und eine Kugel aus der Waffe vom Schlick eine ganz andere Verletzung verursachen würde. Oder es war ihm egal. Vielleicht meinte er auch, dass nach dem Brand von der Leiche nur mehr ein Haufen Asche übrig bleibt und es gar keine Spuren mehr gibt.«

»Wir kommen mit diesen Vielleichts nicht weiter.« Max kratzte sich am Kopf und machte einen Gedankensprung: »Meiner Meinung nach ist nicht bloß der Steffl, sondern auch die alte Schlickin um'bracht worden. Da gibt's Parallelen. Der Tod vom Steffl sollt wie ein Selbstmord, der Tod der alten Frau aber wie ein Unfall aussehen. Und die Polizei kauft dem Täter beides ab.« Max schnaubte verzweifelt. »Einen normalen Unfall können wir bei der alten Schlickin doch ausschließen, denn es waren schon vor ihrem Tod an der Unglücksstelle Dachplatten am Boden g'legen. Das Vordach war bereits halb eing'stürzt. Sie muss also g'wusst haben, dass es g'fährlich ist, sich dort unter das Dach zu stellen. Und was hätt sie an dieser Stelle gewollt?«

Das klang plausibel.

Auch der Polizist nickte bedächtig, bevor Max weiterredete.

»Selbstmord können wir bei der alten Bäuerin ausschließen. Denn angenommen, die Schlickin hätt sich
umbringen wollen, wie hätt sie's dann g'macht? Sie kann
sich vergiften, erschießen, aufhängen. Da gibt's mehrere
vernünftige Möglichkeiten, und blöd war sie ja nicht.« Mit
einem Blick vergewisserte sich Max, dass der Inspektor
und ich verstanden, was er sagte. »Niemals wird sie sich
unter ein fadenscheiniges Dach stellen und darauf warten, dass sie dort von einer Dachplatte erschlagen wird.
– Viel zu unsicher. – Wenn das Vordach wirklich zusammenbricht, hat sie wahrscheinlich einige Knochenbrüche,
Schmerzen und das Gespött der Leut. Nein – das passt
nicht zu unserer stolzen Bäuerin. Außerdem hätt sie mit
einem langen Haken oder etwas Ähnlichem an dem mor-
schen Dach ziehen müssen, damit es zusammenbricht,
während sie druntersteht. Es ist aber kein Haken oder ein
anderes Gerät, mit dem man so etwas anstellen hätte können, am Unfallort g'funden worden. Oder?«

Huber schüttelte langsam und bedächtig den Kopf.
Maxls Worte schienen seine eigenen Überlegungen zu
bestätigen.

»Es gibt nur eine Erklärung«, schloss mein Freund. »Sie
ist umgebracht worden. Mit einer Spitzhacke oder etwas
Ähnlichem. Und mit Sicherheit war es derselbe Mörder,
der auch den Steffl auf dem G'wissen hat.«

Huber nickte zufrieden. Offensichtlich hatte sich sein
Besuch rentiert. Er war mit dem Fall nicht mehr weiterge-
kommen, und Max hatte ihm geholfen oder ihn in seinen
Überlegungen wenigstens bestätigt.

Mein Freund aber redete unbeirrt weiter. Die morgige,
entscheidende Lateinschulaufgabe war in weite Ferne

gerückt. »Die Vorgehensweise in beiden Fällen ist ähnlich. Jemand wird um'bracht, und anschließend wird der Tatort so präpariert, dass es auf den ersten Blick nach einem Unfall beziehungsweise nach einem Selbstmord ausschaut. Der Tathergang beim Steffl dürft klar sein. Man hat ihn erschossen und die Leiche an den Küchentisch g'setzt. Anschließend hat der Mörder die Waffe des Opfers neben ihn hing'legt und das Haus angezündet, um alle Spuren zu beseitigen.« Max wiegte den Kopf hin und her. »Jemanden zu erschießen, ist eine Sache. Da kann man Distanz wahren. Jemanden erschlagen eine ganz andere. Da muss man ganz nah hin zu seinem Opfer. Die tote Schlickin zeigt uns also, dass der Täter vor Grausamkeiten nicht zurückschreckt.«

Ich überlegte, wann Max auf all diese Dinge gekommen sein konnte. Ich an seiner Stelle hätte in den letzten Wochen an nichts anderes gedacht als an die überlebenswichtigen Schularbeiten. Max dagegen hatte sich geistig mehr mit der toten Schlickin und ihrem ermordeten Sohn auseinandergesetzt als mit Latein oder Griechisch.

»Mit der Ermordung der Schlickin hat sich der Täter übrigens beeilen müssen«, meinte Huber. »Die hatte höchstens noch zwei Monate zu leben.«

Überrascht sahen Max und ich den Inspektor an.

»›Leberkrebs im Endstadium‹, hat der Pathologe gesagt. Und sie wusste es seit ein paar Wochen. Wir haben uns bei ihrem Hausarzt erkundigt.«

Leise pfiff Max durch die Zähne.

»Diese Details hätte ich euch aber gar nicht sagen dürfen. Genauso wenig wie alles andere. Behaltet die Informationen für euch. Ich kann mich doch drauf verlassen?«

Mehrmals wechselte Hubers unruhiger Blick zwischen Max und mir.

Wir nickten und meinten dann, dass wir zurück ins Kloster müssten, da bald die Studierzeit losgehen würde. Zusammen mit dem Polizisten gingen wir zurück zur ›Johnny-Hütte‹. Dort verabschiedeten wir uns vom Inspektor, der uns nochmals einbläute, nichts weiterzutratschen. Huber wollte noch mal mit seinem Vorgesetzten reden und ihn bitten, ob er nicht weiterer Nachforschungen zustimmen könne.

Das Fußballspiel war zwar noch im Gang, doch die Freizeit neigte sich dem Ende zu. Max und ich zogen uns um und liefen ins Beusl zurück. Vor der Pforte begegnete uns ein aufgeregter Clemens.

»Mein Bruder hat gerade angerufen. Er ist im Krankenhaus. Ein Autofahrer hat ihn an einer Kreuzung vom Fahrrad geholt.«

Wir starrten ihn entsetzt an. Clemens hob hilflos die Schultern. »Was kann ich denn dafür? Jedenfalls muss er im Krankenhaus bleiben. Mindestens drei Tage. Er hat starke Prellungen, eine Gehirnerschütterung, und ein Finger ist gebrochen.«

»Und was machen wir jetzt?«, fragte ich und sah die anderen beiden an, wie sie fassungslos dastanden.

Keiner wusste eine Antwort. Mit hängenden Schultern und schweigend gingen wir zum Kloster und in unseren Studiersaal.

Max setzte sich auf den nächstbesten Stuhl, beugte sich nach vorne und stützte die Unterarme auf die Knie. Einige Minuten saß er so da und schaute auf den Boden. Clemens und ich blieben bei ihm stehen. Wahrscheinlich hätten wir ein gutes Modell für trauernde Jünger bei einer Kreuzigungsgruppe abgegeben.

»Aus die Maus«, sagte Max tonlos. »Es wär ja auch zu schön g'wesen.«

Er hielt den Kopf gesenkt, und die langen Haare hingen wie ein Vorhang vor seinem Gesicht. Nach einigen Minuten des Schweigens stand er auf und wollte weggehen.

Da kam mir eine Idee. »Wir haben doch die speziellen Vokabeln, die in der Schulaufgabe vorkommen.«

Clemens nickte.

»Und wir wissen«, ergänzte ich, »dass der Text aus dem ›Gallischen Krieg‹ von Julius Cäsar stammt.«

Clemens nickte erneut. Max schaute mich fragend an.

»In unserer gekürzten Schulausgabe vom ›Gallischen Krieg‹ ist die Stelle, die in der Schulaufgabe drankommt, natürlich nicht drin. Die Suche dort können wir uns sparen. Wir brauchen also eine Originalausgabe des ganzen Textes. Da müssten wir die g'suchte Stelle für die Schulaufgabe doch finden.«

»Und woher nehmen, wenn nicht stehlen? Hast du etwa irgendwo einen ›Gallischen Krieg‹ rumstehen?«, fragte Clemens und verdrehte die Augen.

Die Beschaffung der Gesamtausgabe und die Suche nach der Textstelle wären ja die Aufgabe seines Bruders gewesen. Wenn das so einfach gewesen wäre, hätten wir ihn erst gar nicht gebraucht.

»Ich kenn den Pater Ignaz ganz gut und er mag mich«, sagte ich nachdenklich. »Mal schauen, was sich machen lässt.«

Ich hatte noch keinen konkreten Plan. Trotzdem rannte ich los und schaute im Rosengarten, ob der Bibliothekar bei seinen Blumen wäre. Dort hielt er sich tagsüber sehr oft auf. Als ich ihn nicht antraf, fragte ich an der Pforte nach ihm.

»Pater Ignaz ist beim Treffen des Altphilologischen Freundeskreises im Kloster Schäftlarn. Er kommt erst heute Abend zurück.«

Das war ein Schlag ins Kontor.

»Wann wird das sein? Um wie viel Uhr?«, fragte ich nach.

»Warum willst du das so genau wissen?« Frater Sixtus, der junge Pförtner, blieb freundlich.

»Ich brauch einen Text aus der Bibliothek. Ganz dringend!«

»Bis zur Vesper wirst du dich wohl gedulden müssen.«

Der Pförtner schloss grußlos das Fenster zu seiner Kammer. Er hatte seiner Meinung nach genug geredet.

Der Nachmittag wollte nicht vergehen. Clemens hatte ein schlechtes Gewissen, das war ihm anzusehen, obwohl er natürlich nichts für den Unfall seines Bruders konnte. Max dagegen schien völlig ruhig. Ihm war bewusst, dass er die Dinge nicht mehr beeinflussen konnte. Wir brauchten Pater Ignaz. Und Glück.

Voller Ungeduld wartete ich nach dem Abendessen auf die Patres, die im Anschluss an ihre Vesper durch die Sakristei die Kirche verließen. Gott sei Dank sah ich zwischen den etwa zwanzig Ordensleuten auch Pater Ignaz, der sich angeregt mit einem Mitbruder unterhielt. Ich musste auf einen günstigen Augenblick warten, denn ein zu forsches Vorgehen hätte alles gefährden können.

Endlich trennten sich die beiden Patres vor dem Refektorium, und ich sprach den Bibliothekar an. »Guten

Abend, Pater Ignaz. Entschuldigen Sie, dass ich Sie heut noch belästige. Ich bräucht aber dringend ein Buch aus der Bibliothek.«

Erstaunt sah der rothaarige, magere Mann mich an. Seine grünlichen Augen hatten ein Funkeln, das ich nicht deuten konnte. Würde er mich jetzt ausschimpfen und in den Studiersaal schicken? Würde er unserem Präfekten sagen, dass er abends nicht mehr von Schülern gestört werden möchte?

»Der Kasper Spindler braucht spätabends noch ein Buch aus der Bibliothek«, sagte er leise von unten herauf, denn er war ein gutes Stück kleiner als ich. Dann musterte er mich mit schiefem Kopf und fuhr mit seiner hohen, krächzenden Stimme fort: »Abends wird der Faule fleißig, heißt ein dummer Spruch. Ich bin nicht dieser Ansicht.« Fahrig wischte er sich einige rote Strähnen aus der Stirn. »Was brauchst du denn für ein Buch und wofür?«

»Ich möcht gerne einen Vortrag über die Oden des Horaz halten. Vielleicht krieg ich dann noch einen Zweier in Latein. Ich hab aber nicht mehr viel Zeit. Bald ist Notenschluss. Deshalb würd's pressieren mit dem Buch.«

So treuherzig, wie ich nur eben konnte, schaute ich den schrulligen Pater an.

»Komm«, stieß der hervor, drehte sich flink um und eilte davon.

Ich hatte Mühe, ihm zu folgen. Wir gingen durch den hinteren Abschnitt der Kirche zu dem Teil des Klosters, der für uns Schüler verboten und abgesperrt war. Dort befand sich neben den Zellen der Patres die Bibliothek.

Zielsicher ging er zu einer prächtig vergoldeten Regalwand, wo die lateinischen Klassiker eingeordnet waren.

Schnell zog er einen Band heraus und hielt ihn mir schief grinsend hin.

»Hier – die Oden des Horaz.«

Ich hatte mich eilig umgeschaut. Nirgends sah ich Cäsars ›Gallischen Krieg‹. Ich musste ihn aber finden. Das Buch war unsere einzige Chance. Nur mit diesem Buch konnten wir den Text der Schulaufgabe finden und Max für die Prüfung präparieren. Wir konnten den Trick von der Griechischschulaufgabe nicht wiederholen, indem Clemens die Lateinschulaufgabe für Max schrieb, da Pater Aurelian während der Prüfung öfters durch die Reihen ging und den Schülern über die Schulter schaute. Aurelian würde es sofort merken, wenn ihm ein falsches Aufgabenblatt untergeschoben werden sollte oder Clemens die Arbeit zweimal schrieb. Also musste die Gesamtausgabe her.

»Mein Gott, Pater Ignaz«, fing ich an. »Ich glaube, der schönste Raum im ganzen Kloster ist Ihre Bibliothek.«

Das klappte immer.

»Kaspar, du Schmeichler. Ich habe doch die schönen Bücher nicht geschrieben, ich verwalte sie nur.«

Er blinzelte ein paar Mal und versuchte ein scheues Lächeln. Dabei zuckten die Muskeln in seinem zerfurchten Gesicht, sodass sich dessen Ausdruck ständig änderte.

»Und so schön haben Sie alles beieinander. Diese Ordnung, diese …« Mir fiel das Wort nicht gleich ein. »Diese Harmonie.«

»Tja, da muss man sich eben etwas Mühe geben. Nicht einfach bloß die Bücher dem Alphabet nach einordnen. Nein – so einfach darf man es nicht machen.« Er war in seinem Element. »Hier sind meine Lieblinge, die lateinischen links: Ovid, Horaz, Vergil, Cicero. Und rechts –« Er wandte sich der gegenüber liegenden Seite des Regals zu. »Praktisch im steten, stillen Disput mit den Lateinern siehst du die griechischen Meister: Aristoteles, Platon, Aristophanes.« Er schnaufte einmal tief durch. »Von hier aus kann's nur abwärts gehen.«

Wir gingen die langen Regalreihen entlang. Er schwatzte vor sich hin, ohne weiter auf mich zu achten. Ich bemühte mich, etwa drei Schritte hinter ihm zu bleiben.

»Xenophon, der griechische Geschichtsschreiber. Völlig überbewertet. Ein reiner Tatsachenerzähler. Nur Fakten, kein Intellekt, keine interessanten Gedanken. Und gegenüber dasselbe in lateinischer Sprache: Plutarch und schließlich Gaius Julius Cäsar, der schreibende Despot und Massenmörder.«

Ich hatte mir genau gemerkt, wo er hingedeutet hatte. Ein Blick, und ich hatte die lateinische Gesamtausgabe des ›Gallischen Krieges‹ entdeckt. Es war ein nicht allzu dickes, gelb gebundenes Büchlein in der zweiten Reihe von oben.

»Wie war das noch mal mit den Oden des Horaz?«, fragte ich. »Sie haben da etwas von einer schöneren Ausgabe angedeutet.«

Ich musste ihn von dem Regal, in welchem sich der ›Gallische Krieg‹ befand, weglocken.

Sofort drehte sich Pater Ignaz um und eilte an mir vorbei zu seinen Lieblingen. Flink holte ich den ›Gallischen Krieg‹ hinter dem Rücken des Mönches aus dem Regal, schob das Buch in den Hosenbund und zog mein Hemd darüber.

»Wo bleibst du?«, rief Ignaz ungeduldig.

Schon war ich wieder bei ihm, und er zeigte mir eine Prachtausgabe mit allen Werken von Horaz. Diese wertvollen Bände durfte ich anschauen, aber natürlich nicht mitnehmen.

»Nächste Woche bringst du mir das geliehene Buch wieder.« Er deutete darauf und hob dann belehrend den Finger. »Dann kannst du die ersten zehn Zeilen auswendig. Ich werde dich abfragen. Verstanden?«

Ich drückte den rechten Arm, in dem ich den Horaz hielt, fest gegen die Stelle, wo der Cäsar unter dem Hemd versteckt war. Ich musste beständig mit der Hand gegen das verborgene Buch drücken, damit es sich nicht bewegen konnte und aus dem Hosenbund herausfiel.

»Ich danke Ihnen recht schön, Pater Ignaz.« Ich brauchte mich nicht zu verstellen, um den Bibliothekar freundlich anzulächeln. Ich mochte diesen ungewöhnlichen und so gescheiten Mann, der aussah wie eine als Benediktiner verkleidete Vogelscheuche.

Er winkte ab. »Ist schon gut. Aber wir müssen wieder zurück. Ich habe jetzt keine Zeit mehr für dich.«

Schweigend eilten wir durch die kaum erleuchtete Kirche in den Teil des Klosters, in dem wir Schüler untergebracht waren.

Als ich im Studiersaal ankam, war bereits Freistudium, während dessen man sich ruhig beschäftigen, aber nicht unbedingt lernen musste. Heute tat niemand etwas anderes, als sich auf die morgige Lateinprüfung vorzubereiten. Keiner hatte den Mut, die letzte Möglichkeit zur Präparation zu verpassen.

Schnell hatte ich Pater Zeno erklärt, warum ich zu spät gekommen war. Der kleine, untersetzte Mönch nickte und deutete mit einer knappen Kopfbewegung an, dass ich ruhig auf meinen Platz gehen sollte. Ich legte dort den Horaz auf das Pult, dann versicherte ich mich, dass Pater Zeno gerade nicht herschaute, und zog vorsichtig den ›Gallischen Krieg‹ unter dem Hemd heraus. Ich legte ihn offen auf das Pult. Nun stieß ich Max leicht in die Seite und zeigte ihm das Buch.

Er schaute es nur kurz an, grinste und flüsterte mir zu: »Heut Nacht gibt's Überstunden. Nimm es mit in den Schlafsaal.«

»Hier wird nicht geschwätzt«, schimpfte der Präfekt laut in unsere Richtung, ohne von seiner Zeitung aufzusehen.

Nachdem das Licht im Schlafsaal gelöscht war, warteten wir etwa eine halbe Stunde, bis Pater Zeno seine zwei Kontrollgänge beendet hatte. Dann stand Max auf und ging auf die Toilette. Er hatte sein Schreibzeug dabei. Einige Minuten später kam ich mit dem ›Gallischen Krieg‹, der sich diesmal im Hosenbund meines Pyjamas befand. Ich hatte das größte Risiko, denn hätte mich Pater Zeno mit einem Buch aus der Klosterbibliothek erwischt, hätte das sicher nichts Gutes für mich bedeutet. Zuletzt stieß Clemens mit der Lateingrammatik und einem Wörterlexikon dazu.

Wir sperrten uns im mittleren der drei Klohäuschen ein und suchten fieberhaft nach der richtigen Stelle. Immer wenn die äußere Toilettentür aufging, hielten wir uns ganz still. Erst nachdem der Besucher sein Geschäft erledigt hatte, fuhren wir mit unserer Suche fort. Wir mussten jede Seite einzeln durchgehen. Max und ich überflogen jeweils die linke Seite, Clemens die rechte. So suchten wir nach den ausgefallenen Wörtern, die Pater Aurelian uns vorgegeben hatte. Wenn wir mit beiden aufgeschlagenen Seiten fertig waren, gaben wir ein Zeichen und blätterten um.

Kurz nach Mitternacht hatten wir die gesuchte Stelle gefunden. Clemens übersetzte den in Frage kommenden Text routiniert. Max und ich halfen ihm, indem wir einige Wörter im Lexikon nachschlugen.

Um zwei Uhr morgens waren wir fertig. Wir weckten unsere Klassenkameraden und zeigten ihnen den Text und die Übersetzung. Clemens und Max sollten die Schulaufgabe fehlerfrei übersetzen. Der Rest der Klasse musste die Übersetzung mit so vielen Fehlern präparieren, dass unser Kunstgriff dem misstrauischen Pater Aurelian nicht auffiel. Natürlich sollte diese Arbeit gut für alle Beteiligten ausfallen.

Den Klassenkameraden nichts von unserem Fund zu sagen, wäre nicht in Ordnung gewesen. Es bestand auch keine Gefahr, dass jemand aus der Klasse unsere etwas ungewöhnliche Vorbereitung verpetzte. Obwohl einige Mitschüler Max nicht besonders mochten, so war doch allen klar, dass wir im Beusl zusammenhalten mussten, sonst wären wir den Präfekten schutzlos ausgeliefert gewesen.

Außerdem hatte Max die Party des Jahrhunderts in Aussicht gestellt, falls er die 11. Klasse noch schaffen sollte. Und die wollte sich keiner durch die Lappen gehen lassen.

Die Schulaufgabe in der zweiten Unterrichtsstunde lief prächtig. Wir hatten wirklich die richtige Textstelle gefunden. Und alle spielten mit. Es wurde übersetzt, durchgestrichen und gestöhnt. Clemens beschwerte sich während der Aufgabe, weil wir ein Wort noch gar nicht kennen würden und Pater Aurelian es uns nicht angegeben hätte. Der Lateinlehrer ließ sich von seinem Vorzeigeschüler überzeugen und schrieb das Verb zusammen mit der Übersetzung, die wir ja alle bereits wussten, an die Tafel. Wenn nicht einmal Clemens das Wort kannte, hielt der Lehrer diese Hilfe für angebracht.

Nach der Schulaufgabe trafen wir uns im Studiersaal, und Max verkündete, dass die Party am letzten Samstag vor den Ferien an der Loisach steigen würde. Noch heute wollte er mit dem Zug nach Wolfratshausen fahren, um alles zu organisieren. Ich sollte mitkommen.

Pater Zeno war nicht leicht zu überzeugen, dass Max und ich nach Wolfratshausen mussten. Mein Freund hatte dem Präfekten erklärt, dass seine Mutter heute Geburtstag hätte und ein großes Fest feiere. Ich sollte dabei sein, weil ich mit Max die ganzen Pfingstferien gelernt hätte und seine Mutter dies unbedingt wünsche.

Pater Zeno grummelte schließlich leise vor sich hin. Dann meinte er, dass die wichtigen Aufgaben für dieses Jahr eh schon gelaufen seien und wir sollten uns schleichen. Er erwarte uns aber mit dem letzten Zug am Abend im Internat zurück.

Also fuhren wir mit dem Nachmittagszug von Heiligenbeuern nach Wolfratshausen. Maxls Eltern wussten nichts von unserem Ausflug, denn die Sache mit dem Geburtstag war erstunken und erlogen. Sie wunderten sich nicht schlecht, als wir ankamen. Max erklärte ihnen, dass er in den letzten Wochen wahnsinnig viel gelernt hätte und nach der letzten Schulaufgabe ein wenig Auslauf bräuchte. Er erzählte ausführlich, wie gut die beiden entscheidenden

Arbeiten für ihn gelaufen wären, und ganz nebenbei von der Notlüge dem Präfekten gegenüber.

»Aber sonst wären wir nie aus dem Beusl rausgekommen«, stöhnte er und sah seine Mutter leidend an.

Sie hatte Verständnis für ihren Sohn und streichelte ihm beschützend über den Kopf, was seltsam aussah, da er sie weit überragte. Sein Vater war stumm dabeigestanden und hatte die Szene interessiert betrachtet.

Nun bekamen wir eine schöne Brotzeit in der Wirtshausküche. Als wir mit Herrn Stockmeier allein waren, rückte Max mit dem wirklichen Grund unseres Besuchs heraus. Er erzählte von der Lateinschulaufgabe und wie wir an den Text gekommen waren. Zum Schluss erklärte Max, dass er der Klasse eine zünftige Feier versprochen habe und er sein Wort schließlich halten wolle. Dazu brauche er aber die Hilfe seines Vaters.

Der Bräu strich sich ein paar Mal versonnen durch den blonden, mächtigen Schnurrbart.

Schließlich runzelte er die Stirn und fragte: »Wann wollt ihr die Feier machen und wo?«

»Am letzten Samstag vor den Ferien«, meinte Max lässig. »Am schönsten wär's an der Loisach. Da hätten wir am ehesten Ruh vor den Kutten.«

»Ihr braucht also am letzten Samstagnachmittag im Juli ein Fass Bier.« Der Bräu hatte im Kalender nachgesehen und an dem Datum etwas notiert. Jetzt kratzte er sich am linken Ohr und dachte eine Weile nach. Dann sagte er leise: »Das ist aber ungesund.«

Ich hatte so etwas befürchtet. Natürlich war Maxls Vater dagegen. Niemals durfte man Erwachsene in solche Geschichten einweihen. Dann wussten sie von dem

Vorhaben und konnten es unterbinden. Aber wie hätten wir an das Bier kommen sollen, wenn wir es nicht vom Bräu bekamen?

»Es ist doch ungesund«, wiederholte Herr Stockmeier, »wenn es zu dem vielen Bier keine Brotzeit gibt. Also«, er sah uns verschwörerisch an, und wir drei steckten wie auf Kommando die Köpfe über dem Tisch zusammen, »wird euch unser Bierfahrer an dem Samstagnachmittag das Fass und eine Brotzeit vorbeibringen. Ich kann leider nicht hinkommen, denn ich muss zum Ausflug vom Kegelverein, der ist am selben Tag. Das tut mir leid, denn einen Haufen, der so zusammenhält wie der eure, den sollt man sich schon anschauen. Jedenfalls haben sich die Burschen das Bier und ein paar Würst' redlich verdient.«

Er grinste, stand auf und ging in die Gaststube. Beim Bräu hatte ich es noch nie erlebt, dass die Familie über einen längeren Zeitraum beisammensaß und über Belanglosigkeiten sprach. Immer hatte sich einer der Eltern, oder alle beide, um den Betrieb zu kümmern. Man sah weder den Bräu noch seine Frau arbeiten, wie man es bei uns zu Hause kannte. Für jede Tätigkeit hatten sie Angestellte. Köche, Bedienungen, Schankkellner, Brauer, Fahrer. Aber stets sahen Herr und Frau Stockmeier nach dem Rechten. Sie kümmerten sich um die Gäste und schauten darauf, dass die Bediensteten ihren Aufgaben nachkamen. Wenn der sonst so gutmütige Herr Stockmeier jemanden beim Faulenzen erwischte, konnte er sehr ungemütlich werden. Schon öfter hat in einem solchen Augenblick ein Lehrbub eine Ohrfeige gefangen. Er meinte, es sei besser, er haue dem Faulenzer eine runter, als dass er ihn ausstellen müsse oder ihm die Sache lange nachtragen würde.

Am Nachmittag begann es zu regnen. Die Abkühlung tat gut, und Max drängte darauf, ins Isar-Kaufhaus zu gehen. Dort schauten wir, ob es die neue Platte von Janis Joplin gäbe. Wir hatten den Titel »Bobby McGee« vor kurzem im Radio gehört, und Max wollte sich die Single kaufen. Natürlich war sie nicht zu finden, und Max ärgerte sich über die elende Provinzialität von Wolfratshausen, diesem Kaff, wie er sich in solchen Momenten ausdrückte. Beim Verlassen des Kaufhauses mussten wir unsere Schirme wieder aufspannen, denn es hatte immer noch nicht aufgehört zu regnen.

Als wir am Modehaus Bodevaar vorbeikamen, hörten wir einen lauten Knall. Max sah mich verdutzt an. Nach einigen Sekunden knallte es noch einmal. Max lief los in die Richtung, woher das Geräusch gekommen war. Dann hörten wir ein drittes Krachen und wussten, dass es sich um Schüsse gehandelt haben musste. Außerdem konnten wir zuordnen, wo geschossen worden war.

Einige Sekunden später standen wir vor dem Schaufenster vom Korrer. Dort waren bereits einige Passanten und tuschelten.

»Das war ein Schuss. Ich hab's genau g'hört«, sagte ein älterer Mann mit Trachtenjoppe und einem Gamsbart auf dem Hut. »Kein großes Kaliber. Wahrscheinlich eine Pistole.«

»Es hat aber zwei- oder dreimal gekracht«, berichtigte ihn eine junge Frau mit Kind.

»Jemand muss die Polizei holen, und zwar schnell.« Der Gamsbartträger schaute mich an.

Ich dachte, dass er das auch selber tun könne, wenn er schon so schlau wäre. Ich jedenfalls blieb bei Max, der nach kurzem Zögern an die Ladentür getreten war und vergeblich versuchte, sie zu öffnen. Heute war Mittwoch, und Mittwoch Nachmittag waren fast alle Geschäfte in Wolfratshausen geschlossen.

Doch hier stimmte etwas nicht; alle Anwesenden spürten es.

»Ich hol die Polizei«, beschloss ein junger Mann, der neben der Frau mit dem Kind aufgetaucht war, und lief los in Richtung Untermarkt.

Max klopfte an die gläserne Eingangstür, die mit einem gehäkelten Tuch zugehängt war. – Nichts. Kein Laut. Max klopfte wieder, diesmal heftiger. Nichts rührte sich. Die Leute vor dem Geschäft hatten aufgehört zu reden. Es war eine sehr bedrückende Stimmung. Wenn man durch die Schaufenster neben der Tür in das Geschäft hineinschaute, schien es leer.

Nach einigen Minuten, die mir wie eine Ewigkeit vorkamen, hörte ich das Geräusch von Schritten im Laden. Endlich ging die Tür auf, und ein aschfahler Korrer stand krumm im Türrahmen.

»Hilfe«, stammelte er heiser. Seine Unterlippe vibrierte wie der Flügel eines Kolibri, und die blauen Augen starrten geradeaus. »Hilfe. Überfall. Meine Frau …«

Dann stand die Unterlippe plötzlich still, er begann krampfartig zu schlucken und sank schließlich zu Boden. Sein Kopf schlug hart gegen den Türrahmen.

Jetzt erst sah ich, dass sich seine beige Hose am linken Oberschenkel blutrot gefärbt hatte und der Fleck immer größer wurde. Das Handtuch, welches er auf die Verletzung gepresst hatte, war ihm beim Hinfallen aus der Hand geglitten.

Die junge Frau drückte ihr Kind einem anderen Passanten in die Arme, erklärte, sie sei Krankenschwester, und kümmerte sich ohne Umschweife um den Verletzten.

Max betrat vorsichtig um sich schauend das Geschäft. Ich folgte ihm zögernd. Mir gefiel die Sache gar nicht, und ich hätte gern auf die Polizei gewartet. Andererseits zog es mich magisch hinter Max her in den Verkaufsraum hinein. In der Verkaufsvitrine und in der Auslage war ein ungewohntes Durcheinander. Das goldene Diadem war nicht zu sehen. Von den Pokalen, die auf dem großen Tisch auf der rechten Seite des Raumes standen, lagen einige auf dem Boden.

Außerdem waren auf den Fliesen am Fußboden einige Blutstropfen, die von Herrn Korrer stammen mochten. Sie bildeten eine Spur von der Werkstatttür bis zum Ladeneingang.

Als wir um die Ladentheke herumlugten, sahen wir Frau Korrer. Sie lag in einer unnatürlichen Stellung mit zurückgedrehtem Kopf im Eck. An der Wand hinter ihrem Kopf war Blut. Max stürzte zu ihr hin. Als er direkt vor ihr stand, zögerte er plötzlich. Dann nahm er unsicher ihre rechte Hand und zog ein wenig daran. Vielleicht versuchte er, den Puls der Frau zu fühlen. Durch den Zug am Arm der Juwelierin fiel deren Körper zur Seite auf den Boden, und ihr zuerst abgewandter Kopf drehte sich zu uns her.

Deutlich waren nun zwei Löcher im blassen Gesicht der Toten zu sehen, aus denen jeweils eine dünne Spur Blut ausgetreten war. Der eine Einschuss war unter dem linken Auge neben dem Wangenknochen. Der zweite befand sich in der Mitte der Stirn. Rund um dieses zweite, etwa erbsengroße Loch war ein dunkelgrau verfärbtes Areal von wenigen Zentimetern Durchmesser.

Es sah gespenstisch aus.

»Mein Gott«, stieß Max hervor. Dann richtete er sich auf, drehte sich um und torkelte in Richtung Eingangstür. Ich hörte, wie er sich vor dem Laden übergab.

Ich blieb bei der Leiche stehen und starrte sie an. Irgendetwas hielt mich fest. Das Gemurmel der Leute, die nach uns in den Laden gekommen waren, hörte ich dumpf wie durch einen dichten Nebel. Die junge Krankenschwester war inzwischen zu der Leiche hergekommen und hatte ihr die Hand an den Hals gelegt, um den Puls an der Hauptschlagader zu ertasten. Nach einer Weile erhob sie sich wieder und schüttelte traurig den Kopf. Dann ging sie zurück zum bewusstlosen Korrer, der immer noch neben der Eingangstür lag.

Schließlich erschienen zwei Polizisten und vertrieben die Schaulustigen mit deutlichen Worten. Dann kam der Jüngere der beiden zu mir, legte seine rechte Hand auf meine Schulter und schob mich vorsichtig aus dem Laden.

»Bist du ein Verwandter?«, fragte er, als wir vor der Tür standen.

Ich schüttelte den Kopf und drückte seinen Arm zur Seite. Ich wollte in diesem Augenblick von niemandem berührt werden.

Da sah ich Maxls Mutter, die auf der anderen Straßenseite stand und ihren leichenblassen Sohn im Arm hielt. Ich ging hinüber zu ihr, ohne auf die Straße oder die vielen Leute zu achten, die sich rund um das Juweliergeschäft versammelt hatten. Zwei Armlängen von Frau Stockmeier entfernt blieb ich stehen.

Die Marktstraße war inzwischen für den Durchgangs-verkehr gesperrt, mehrere Polizeiautos fuhren mit Blaulicht nacheinander zum Tatort. Dazu kam noch ein Rettungs-wagen vom Kreiskrankenhaus, der den angeschossenen Juwelier einlud und mit Sirengeheul davonfuhr.

Nun sah ich Maxls Vater in einiger Entfernung vor der Eingangstür zum Bräu stehen. Langsam setzte er sich in Bewegung und kam zu uns her. Sein breites, gutmüti-ges Gesicht war grau und faltig, seine Schritte schienen unsicher, als wäre er betrunken.

Als er bei uns angekommen war, strich er mir kurz über den Kopf, dann nahm er seine Frau und den Max in den Arm, und zusammen gingen wir nach Hause, wobei ich einige Meter hinter den Stockmeiers hertappte. Beim Bräu setzten wir uns in die Küche, wo zwei Kellnerinnen über die tote Frau Korrer und deren angeschossenen Mann tuschelten. Die Nachricht vom Überfall auf das Juwelier-geschäft hatte sich offenbar bereits herumgesprochen. Der Bräu wies die beiden Bedienungen barsch zurecht und schickte sie hinaus in die Gaststube.

In der Küche durfte von den Angestellten nur die Zenzl bleiben. Sie verabreichte Max und mir mehrere Esslöf-fel Zucker mit reichlich Klosterfrau Melissengeist. Erst wollte ich das pappsüße Zeug mit dem scharfen, hoch-prozentigen Melissenschnaps nicht nehmen. Bei meiner Mutter, die ebenfalls auf diese Medizin schwor, hatte ich mich stets durchsetzen können. Doch die Zenzl ließ kei-nen Widerspruch zu.

»Das schluckst jetzt. Und fertig«, grantelte sie. »Das Rezept ist von der Mutter Gottes selber, und da gibt's keine Extrawürst'.«

»So kannst du doch mit dem Buben nicht reden«, schimpfte Maxls Mutter mit der Köchin. »Nach allem, was die Kinder durchgemacht haben.«

»Das sind keine kleinen Kinder mehr, Wirtin. Und den Melissengeist sollen sie nehmen, weil ich's gut mit ihnen mein'«, keifte die Zenzl. »Der hilft gegen alles. Ganz gleich, ob's eine Erkältung ist oder was mit den Nerven.«

Mehrmals musste ich den Mund öffnen und schlucken, denn die Zenzl meinte es über die Maßen gut mit meinen Nerven. Schließlich stellte sich eine angenehme Dumpfheit ein, und ich fühlte mich zunehmend müde. Dem Max, der sich bald auf die Eckbank gelegt hatte, fielen bereits die Augendeckel zu.

Schließlich meinte die Wirtin, wir sollten nach der Aufregung bald ins Bett gehen.

Herr Stockmeier hatte während unserer Melissengeistkur im Beusl angerufen und dort von unserem fürchterlichen Erlebnis berichtet. Pater Zeno reagierte besonnen und stellte es uns frei, ob wir morgen schon zurückkehren oder noch ein, zwei Tage in Wolfratshausen bleiben wollten.

In Maxls Zimmer hatte man ein Bett für mich hergerichtet. Kurz nachdem ich mich, ohne die Zähne zu putzen, hingelegt hatte, überfiel mich ein tiefer, dumpfer Schlaf. Er war durchsetzt von immer wiederkehrenden Albträumen. Wieder und wieder sah ich die tote Frau des Goldschmieds. Erst schaute sie in die mir abgewandte Richtung und schimpfte mit ihrem Bruder Steffl. Dann hörte ich einen lauten Knall, und sie drehte sich starr und mit ungläubigem Blick um. Schließlich fiel ihr unnatürlich verdrehter Kopf nach rechts, und die toten Augen sahen mich geradeaus an. Das schwarz verbrannte Loch auf ihrer Stirn machte mir Angst, es sah aus wie eine Zielscheibe. Rund und symmetrisch.

Der Einschuss in der linken Wange unterhalb des Auges war ganz anders. Erst nur ein kleiner roter Punkt, der immer größer wurde und sich verfärbte. Als die Verletzung die Größe eines Fünfmarkstückes erreicht hatte, platzte sie auf, und stoßweise kam dunkelrotes Blut aus der Wunde.

Schweißgebadet wachte ich auf. Die Sonne war bereits aufgegangen und erfüllte die Schlafkammer mit einem milchigen Licht. Max lag bewegungslos auf seinem Bett und atmete langsam. Er war beinahe so blass wie sein Leintuch und starrte zur Decke. Sogar die vielen Sommersprossen in seinem Gesicht schienen ihre rostbraune Farbe verloren zu haben.

»So eine Scheiße«, stieß er hervor, als er merkte, dass ich wach war.

Ich sagte nichts, stand auf und ging ans Fenster, von wo aus man zur Marktstraße und schräg gegenüber zum Juweliergeschäft vom Korrer hinunterschauen konnte. Bei dem Anblick wurde mir übel. Also ging ich zurück zu meinem Bett und setzte mich darauf.

»Die Korrerin ist garantiert mit derselben Pistole erschossen worden wie ihr Bruder«, sagte Max leise.

Wie konnte er in diesem Augenblick nur an so etwas denken. Oft schon hatte er behauptet, bei Kriminalfällen völlig ruhig zu bleiben und keine Gefühle zuzulassen. Warum sah er aber dann so mitgenommen aus?

Meine Gedanken kreisten um etwas ganz anderes als um die Tatwaffe. Die toten Augen der Juwelierin hatten

mich an etwas erinnert. Ich meinte, sie hätten mich angeschaut wie jemand, der etwas von mir erwartete. Vor nicht
allzu langer Zeit waren mir ähnliche Gedanken gekommen. Zu welchem Anlass? Nach einer Weile fiel mir ein,
dass die alte Schlickin in ihrem Sarg dasselbe Gefühl in mir
hervorgerufen hatte. Damals war es jedoch der geöffnete
Mund der toten Frau gewesen und nicht die Augen. Die
alte Schlickin hatte so ausgesehen, als hätte sie noch etwas
sagen oder klarstellen wollen, wäre aber nicht mehr dazu
gekommen.

Jetzt stand Max mit mäßigem Schwung von seinem
Bett auf, streckte sich und ging ans Fenster. »Der Huber
ist wahrscheinlich schon die ganze Nacht da«, begann er
leise, während er hinaussah. »Sein Kadett steht seit gestern
Abend vor dem Juwelierg'schäft.«

Max öffnete das Fenster. Die frische Luft tat mir gut.

»Derjenige, der die Korrerin erschossen hat, ist eine
brutale Sau«, fing er wieder an. »Hast du die zwei Ein-
schüsse g'sehen? Der erste irgendwo ins G'sicht und der
zweite dann …«. Er wusste erst nicht weiter, dann fiel ihm
doch der richtige Ausdruck ein. Er begann den Satz neu:
»Der zweite Schuss war eine Hinrichtung. Aus nächster
Nähe genau ins Hirn. Die Schmauchspuren auf der Haut
waren eindeutig.«

An mir vorbei verließ Max das Zimmer. Einige Minuten später hörte ich die Toilettenspülung. Ich stand auf und
zog mich an. Dann ging ich nach unten in die Küche, wo
die Zenzl bereits am Herd stand und Kartoffeln kochte.

»Magst einen Kaffee?«, fragte sie mich fürsorglich,
ohne von ihrer Arbeit aufzusehen.

»Gern«, sagte ich und setzte mich auf die Eckbank.

Nacheinander kamen Max, seine Mutter und der Bräu zum Frühstück. Geredet wurde wenig und kein Wort über die tote Frau Korrer.

Nach einer Weile, es mochte inzwischen acht Uhr morgens sein, klingelte es an der Haustür. Das war ungewöhnlich, denn die Wirtschaft öffnete erst um zehn Uhr, und die Lieferanten kamen durch den Hintereingang oder direkt in die Küche.

Zenzl schimpfte ein wenig, dass man gar keine Ruhe mehr habe, und schlurfte los. Wenig später kam sie zurück und meinte, dass ein Inspektor von der Polizei mit Max und mir reden wolle.

Mein Freund und ich standen auf und gingen hinaus in den breiten Gang, wo Herr Huber bei der Eingangstür stand und nervös von einem Fuß auf den anderen wippte.

Wir grüßten ihn, dann führte Max den Polizisten und mich in das Gastzimmer, wo es nach kaltem Rauch stank. Wir setzten uns an den Stammtisch, und Huber zündete sich sofort eine Zigarette an.

Dann begann er zögerlich: »Kein schöner Anblick, was?« Sein Blick flackerte zwischen Max und mir hin und her, als wüsste er nicht, wen er anreden sollte. »Ich hab schon einige Leichen gesehen, oder besser gesagt, sehen müssen. Ich kann mich nicht daran gewöhnen.«

»Sind Sie hergekommen, damit wir Sie trösten?«, fuhr Max dem Inspektor in die Parade. Dann drehte er sich von dem Polizisten weg und sah finster durch das Fenster auf die Straße hinaus.

Huber war tiefrot angelaufen und stand auf. Er schien überreizt wie wir alle. Er machte einige Schritte in Richtung Tür, als wollte er den Raum verlassen. Niemand hätte ihn aufgehalten. Plötzlich hielt er inne, wandte sich um und ging zu seinem Stuhl zurück. Mit beleidigtem Gesicht setzte er sich wieder und begann nun sein Verhör.

»Wann habt ihr die Schüsse gehört?«

»Das war kurz nach fünf«, antwortete ich.

»Was habt ihr dann gemacht?«

»Wir sind zum Juweliergeschäft hing'laufen«, erwiderte ich.

Max schaute immer noch aus dem Fenster.

»Und dann?«

»Der Max hat in den Laden hinein wollen, aber es war zug'sperrt. Nach ein paar Minuten hat der Korrer die Tür endlich aufg'macht und ist dann bewusstlos zusammengebrochen. Wir sind an ihm vorbei ins G'schäft hinein, und hinter der Ladentheke haben wir seine Frau g'funden. Sie war am Hinterkopf voll Blut und hat zwei Löcher …«

Ich schloss die Augen und sah die Ermordete vor mir liegen, mit ihrem unnatürlich nach rechts gedrehten Kopf. Ich konnte nicht mehr weiterreden. Huber schien das zu begreifen und schwieg. Geschäftig schrieb er etwas in seinen Notizblock.

»Was ist passiert?«, fragte Max vom Fenster her. Er lehnte immer noch mit dem Rücken zu uns an der Fensterbank.

Ich verstand die Frage nicht. Wir wussten doch, was passiert war. Wir wussten bloß nicht, wer die Frau des Juweliers umgebracht hatte.

»Was meinst du damit?« Huber stellte sich entweder dumm oder er hatte die Frage auch nicht verstanden.

Max begann erneut mit müder, spröder Stimme: »Es muss doch irgendwas B'sonderes passiert sein, sonst wär die Frau Korrer nicht erschossen worden. Mitten am Tag. In Wolfratshausen.«

Er senkte den Kopf. Schwer atmend stand er da und hielt sich am Fensterbrett fest.

Müde schüttelte Huber den Kopf, dann drückte er seine Zigarette im großen Aschenbecher aus.

Mit belegter Stimme begann der Inspektor: »Vorgestern bin ich zum Korrer ins Geschäft gegangen. Ich tat so, als würde ich mich für ein Halsband interessieren. In Wirklichkeit wollte ich aber mit der Goldschmiedin allein reden. Ich hatte Glück, ihr Mann war gerade nicht da, und so konnte ich ihr ungestört einige Fragen über ihre Mutter und ihren Bruder stellen. Sie hat mir aber nichts Neues erzählt; also bin ich wieder gegangen.

Gestern Nachmittag hat sie dann im Polizeirevier der Kripo in Garmisch angerufen und sich bei meinem Chef darüber beschwert, dass ich in den beiden Todesfällen auf dem Schlicker Hof immer noch ermitteln würde. Ihr war nämlich von offizieller Seite her mitgeteilt worden, dass es sich beim Tod ihrer Mutter um einen Unfall und dem ihres Bruders um Selbstmord handle. Die Ermittlungen seien also abgeschlossen.«

Mir schien, als würde seine linke Hand, die er auf den Tisch gestützt hatte, ein wenig zittern.

»Und der Kurzer, mein Chef, hat ihr dann erklärt, dass die Ermittlungen für die Todesfälle am Schlicker Hof natürlich abgeschlossen seien. Sein diensteifriger Kollege glaube aber, Beweise dafür zu haben, dass es sich bei beiden Todesfällen um Mord handeln würde. Mit dem Kollegen hat er mich gemeint.« Jetzt begann seine Hand wirklich zu zittern. Ich konnte es genau sehen. »Nach dieser Auskunft war die Stimme der Frau Korrer plötzlich verändert, hat mir der Kurzer gestern Abend noch erzählt. Sie hat sich für die Auskunft bedankt und ohne Gruß aufgelegt. Von einer Beschwerde gegen mich hat sie nichts mehr gesagt. Der eigentliche Grund ihres Anrufs schien ihr nicht mehr wichtig.«

Max drehte sich nun vom Fenster weg und ging zu der hölzernen Sitzbank, die an der Außenwand der getäfelten Gaststube herumlief. Er ließ sich erschöpft drauffallen und streckte die langen Beine weit von sich.

Huber fuhr fort: »Eine gute Stunde nach diesem Anruf war der Überfall auf das Juweliergeschäft. Frau Korrer ist jetzt tot, ihr Mann hat einen Oberschenkeldurchschuss. Er konnte sich glücklicherweise in die Werkstatt retten, sonst hätten wir noch einen Toten. Mehr weiß ich auch nicht.«

Huber stützte den rechten Ellbogen auf den Tisch und legte seinen Kopf in die offene Hand.

»Jetzt ist also die Frage: War der Anruf von Frau Korrer bei der Polizei kurz vor ihrer Ermordung Zufall? Oder war der Anruf der Grund dafür, dass sie sterben hat müssen?«, sinnierte Max.

»Ich weiß es nicht.« Huber richtete seinen kurzen Körper auf, drückte die Arme nach oben und streckte sich wie ein alter Kater. Dann erhob er sich mühsam und ging grantelnd zur Tür. »Jedenfalls ist es ein Scheißjob, hinter den Leuten herzuschnüffeln! Das kann ich euch sagen. Und mit Pech hat man auch noch einen Chef, der einem den Rücken nicht freihält. Servus.«

Mit diesen Worten verließ Huber den Raum, ohne sich noch einmal umzublicken.

Wir blieben den Tag in Wolfratshausen und räumten das Bierdepot auf. Am Abend vertrat ich den Schankkellner, der mir dafür zwölf Mark zahlte. Ich war froh, den ganzen Tag lang beschäftigt zu sein, denn in jeder untätigen Minute musste ich an die erschossene Frau des Goldschmieds denken.

Max ging am Nachmittag alleine einige Stunden in die Pupplinger Au. Er wollte nachdenken.

Am nächsten Morgen, gleich nach dem Frühstück, fuhr Herr Stockmeier Max und mich zurück ins Beusl.

Kurz vor Schulbeginn rannten wir die Pfortentreppe hinauf. Als wir im Studiersaal die Bücher für den Unterricht zusammenpackten, wollten einige Mitschüler wissen, was in Wolfratshausen passiert sei. Der Mord an der Frau des Juweliers hatte sich schon bis ins Internat herumgesprochen. Weder Max noch ich hatten aber Lust, Auskünfte zu geben.

Ich war froh über die Routine im Beusl, in der man leben konnte, ohne sich viele Gedanken zu machen. Jede Stunde war festgelegt. Es gab viele Pflichten und kleine Freiheiten, welche man bei entsprechender Fantasie ausdehnen konnte. Zufrieden über diese enge und gleichförmige Welt schlief ich abends ein. Morgens wachte ich früh auf und war glücklich, nicht von den aufgerissenen Augen der Frau Korrer geträumt zu haben. Ich schaute zum Bett von Max hinüber, der noch fest schlief, und spürte eine große Freude, dass mein Freund auch im nächsten Schuljahr noch im Beusl sein würde.

Der Unterricht war seit der Lateinschulaufgabe vor zwei Tagen erträglich. Einige junge Lehrer, die meinten, noch neuen Stoff durchnehmen zu müssen, wurden bald eines Besseren belehrt. Das Schuljahr war lang und anstrengend gewesen. Die Luft war nach den letzten schweren Prüfungen raus.

In der zweiten Stunde bekamen wir die Griechischschulaufgabe zurück. Clemens hatte für Max eine Zwei geschrieben, er selbst bekam dieselbe Note, wobei Herr Schuller ihn wegen einiger Flüchtigkeitsfehler rügte. Unser Primus hatte es also tatsächlich geschafft, die Aufgabe in der vorgegebenen Dreiviertelstunde zwei Mal aufs Papier zu bringen. Einmal mit blauer Tinte und einer an Maxls Krakelei angepassten Schrift und einmal mit der für ihn typischen grünen Tinte.

Als mein Freund sein Blatt zurückerhielt, bemerkte unser Griechischlehrer knapp: »Na, Max, da bist du dem altgriechischen Tod noch mal von der Schippe gesprungen. Wie du das geschafft hast, würde mich schon interessieren. Aber es freut mich natürlich für dich. Jetzt heißt's: weiter so!«

Als der Lehrer sich umdrehte und zum Pult zurückging, machte Max müde grinsend ein Victory-Zeichen in die Runde. Er hatte das einmal auf einer Fotografie von Winston Churchill gesehen und mir das Foto gezeigt. Dann lehnte er sich in seinem Stuhl zurück und faltete die Hände zufrieden über dem Bauch. Er sah aus wie jemand, der in der letzten Zeit genug geleistet hatte.

Zum Jahresausklang wollte der Lehrer noch einige Platon-Dialoge lesen und ließ die griechischen Texte in der Klasse verteilen. Zwei Schüler mussten jeweils in ein dünnes Heftchen schauen. Mit ein wenig Fleiß, meinte er, könnten sich einige Wackelkandidaten entweder die Endnote verbessern oder endgültig versauen.

»Und damit ihr besser bei der Sache bleibt«, schloss er schmunzelnd, »befassen wir uns mit dem Symposium über die Liebe, und zwar mit den Ausführungen des Aristophanes.«

Es begann ein leises Getuschel, das der Lehrer einige Augenblicke duldete. Das Thema Liebe war bei unserer bisherigen humanistischen Ausbildung eher kurz gekommen.

Gleich beim ersten Text kam Max dran. Er sollte seine bisher verborgenen Fähigkeiten in Griechisch auch mündlich unter Beweis stellen.

Mühsam las mein Freund die einleitenden Sätze zunächst im Original auf Griechisch. Dann ging es ans Übersetzen, und Max verlor während seiner Bemühungen immer mehr die ihm sonst eigene Lässigkeit den klassischen Sprachen gegenüber. Er gab sich große Mühe und quälte sich durch die Übersetzung.

Platon beschreibt in dem Abschnitt die Vorstellung des Aristophanes über den Ursprung der Liebe. Er erzählt, dass die Menschen ursprünglich rund waren. Sie hatten vier Arme, vier Beine und zwei Köpfe. In diesem Zustand waren sie so glücklich, dass sie den Neid der Götter erregten. Also ließ Zeus, der oberste Gott der Griechen, die Menschen in zwei Hälften teilen. Er schnitt die ursprünglich kugelförmigen Menschenwesen in der Mitte auseinander. So entstanden zwei getrennte Geschöpfe mit jeweils einem Kopf, zwei Armen und Beinen. Nun waren die Menschen sehr unglücklich, da ihnen ihr Gegenüber fehlte. Ständig suchten sie, diese von ihnen getrennte zweite Hälfte zu finden. Und nur wenn ein Mensch seine zweite Hälfte fand und diese beiden Hälften sich erkannten und zusammen waren, konnte der geteilte Mensch wieder so glücklich werden, wie er vor der Trennung gewesen war.

Max hatte den ersten Teil der Geschichte trotz seines katastrophalen Wortschatzes erstaunlich gut übersetzt, den Rest machten Mitschüler. Doch auch nachdem er nicht mehr dran war, hing Max an dem Text, ohne aufzublicken. Selten hatte ich ihn während des Unterrichts so konzentriert gesehen. Sogar als von Geschlechtsteilen die Rede war und die halbe Klasse hinter vorgehaltener Hand herumalberte, blieb Max wider Erwarten ernst. Er ermahnte die anderen sogar, sie sollten sich nicht aufführen wie kleine Kinder.

Nach der Stunde war große Pause. Wir liefen in den Studiersaal, um dort die Marmeladenbrote zu holen, die wir jeden Tag beim Frühstück vorbereiteten. Ansonsten wäre man bis zum Mittagessen verhungert, zumal es im Beusl keine Mamas gab, die derartige Dienste übernommen hätten.

Mit den Pausenbroten in der Hand gingen wir in den Klosterhof, wo sich die meisten Klassenkameraden bereits aufhielten. Max sagte kein Wort und stellte sich etwas abseits. Er schien nachzudenken.

Inmitten einer größeren Gruppe von Zehnt- und Elftklässlern stand Jack, ein kräftiger, pickliger Kerl, der selten über etwas anderes redete als über Mädchen. Er war erst dieses Jahr ins Beusl gekommen. Niemand konnte ihn besonders leiden, doch diesmal schien er etwas Interessantes zu erzählen, denn alle Blicke waren auf ihn gerichtet.

»... und das Eine kann ich euch sagen«, verkündete Jack, und seine rostbraunen Augen leuchteten. »Wenn ich meine zweite Hälfte treffe, dann geht's ordentlich zur Sache.«

Dazu machte er mehrere eindeutige Handbewegungen und bewegte sein Becken rhythmisch vor und zurück.

»Oder was meinst du, Max?«, rief er meinem Freund zu. »Ist doch richtig unanständig, was uns der Schuller da an Lektüre vorgelegt hat. Da geht's doch bloß ums ...«

»Halt dein blödes Maul, du Arschloch.« Max war mit vier Schritten bei Jack. »Nicht alles, was du nicht kapierst, hat mit dem zu tun, woran du den ganzen Tag denkst.«

Die Gruppe war verstummt. Man hörte nur mehr die hellen Stimmen der Schüler aus den unteren Klassen, die auf dem Pausenhof herumrannten.

»Ach, so ist das«, sagte Jack lauernd. »Der Herr Stockmeier kann sich wohl nicht vorstellen, was die zwei Hälften miteinander machen, wenn sie wieder zusammenkommen.« Grinsend sah er sich im Kreis seiner Mitschüler um, dann wandte er sich wieder an meinen Freund. »Wenn du brav bist, Max, zeig ich dir mal ein Buch. Da kannst du dir alles ganz genau anschauen.«

Jetzt grinsten auch einige der Herumstehenden. Ihnen hatte Jack diese Lektüre offensichtlich schon gezeigt.

»Halt dein blödes Maul, hab ich g'sagt«, wiederholte Max. »Bei Aristophanes ist es um etwas ganz anderes gegangen als um deine Schweinereien.« Er holte tief Luft. Was er nun sagen wollte, fiel ihm nicht leicht, doch er musste es loswerden. »Es ist darum gegangen, dass bestimmte Leute füreinander geschaffen sind. Dass sie einander brauchen ...«

»Genau«, stöhnte Jack. »Ich könnte jetzt auch jemanden brauchen.«

Dazu verdrehte er die Augen und hielt die Arme nach vorne gestreckt, als würde er eine unsichtbare Person umarmen.

»Ich hab dich g'warnt.«

Blitzschnell hatte Max zugeschlagen, direkt auf Jacks Mund. Es war eine trockene Ohrfeige gewesen, locker aus der Hüfte heraus. Max hatte aber keine Kraft in den Schlag gelegt, sonst wäre Jack danach nicht mehr gestanden. Ungläubig wischte der sich das Blut von seiner aufgeplatzten Oberlippe. Max war vor ihm stehen geblieben und sah traurig zu Boden. Obwohl er mit einer Reaktion seines Gegners rechnen musste, hingen seine Arme schlaff am Körper herunter. Er war ohne Deckung.

Jack nützte das aus. Zuerst trat er meinen Freund mit aller Kraft in den Unterleib. Als der nach vorne zusammensackte, zog er sein rechtes Knie nach oben und traf Max voll im Gesicht. Der fiel um wie ein Sack und lag zusammengekrümmt am Boden.

Als Jack noch einmal nachtreten wollte, reichte es mir. Ich drosch ihm mit aller Gewalt meine Faust vor die Brust. Jack grunzte.

Sofort ließ er von Max ab und fixierte mich feindselig.

»Du linke Sau«, schrie ich ihn an. »Wenn du noch einmal jemanden schlägst, der schon am Boden liegt, hau ich dir deine picklige Visage zu Brei.«

Unter allerlei Verwünschungen drehte Jack sich um und ging in Richtung Pforte davon. Die Zuschauer, die im Laufe der Auseinandersetzung zahlreich geworden waren, verließen den Kampfplatz. Die Pause war beinahe vorbei.

Ich half Max auf die Füße, und wir gingen zusammen in den Klosterbau und dann auf die Toilette im zweiten Stock. Dort wusch Max sein Gesicht. Die Nase war noch heil, aber ein Schneidezahn wackelte.

»Seit wann lässt du dir von so einem Deppen wie dem Jack eine runterhauen?«, fragte ich kopfschüttelnd. »Normalerweise watscht du die Flasche zweimal durch den Pausenhof, ohne dass er zum Luftholen kommt.«

Max schien meinen Vorwurf gar nicht gehört zu haben. Er war mit seinen Gedanken ganz woanders und meinte still: »Es ist genau so, wie Aristophanes g'sagt hat.«

»Was?« Ich hatte keine Ahnung, was er meinte.

»Die Sache mit der zweiten Hälfte.« Er machte eine Pause.

Als ich stumm blieb, fuhr er fort: »Isabell ist meine zweite Hälfte.«

Entgeistert starrte ich ihn an.

»Du wolltest doch nicht mehr über Isabell reden«, entgegnete ich mit einem Kopfschütteln.

»Es geht doch gar nicht um Isabell.« Enttäuscht, dass auch ich ihn nicht verstand, strich er die langen Haare nach hinten. »Es geht nur um mich.« Er richtete sich über dem alten, zerkratzten Waschbecken auf und deutete bei den letzten Worten mit dem rechten Zeigefinger auf sich. »Ich weiß, dass du sie nie gemocht hast. Und wahrscheinlich hast du recht damit, dass sie eine eingebildete Kuh ist.«

Er hatte sich zu mir umgedreht und sah mich müde an.

»Sie ist arg launisch oder zickig, wie du immer gesagt hast: zickig wie ein überzüchteter Zwergpinscher.«

Ich merkte, dass ich jetzt nicht lachen durfte, obwohl mir danach gewesen wäre.

Er fuhr mit leisem Ernst fort: »Aber ich hab niemanden anderen. Ich hab keine andere zweite Hälfte. Das hab ich durch die Geschichte von den Kugelmenschen verstanden. Niemand kann sich raussuchen, wer seine zweite Hälfte ist, genauso wenig, wie man sich seine Schuhgröße oder Haarfarbe raussuchen kann. Meine zweite Hälfte heißt nun mal Isabell, ist zickig und –«, er schluckte mehrmals, »– weg.«

Traurig und grenzenlos verzweifelt schaute er auf die Spitzen seiner braunen Schuhe, die bei der Auseinandersetzung dreckig geworden waren.

Ich hätte niemals gedacht, dass ein über zweitausend Jahre alter Text einen derartig umwerfenden Eindruck auf meinen sonst so selbstbewussten Freund machen würde.

Kapitel V

Partytime

In den letzten eineinhalb Wochen vor den großen Ferien hatten wir nur mehr eine Stunde Studierzeit täglich. Nach dem Mittagessen gingen die Zöglinge entweder auf den Sportplatz, an die Loisach zum Baden oder lasen. Max und ich lagen an jedem Sonnentag im Schatten, den die große Rotbuche im Klosterhof spendete. Als Kopfkissen dienten unsere Schultaschen. Ich las ›Die Ansichten eines Clowns‹ von Heinrich Böll. Max hatte vor kurzem Patricia Highsmith entdeckt und freute sich wie ein kleines Kind über die linken Machenschaften von Tom Ripley.

Von Zeit zu Zeit legte er für fünf oder zehn Minuten sein Buch aufgeschlagen auf den Bauch und schaute in den Himmel. An wen er wohl dachte? An die tote Frau Korrer mit ihren zwei Löchern im Kopf? An die alte Schlickin, die mit offenem Mund im Sarg gelegen war? An den verkohlten Steffl mit der falschen Pistole vor sich auf dem Küchentisch?

Oder an Isabell mit ihrem hübschen Gesicht, den blonden Haaren und dem eigenwilligen Charakter?

Vom Inspektor hörten wir in diesen Tagen kein Wort. Pater Zeno ließ uns auf Maxls Bitten die Zeitungsausschnitte aus dem Lokalteil der Zeitung zukommen, die den Tod der Frau Korrer betrafen. Die Berichte waren nicht sehr informativ und wurden von Tag zu Tag spärlicher.

Am letzten Samstagnachmittag vor den Ferien hatte Max zur Party geladen. Also marschierte die ganze elfte Klasse des Beusls zu dem vereinbarten Platz an der Loisach. Maxls batteriebetriebener Reiseplattenspieler wurde aufgebaut, und wir hörten abwechselnd ›Satisfaction‹ von den Rolling Stones und ›Lola‹ von den Kinks. Auf dem Gerät konnten nur Singles abgespielt werden. Und davon hatten wir nicht allzu viele.

Endlich kam der Lieferwagen vom Bräu die ausgefahrene Kiesstraße entlang auf unseren Lagerplatz zu. Er wurde von allen mit großem Jubel empfangen. Karl, der Bierfahrer, lud ein 50-Liter-Fass ab, dazu Gläser, Grillkohle, Bratwürste und Brot. Er wollte das Fass gegen Abend wieder abholen. Dann fuhr er davon, denn er hatte heute noch mehr zu erledigen.

Bald hatten wir ein schönes Grillfeuer entfacht und hielten die Würste an selbst entrindeten Weidenstöcken ins Feuer. Die ersten zwei, drei Halbe Bier waren bei der großen Hitze an diesem schönen Sommernachmittag gleich getrunken. Immer öfter fiel eine der reichlich gelieferten Grillwürste ins Feuer.

Fünfzig Liter Bier für achtzehn Halbwüchsige war eine ganze Menge.

Den Indianertanz um das Kohlefeuer, den wir am späten Nachmittag abhielten, untermalten wir mit ›Sympathy for the Devil‹ von den Stones. »Pleased to meet you«, grölten wir zusammen mit Mick Jagger, »hope you guess my name.«

Sogar Clemens, der sonst so vernünftig und besonnen war, tanzte um das Feuer wie ein wild gewordener Apachenhäuptling. Gerne hörte er, dass er durch seine

Klugheit und Hilfsbereitschaft für dieses Fest gesorgt hatte. Clemens erklärte daraufhin gebetsmühlenartig, dass die Menschen ohnehin mehr zusammenhalten müssten. Vor allem für die werktätige Bevölkerung wäre das wichtig, sonst würde sie von den Unternehmern noch mehr ausgebeutet.

Nach einer guten Stunde war der Kriegstanz vorbei, und wir nahmen am Lagerfeuer Platz. Max hatte kaum etwas getrunken. Er war gut gelaunt und machte jeden Spaß mit. Dabei beobachtete er seine beschwipsten Klassenkameraden aber aufmerksam.

»Warum bist du so still?«, fragte ich und setzte mich mit einem vollen Bierglas neben ihn.

»Mein Vater hat mit eingebläut, dass ich auf die besoffene Bande aufpassen soll. Vor allem wegen der Loisach. Wenn einer ins Wasser fällt und absäuft, hat der Papa einen Riesenärger.«

Max strich seine schulterlangen Haare hinter die Ohren zurück. Seine rotblonden Locken waren auffallend gleichmäßig, was natürlich sehr gut aussah. Ich wusste, woher diese Gleichmäßigkeit kam, denn ich hatte Max bei sich zu Hause einmal mit Lockenwicklern im Haar aus dem Bad kommen sehen. Wir haben nie darüber gesprochen, doch Max wusste genau, dass ich den Ursprung seiner Haarpracht kannte.

»Tote hat es ja in letzter Zeit genug gegeben«, meinte ich launig, das Bier war mir bereits ein wenig in den Kopf gestiegen.

»Das kann man wohl sagen.« Max schüttelte sich, als würde ihn frösteln. »Ich bin ja gespannt, ob die Korrerin die Letzte war. Eine vierte Leich wär schon möglich, denn ihren Mann hat der Mörder offensichtlich nicht richtig getroffen. Sonst wär der auch noch hin.«

»Oder er hat ihn gar nicht richtig treffen wollen«, warf ich ein.

Abwägend neigte Max seinen Kopf hin und her. Er nahm jetzt doch einen Schluck Bier.

»Mich wundert, dass der Huber diese Woche noch nicht da war«, meinte er versonnen und schaute in sein Glas. »Spätestens morgen taucht er auf. Da kannst Gift drauf nehmen. In der Zeitung steht fast nix mehr über den Überfall, also kommt die Polizei nicht vorwärts.«

Er trank noch einen Schluck, dann schüttete er den Rest seines halb vollen Glases in die Büsche.

Gegen sieben Uhr abends kam Karl mit dem Lieferwagen. Das Fass war beinahe leer. Den Rest schütteten wir in die Loisach.

Die meisten aus der Klasse waren ziemlich besoffen. Georg und Franz hatte es am schlimmsten erwischt. Sie hatten sich bereits hinter einer Weidenstaude mehrmals übergeben und durften neben Max und mir auf der Ladefläche bis zum Beusl mitfahren. Der Rest der Klasse tappte den guten Kilometer von der Loisach zum Kloster zu Fuß. Auf dem Weg grölten sie einige Lieder aus den ›Carmina Burana‹, die wir aus dem Chorunterricht kannten. Es waren Vaganten- und Trinklieder. Das passte. Je näher sie aber ans Beusl kamen, desto leiser sangen sie. Offensichtlich ging ihnen die Luft aus.

Am Eingang zum Klosterhof warteten wir. Der Karl war bereits heim nach Wolfratshausen gefahren.

Auf dem Weg von der Loisach zum Beusl hatten unsere Klassenkameraden beschlossen, heute Abend eine politische Demonstration vor dem Kloster zu veranstalten. Der Bruder von Clemens war beim Studentenbund Spartakus, und auch Clemens war überzeugter Kommunist. Öfter schon hatte er von Sit-ins erzählt, an denen er in den Schulferien an der Uni in München oder Regensburg teilgenommen hatte. Für solche Veranstaltungen klebte sich unser Klassenprimus einen blonden Schnurrbart in sein gutmütiges, helles Bubengesicht, um älter auszusehen.

Er war eigentlich ein ausgesprochen ruhiger Mensch, doch wenn er auf die Ungerechtigkeiten gegenüber der ausgebeuteten Arbeiterklasse zu sprechen kam, strahlten seine Augen, und er konnte stundenlange Monologe halten, die keiner hören wollte.

Max hielt die Demonstration für keine gute Idee, er war nüchtern und befürchtete gewaltigen Ärger mit den Patres. Aber er wurde von den anderen überstimmt. Außerdem wurde festgelegt, dass jeder aus der Klasse mitmachen musste. Und nach allem, was Clemens für Max getan hatte, konnte er auf keinen Fall kneifen.

Nach kurzer Einweisung durch unseren ersten und obersten Klassenkommunisten Clemens stellten wir uns vor dem Torbogen zum Klosterhof auf, streckten die linke Faust in die Höhe und riefen im Takt: »Ho-, Ho-, Ho Tschi Minh, Ho-, Ho-, Ho Tschi Minh.«

Dann marschierten wir im Gleichschritt, der durch den Takt unseres Kampfrufes bestimmt wurde, in den Klosterhof ein. Der war voller Schüler aus den unteren Klassen, die in der Abendfreizeit Völkerball spielten oder im Gras saßen und lasen. Sie starrten uns zunächst ungläubig an, lachten und tuschelten. Als Clemens sie aber dazu aufforderte, schlossen sich einige zögernd und mit unsicherem

Gesicht der demonstrierenden Kolonne an. Ich bin mir sicher, dass die meisten in unserem Zug nicht einmal wussten, wer Ho Tschi Minh überhaupt war. Wir umrundeten zweimal den Springbrunnen in der Mitte des Hofes, dann ging es Richtung Pforte.

Zwei Schüler aus der zwölften Klasse saßen unter der mächtigen Rotbuche im Gras und schauten uns grinsend zu, als wir dicht an ihnen vorbeizogen. Clemens forderte auch sie auf mitzumachen, doch sie blieben kopfschüttelnd sitzen und riefen uns lachend etwas zu.

Ich verstand nur: »… werdet ja sehen, … seid beim Abendessen vom Zeno schon vermisst worden.«

Als Clemens gerade die Pfortentreppe hinaufwollte, flog die schwere, eichene Pfortentüre auf. Heraus stürmte Pater Zeno, unser Präfekt. Sofort als wir ihn sahen, geriet der Zug ins Stocken, und die ersten Deserteure liefen in Richtung Springbrunnen davon. Die elfte Klasse blieb jedoch geschlossen hinter dem Klassensprecher.

Pater Zeno stürmte uns entgegen, die Treppe herunter und stoppte etwa drei Stufen über Clemens, der immer noch die Speerspitze unserer Demonstration bildete. Durch seine erhöhte Position kam die geringe Körpergröße des Mönches nicht zum Tragen. Sein Kopf überragte den von Clemens. Darauf legte er in dieser Situation offensichtlich Wert.

Trotzig hatte Zeno die Arme in die Seiten gestemmt und schrie, so laut er konnte: »Seid ihr jetzt endgültig verrückt geworden?!«

Zornig besah er sich den Zug von vorne bis hinten. Es mögen zu diesem Zeitpunkt noch etwa dreißig Schüler gewesen sein.

»Seid ihr total durchgedreht?«, wiederholte er sich inhaltlich. Sein großer, viereckiger Kopf war jetzt noch röter geworden, die spärlichen blonden Haare standen wirr in alle Richtungen.

Weitere Sympathisanten verließen die Schlachtlinie. Nach wenigen Sekunden waren nur mehr die Demonstranten aus unserer Klasse übrig. Wir drückten uns eng zusammen. Clemens spürte, wie verunsichert wir waren. Ermutigt durch seine Führungsrolle und den Alkohol wollte er nun eine politische Diskussion beginnen.

»Herr Pater Zeno, Sie müssen doch zugeben, dass die kapitalistische Invasion der USA in Indochina …«

Er brach mitten im Satz ab, denn sein Gegenüber war eine Stufe auf ihn zu gegangen, obwohl sich der Größenunterschied der beiden dadurch deutlich reduzierte. Die in die Hüften gestemmten Arme hatte Pater Zeno noch weiter gespreizt, als wollte er gleich losfliegen. Jedenfalls wirkte er in dieser Stellung recht imposant. Dann begann das Donnerwetter: »Dich, Clemens, hätte ich eigentlich für gescheiter gehalten, und einen großen Teil deiner Klassenkameraden auch.« Seine Augen schleuderten Blitze. »Musst du den intellektuell unvergorenen Dreck, den irgendwelche verzogenen Fratzen in den Universitäten von sich geben, nachbrüllen? Könnt ihr euch nicht selbst ein paar Gedanken zu dieser Welt machen? Ho Tschi Minh ist ein Diktator.« Ohne sich umzusehen, trat er wieder eine Stufe zurück. »Er ist zwar kein nationalsozialistischer Diktator, aber die kommunistischen sind auch nicht viel besser.«

Ungläubig schüttelte er den Kopf, und Clemens nutzte die kurze Pause für einen zaghaften Einwand. »Aber die Amerikaner …«

Weiter kam er nicht, denn Zeno griff das Stichwort sofort auf. »Meinst du, dass mir gefällt, was die Amerikaner in Vietnam machen? Glaubst du das? Aber wir sind hier nicht in Vietnam und auch nicht in Washington vor dem Weißen Haus. Wir sind in Heiligenbeuern in einem Kloster. Und dieses Kloster beherbergt ein Internat mit undankbaren Halbwüchsigen als Zöglingen. Außerdem leben wir nach den Regeln des heiligen Benedikt. Die lauten: Ora et labora, also ›bete und arbeite‹.«

Der Mönch ging wieder eine Stufe auf Clemens zu. »Wir sind also in einer Klosterschule und nicht an der Uni in Berlin oder Paris oder weiß der Teufel wo. Und überhaupt …« Zeno hatte bei den letzten Worten in der Lautstärke deutlich nachgelassen und schnüffelte in Richtung Clemens. »Hast du etwas getrunken? Du stinkst nach Bier wie ein Schankwirt.«

Der Reihe nach schritt uns der untersetzte Mönch ab und kontrollierte unseren Atem. »Jetzt verstehe ich«, meinte er schließlich und lachte kurz und trocken. »Die Herren hatten eine feuchtfröhliche Feier und wollten diese durch eine politische Kundgebung beschließen. Dann wollen wir also für einen gelungenen Abschluss der Party sorgen. Rauf mit euch in den Studiersaal, und zwar schnell«, fuhr er uns in maximaler Lautstärke an.

In der Zwischenzeit hatte sich auf dem Plateau der Klostertreppe vor der Pfortentür etwa ein Dutzend Patres versammelt, die dem Treiben interessiert zuschauten. An den Mönchen vorbei schlichen wir die Treppe hinauf in den Studiersaal. Dabei begleiteten uns einige böse Blicke. Im Studiersaal wollten wir uns auf unsere Plätze setzen, doch Pater Zeno jagte uns sofort in die Höhe.

»Aufgestanden!«, kommandierte er wie ein Feldwebel auf dem Kasernenhof. »Ich will auf der Stelle wissen, was ihr heute Nachmittag getrieben habt.« Mit grimmigem Blick ging er an der Stirnseite des lang gezogenen Raumes auf und ab. »Wo seid ihr gewesen und was habt ihr gemacht?«

Einige Minuten standen wir an unseren Plätzen, und keiner sagte ein Wort. Der Präfekt starrte uns währenddessen an wie ein unzufriedener Unteroffizier seine neuen Rekruten.

Schließlich versuchte er es anders und pickte sich einen konkreten Ansprechpartner heraus: »Komm schon, Max, du hast doch sonst immer eine große Klappe. Was habt ihr gemacht, und woher hattet ihr das Bier?«

Max schluckte ein paar Mal und sah den Präfekten unsicher an. Wenn er jetzt mit der Wahrheit herausrückte, war es gut möglich, dass er aus dem Internat rausgeschmissen wurde. Er hatte schließlich für den Alkohol gesorgt. Alle kannten die Gefahr, in der Max schwebte.

Mein Freund hatte schon Luft geholt und wollte gerade den Mund aufmachen, da kam ihm Clemens, der in der ersten Reihe stand, zuvor: »Wir haben unsere Jahresabschlussfeier abgehalten, und für das Bier haben wir zusammengelegt.«

»Aha.« Unser Präfekt nickte verständnisvoll und redete nun ganz ruhig. »Die Herren haben gefeiert. Jahresabschluss. Und während der Feier haben sich die Herren eben ein Gläschen genehmigt.«

Genau in diesem Augenblick übergab sich Franz. Das Erbrochene war zum Teil auf seinem Pult, zum Teil daneben auf dem abgenutzten Parkettboden gelandet. Es stank widerlich. Nachdem sein Würgereiz nachgelassen hatte, stand Franz betroffen da und bemühte sich, geradeaus zu schauen. Ein leichtes Schwanken bekam er jedoch nicht in den Griff.

»Dann machen wir doch noch eine kleine Nachfeier.« Pater Zeno hatte plötzlich einen freundlichen, ja geradezu liebenswürdigen Ton angeschlagen. »Jeder schreibt drei Parademärsche von dem schönen Wort ›bibere‹, was bekanntermaßen ›trinken‹ bedeutet. Und –«, er lächelte freundlich, »die Fenster bleiben natürlich geschlossen. Damit ihr euch besser konzentrieren könnt.«

Bei einem ›Parademarsch‹ musste man ein lateinisches Verb in allen denkbaren Formen konjugieren, und das war an diesem Abend mühsamer als an anderen. Erst kurz vor Mitternacht kamen wir ins Bett. Alle Schüler der elften Klasse hatten in dem nach Erbrochenem stinkenden Studiersaal bleiben müssen, bis der Letzte endlich mit der Aufgabe fertig war.

Trotz des Gestanks hatte auch Pater Zeno im Studiersaal ausgeharrt und war zwischen den Reihen auf und ab marschiert. Das Schweigen und die Anwesenheit des Präfekten sorgten für eine gereizte Stimmung. Vor dem Zubettgehen kündigte Pater Zeno an, dass es noch weitere disziplinarische Konsequenzen geben würde. Er wollte sich für morgen etwas Schönes einfallen lassen. Schließlich mussten Franz und Clemens das Erbrochene aufputzen, bevor auch sie in den Schlafsaal gehen durften.

Der kommende Morgen begann wie jeder Sonntag. Mit einem kräftigen »Auf, auf in Gottes Namen« von unserem Präfekten wurden wir geweckt. Voller Energie durchschritt Pater Zeno unseren Schlafsaal und zog die Vorhänge zurück.

Der große Unterschied zu herkömmlichen Sonntagen bestand darin, dass wir nicht um sieben Uhr, sondern bereits um fünf aufstehen mussten.

Obwohl einige meiner Klassenkameraden einen leidenden Eindruck machten und auch ich mich nicht wohlfühlte und etwas Kopfweh hatte, beschwerte sich niemand. Pater Zeno ging mit keinem Wort auf den gestrigen Tag ein, doch er war ein schlafender Vulkan. Die kleinste Andeutung, dass er doch Rücksicht auf unsere angeschlagene Gesundheit nehmen sollte, hätte diesen Vulkan zum Ausbruch gebracht, das wussten alle.

Ohne Morgenwäsche wurden wir auf den Klosterhof geschickt und sollten dort jeglichen Unrat bis zum kleinsten Papierfetzen aufräumen. Normalerweise wäre dies die Aufgabe der Wurzler am vorletzten Schultag gewesen. Die hatten dafür am Ende eines jeden Schuljahres einen Vormittag Zeit und bekamen anschließend zur Belohnung Krapfen. Pater Zeno meinte aber, dass sich unsere Klasse durch ihr eindrucksvolles und politisch engagiertes Benehmen für diese Tätigkeit besonders qualifiziert habe.

Nach dem Frühstück mussten wir zur Sonntagsmesse. Die erste Klasse voraus, zogen wir der Reihe nach in die wunderschöne, barocke Klosterkirche ein. Die Messe wurde von Abt Quirin und vier weiteren Patres zelebriert. Unter ihnen war auch Pater Zeno.

Ich fühlte mich etwas müde, das Kopfweh vom Morgen hatte jedoch nachgelassen.

Während des Kyrie fiel mir die Statue des heiligen Märtyrers Sebastian auf, die links vom Altar auf einem Podest stand. Ich hatte diese lebensgroße Figur schon tausend Mal angeschaut, doch sie war mir zwischen all den anderen Heiligenbildern nie aufgefallen. Heute aber war ich von ihrem Anblick fasziniert.

Der Märtyrer stand fast nackt an einen Baumstamm gefesselt. Sein athletischer Leib war von acht kurzen, etwa fingerdicken Pfeilen durchbohrt. Einige Pfeile steckten in den Armen und Beinen. Einer jedoch hatte ihn in der Leistengegend getroffen, was ich mir ungeheuer schmerzhaft vorstellte.

Doch keine dieser Verletzungen schien das frohe Gemüt des Märtyrers trüben zu können. Er schaute selig lächelnd himmelwärts und hielt den rechten Zeige- und Mittelfinger lässig nach oben gerichtet, als wollte er sich in der Schule melden oder in einer Kneipe zwei Bier bestellen.

Da fiel mir die tote Frau Korrer ein, wie sie armselig hinter dem Verkaufstresen gelegen war. Ein Bild des Jammers. Mund und Augen hatte sie weit aufgerissen, dazu kamen die kleinen Löcher von den Einschüssen und das Blut, das aus dem Hinterkopf ausgetreten war und sich am Boden zu einer kleinen roten Lache gesammelt hatte. Nie zuvor hatte ich etwas so Grausames gesehen.

Der bloße Gedanke an diesen Anblick genügte. Umgehend wurde mir speiübel. Ich schloss die Augen für einige Sekunden und bemühte mich, die trüben Gedanken schnell beiseite zu schieben. Dann versuchte ich, mich auf die Messe zu konzentrieren.

Die Predigt hielt Pater Zeno. Ich mochte ihn trotz seiner Vorliebe für eiserne Disziplin, die wir seit der achten Klasse hautnah erleben durften, als er das erste Mal unser

Präfekt war. Er konnte sehr hart sein, aber er war es gegen jedermann, auch gegen sich selbst.

Heute predigte er über die Verrohung der Gesellschaft und die neuen Götzen: Macht und Geld. Wie viel von diesen Götzen mochte hinter den Morden an der alten Schlickin und ihren beiden Kindern stecken?

Max, der neben mir saß, schien die Predigt auch zu gefallen. Er hatte aber höchstwahrscheinlich andere Motive. Mit fröhlichem Gesicht schaute er hinauf zur Kanzel und zu unserem Präfekten. Möglicherweise dachte er an Isabell, unsere gestrige Party oder daran, dass er die Klasse nicht wiederholen musste. Moralische Probleme über die Art und Weise, wie er das Klassenziel erreicht hatte, waren ihm fremd.

Nach der Sonntagsmesse verließen wir in derselben strengen Reihenfolge, also die Wurzler voraus, die Kirche. Als Max und ich inmitten der elften Klasse von unserem Platz in Richtung Schülerausgang gingen, sahen wir in der hintersten Kirchenbank Inspektor Huber sitzen. Max drehte sich zu mir um und grinste.

Der Polizist trug heute einen dunklen, gestreiften Anzug, der ihm weder stand noch passte. Er machte Max und mir mehrmals ein Zeichen, indem er vorsichtig um sich schauend den rechten Arm hob und uns zu sich her winkte.

Wir hatten die nächsten zwei Stunden, also bis zum Mittagessen, frei. Sofort wechselten wir die Laufrichtung, scherten aus dem Pulk der Klassenkameraden nach rechts aus und gingen zu dem Inspektor hin. Wir grüßten knapp mit einem Kopfnicken und verließen zusammen mit ihm das Gotteshaus.

Auch andere Schüler hatten Besuch bekommen. Meist waren es Eltern oder Verwandte, die am Ausgang der Kirche warteten. Gerade die Schüler aus den unteren Klassen wurden häufig besucht, denn für sie war das Heimweh am schlimmsten. Man musste sich in der Zeit nach der Sonntagsmesse nicht beim Präfekten abmelden, wenn man bis zum Mittagessen im Speisesaal wieder da war.

Gleich nachdem wir den Friedhof erreicht hatten, begann Huber zu reden. Man merkte, dass er sich die Worte vorher zurecht gelegt hatte. Es klang gespreizt und unecht.

»Ich wollt mal vorbeischauen, sehen, wie's euch geht.«

»Aha«, machte Max und fuhr nach einer Pause fort: »Ich glaub eher, dass Sie wegen der Mordfälle hier sind. Vielleicht können wir Ihnen dabei sogar helfen, aber dann müssten wir halt einige Details erfahren.«

Wir hatten inzwischen den Klosterhof erreicht und setzten uns auf eine Bank. Wegen des trüben Wetters hielten sich nur wenige Schüler aus den unteren Klassen im Hof auf. Sie spielten Völkerball.

»Was soll ich dir denn erzählen?« Huber sah Max freundlich an.

»Alles«, entgegnete Max ernst.

»Viele Dinge darf ich euch aber gar nicht sagen. Da gibt's Dienstgeheimnisse und so weiter.«

Mein Freund lächelte den Inspektor an und zuckte die Achseln. »Wenn man die Kuh nicht füttert, gibt sie auch keine Milch.«

Der Inspektor suchte in den Taschen des Anzugs nach seinen Zigaretten. Offensichtlich wollte er Zeit gewinnen, um zu überlegen, wie viel er uns verraten konnte.

Nachdem er fündig geworden war und sich eine ange-
steckt hatte, sog er den Rauch tief ein und fragte: »Was
möchtest du im Einzelnen wissen? Red!«

»Warum ist die Frau Korrer um'bracht worden und
nicht ihr Mann?«

Huber hustete.

Damit hatte er wohl nicht gerechnet.

Stotternd begann er: »Das dürfte Zufall gewesen sein.
Oder Glück für den Korrer. Jedenfalls war es ein bewaff-
neter Raubüberfall, und der Täter war vermummt. Er hat
sich kurz vor fünf Uhr nachmittags Zutritt in den Laden
verschafft. Vorher hatte er sich eine dunkle Mütze mit
Sehschlitzen übers Gesicht gezogen, sodass man ihn nicht
erkennen konnte. Mit einer Pistole in der Hand zwang er
Herrn Korrer, das Geschäft von innen abzusperren. Dann
ist alles sehr schnell gegangen. Der Juwelier musste die
teuren Exponate aus der Auslage und dem Tresor in die
Tasche des Verbrechers werfen. Der Täter war offensichtlich nervös. Als er sah, dass Frau Korrer den Alarmschalter
unter dem Tresen betätigen wollte, hat er auf sie geschossen. Herr Korrer hat die Gelegenheit genutzt und ist in
die Werkstatt geflohen. Der Räuber hat ihm noch hinter-
hergeschossen, ihn aber nur am Oberschenkel erwischt.
Der Goldschmied hat instinktiv richtig gehandelt und die
Tür zur Werkstatt sofort von innen verriegelt. Der Räuber konnte ihm nicht mehr hinterher, denn die Tür ist
recht massiv. Dann ist der Täter offensichtlich noch mal
zur Frau Korrer hingegangen und hat ein zweites Mal auf
sie gezielt. Diesmal aus sehr kurzer Entfernung direkt in
die Stirn.« Der Polizist schüttelte den Kopf. »Das ist son-
derbar, denn schon der erste Schuss war tödlich, wie die

Pathologen festgestellt haben. Warum hat der Kerl noch mal geschossen?«

Nachdenklich zog der Polizist eine Schnute. Das machte er öfter, wenn ihm etwas nicht plausibel erschien.

»Der Räuber wollt halt auf Nummer sicher gehen«, bemerkte ich.

Max sah mich mit hochgezogenen Augenbrauen von der Seite her an, wie er es gerne tat, wenn ich seiner Meinung nach etwas Blödes gesagt hatte.

»Damit wirst du recht haben, Kaspar«, bestätigte der Inspektor.

»Das glaub ich nicht.« Max schnaubte. »So dumm ist kein Mensch.« Nun begann mein Freund, langsam und bedächtig zu erklären: »Wenn jemand einen Juwelier überfällt, will er Geld oder Schmuck. Wenn er g'stört wird, schießt er denjenigen über den Haufen. So weit ist das Vorgehen des Verbrechers nachvollziehbar. Aber ein Räuber geht doch nicht zurück zu einem schwer Verletzten oder bereits Toten und schießt der Person, die ihm eh nicht mehr g'fährlich werden kann, eine Kugel in den Kopf.« Selbstsicher lehnte er sich zurück. »Da stimmt was nicht, Herr Inspektor. Und das wissen Sie genau.« Ich hörte das Misstrauen in Maxls Stimme. »Der erste Schuss könnt als Tötung im Affekt durchgehen. Der zweite war Mord. Und zwar ein eiskalter. Das weiß jeder Amateurgangster, der mit einer Waffe ein G'schäft überfällt. Der erste Schuss bedeutet ein paar Jährchen Knast, der zweite bedeutet lebenslänglich. Und dabei wär der zweite Schuss nicht mal notwendig g'wesen.«

Wortlos schaute der Polizist weg von uns in Richtung Rotbuche, die den Klosterhof mit ihrer mächtigen Krone beherrschte. Er war derselben Meinung wie Max, man konnte es spüren.

»So kommen wir also nicht weiter. Wir müssen bei der Aufklärung der Sache Morde ganz von vorne anfangen.« Mein Freund wandte sich dem Inspektor zu und begann erneut: »Wir sollen glauben, dass die Frau Korrer bei einem Überfall erschossen worden ist. Aber ich denk, dass sie als letztes lebendes Mitglied der Familie Schlick sterben hat müssen.«

Hubers Gesicht entspannte sich, und er lehnte sich zufrieden mit verschränkten Armen zurück. Offensichtlich deckten sich seine Überlegungen mit denen von Max. Der Besuch hatte sich gelohnt.

Max fuhr langsam und wohlüberlegt fort: »Wir müssen die drei einzelnen Fälle der Reihe nach und in Ruhe durchgehen. Wahrscheinlich steckt ein einziger Täter hinter allen drei Toten. Vielleicht jemand, der die Familie Schlick ausradieren wollte. Schauen wir doch mal nach den Motiven, und am besten fangen wir mit der alten Bäuerin an. – Wer hat einen Vorteil vom Ableben der Schlickin g'habt? Was meinst du, Kaspar?«

Ich durfte also auch mitspielen bei den großen Buben. Max schaffte es mit seinen kleinen Tricks immer wieder, mich bei der Stange zu halten. Außerdem hatte er schon mehrmals behauptet, dass ich außerordentlich wenig Fantasie hätte und deshalb nur bedingt zu kriminalistischem Denken fähig sei. Beim Aufzählen von reinen Fakten könne dies aber von Vorteil sein.

Ich überlegte einige Augenblicke, dann begann ich: »Am meisten hat natürlich der Steffl vom Tod seiner Mutter profitiert, dann seine Schwester, die ›rasse Resi‹.«

»Die ›rasse Resi‹ und den Steffl kannst weglassen. Die zwei sind ja auch um'bracht worden«, meinte Max.

Huber nickte, und ich fuhr fort.

»Außerdem hat natürlich die Afra Kandlbinder, die Freundin vom Steffl, etwas vom Tod der alten Schlickin g'habt, weil sie ohne den Widerstand der Alten leichter Schlicker Bäuerin werden hätt können. Und mit der Hochzeit hat's pressiert, weil die Afra doch …« Ich deutete mit einer bogenförmigen Bewegung der rechten Hand einen Bauch an. »Ihr Bruder, der Kandlbinder, könnt auch dahinterstecken.«

»Möglich«, meinte Max.

Der Inspektor nickte.

Ich überlegte weiter: »Dann gibt's noch den Viehhändler Schwarz. Der hat an dem Tag, als die Schlickin eingegraben worden ist, den Hof ang'schaut, als hätt er ihn gleich übernehmen wollen. Wir wissen, dass der Steffl hohe Schulden beim Schwarz g'habt hat. Vielleicht hat der Viehhändler sein Geld zurückverlangt, und der Steffl hätt nur zahlen können, wenn die Alte endlich tot war. Also hat der Schwarz die Alte wegg'räumt und dem Steffl so zu einem Haufen Geld verholfen.«

»Theoretisch möglich«, meinte Max. »Damit ist die Liste für den ersten Todesfall komplett. Oder fällt Ihnen außer den dreien noch ein Verdächtiger ein, Herr Inspektor?«

Huber schüttelte den Kopf. Man konnte ihm nicht ansehen, ob ihm unsere Aufzählung neue Erkenntnisse brachte. Er war im Moment nur Zuhörer.

»Als Zweiter ist der junge Schlick um'bracht worden. Jetzt müssen wir überlegen: Wer hat einen Vorteil vom Steffl seinem Tod gehabt? Oder wenigstens ein Motiv?«

Max lehnte sich zurück und schlug seine langen Beine übereinander.

Ich überlegte: »Zuerst natürlich die Frau Korrer, aber die soll ich ja weglassen. Ob der Schwarz ein Motiv g'habt hat, weiß ich nicht. Höchstens aus Rache, wenn sich der junge Schlick g'weigert hätt, seine Schulden an den Viehhändler zurückzuzahlen. Aber das kann ich mir nicht vorstellen.«

Diese Version schien niemandem logisch. Max und der Inspektor schüttelten gemeinsam den Kopf.

»Der Kandlbinder hätt schon eher einen Grund g'habt. Der war stocksauer auf den Schlick, weil der die Viehwirtschaft auf seinem Hof nicht wieder anfangen wollt. Außerdem«, ich dachte nach, was der Metzger im Biergarten in Wolfratshausen gesagt hatte, »außerdem erwartet seine Schwester doch ein Kind vom Steffl. Der Steffl hat aber bei der Unterhaltung im Biergarten kein Wort vom Heiraten g'sagt. Oder?«

Max nickte zustimmend. »Vom Heiraten war nicht die Rede.«

»Vielleicht hat sich der Kandlbinder darüber g'ärgert, dass der Steffl seine Schwester nach der großen Erbschaft gar nicht mehr heiraten wollt? Aus Zorn hat er den Steffl dann erschossen.«

»Schmarrn«, meinte Max. »Wir sind hier in Oberbayern und nicht in Sizilien.«

Auch Huber sah mich ungläubig an.

Max zupfte sich an der Nase und fragte weiter: »Und was ist mit dem Tod von der ›rassen Resi‹?«

Jetzt wurde es noch komplizierter. Ich musste eine kurze Weile nachdenken, dann versuchte ich es: »Hat der

Schwarz etwas davon, wenn die Frau vom Juwelier tot ist?« Ich überlegte, dann gab ich mir selbst die Antwort. »Er hätt einen Grund g'habt, wenn sie sich g'weigert hätt, die Schulden von ihrem Bruder zu zahlen.«

»Geht der Schwarz, ein steinreicher Viehhändler, dann in den Laden, schießt die Frau, die Schulden bei ihm hat, über den Haufen und nimmt als Entschädigung eine Handvoll Schmuck und ein paar hundert Mark Bargeld mit?«, fragte Max mit ungläubigem Gesicht.

»Und der Kandlbinder? Hat der einen besseren Grund g'habt?«, fragte ich zurück.

»Ehrlich gesagt, dem würde ich so was eher zutrauen. Vom Typ her, mein' ich. Aber für einen Mord an der Frau vom Juwelier hat der ja gar kein Motiv, nachdem der Steffl tot war.« Jetzt wandte sich Max an den Inspektor. »Sie wissen doch mehr über die Verdächtigen. Was ist denn der Kandlbinder überhaupt für einer?«

Der Inspektor zögerte einen Augenblick, dann rückte er heraus: »Der Kandlbinder war schon einmal kurz im Gefängnis wegen Körperverletzung. Die Sache ist aber acht Jahre her.«

»Und wie viel Geld hat der Steffl dem Schwarz geschuldet?«, setzte Max nach, wobei er abrupt das Thema und den Verdächtigen wechselte.

»Fast zweihunderttausend Mark.«

Ich war beeindruckt. Max pfiff leise durch die Zähne und setzte sich aufrecht hin.

»Gibt's überhaupt ein Testament von einem der Ermordeten?«, fragte mein Freund den Inspektor.

»Vom Steffl und seiner Schwester nicht, von der alten Schlickin schon«, meinte Huber und zog die Augenbrauen hoch. »Ein ganz frisches sogar, denn es ist drei Wochen vor ihrem Tod zu Gunsten vom Steffl geändert worden.«

»Warum?«, fragte ich.

»Das möcht ich auch gerne wissen«, antwortete der Polizist.

»Ist es in dem Testament außer um den Hof noch um was anderes gegangen?«, setzte Max nach.

»Die alte Frau war steinreich.«

Max holte tief Luft. Damit hatte er nicht gerechnet. Er blähte die Backen, und man sah im Gegenlicht den rotblonden Flaum darauf. Obwohl er schon siebzehn Jahre alt war, reichte es völlig, wenn er sich ein Mal im Monat rasierte. Immer wieder versuchte er seinen Bartwuchs mit Bart- und Haarwuchscremes zu unterstützen. Umsonst.

Jetzt hob er langsam die rechte Hand und drückte die Nase mit dem Zeigefinger von unten nach oben, sodass sich die Nasenspitze ein wenig hob. Allein wegen dieser Geste wusste ich, dass die folgende Frage für Max sehr wichtig war: »Was spricht eigentlich dagegen, dass der Korrer seine Frau selber um'bracht hat? Und nachdem sie tot war, hat er sich in den Oberschenkel g'schossen, um von sich als Täter abzulenken.«

»Daran hab ich auch schon gedacht«, meinte der Inspektor missmutig. »Das ist ja der eigentliche Grund für meinen heutigen Besuch. Die Kollegen haben nach dem Überfall alle Spuren sichergestellt. Der erste Schuss traf Frau Korrer aus etwa drei Metern Entfernung. Und der Kriminalpathologe in München ist sich sicher, dass diese erste Schussverletzung bereits tödlich war, weil die Kugel durch die Wange in das Stammhirn eingedrungen ist. Das Opfer dürfte sich danach nicht mehr bewegt haben.

Der weitere Ablauf des Überfalls ist uns also unerklärlich. Beim zweiten Schuss war die Mündung der Waffe keine zwanzig Zentimeter von der Stirn des Opfers entfernt. Was hat den Mörder geritten, dass er noch einmal geschossen hat?« Der Polizist zuckte mit den Achseln und sah uns unschlüssig an. »Wir haben übrigens keine Indizien, die darauf hindeuten, dass der Korrer selber auf seine Frau geschossen hat. In dem Fall hätten wir nach dem Überfall Schmauchspuren an seinen Händen und auf seinem Hemd finden müssen. Fehlanzeige.«

»Aber er hat doch Zeit genug g'habt, um sich nach dem letzten Schuss die Händ' zu waschen«, meinte Max.

»Und sein Hemd mit den Schmauchspuren dran hat sich dann genauso wie der Schmuck, das Bargeld und die Pistole in Luft aufgelöst?«, grantelte Huber. »Die Kleidung, die er bei seiner Einlieferung ins Kreiskrankenhaus getragen hat, ist untersucht worden. Auf seiner Hose waren leichte Pulverspuren, die könnten aber auch von dem Schuss kommen, der auf ihn abgefeuert worden ist.«

Huber war unzufrieden.

Doch Max ließ nicht locker, Kriminaltechnik war nämlich eines seiner Lieblingsthemen. Er überlegte: »Die Hände kann man sich waschen, auch das Gesicht. Dafür hätt der Korrer, falls er der Mörder ist, genug Zeit g'habt. Aber wo sind die Tatwaffe, die Beute und das Hemd?« Er fragte noch mal in Richtung Inspektor. »War denn gar nix zu finden? Im ganzen Haus nicht?«

»Nichts. Und wir haben das ganze Juweliergeschäft inklusive Werkstatt dreimal durchsucht.«

Huber war sich seiner Sache sicher.

»Auch den Tresor?«

»Dort natürlich zuerst. Der stand ja vom Überfall her noch offen, als die Polizei ankam.« Huber richtete sich auf und fuhr sich über das Kinn. Dann fragte er: »Ihr seid doch mit die Ersten am Tatort gewesen? Wie lange hat es gedauert, bis der Korrer die Tür geöffnet hat?«

Ich überlegte, auch Max machte ein nachdenkliches Gesicht. »Zwei Minuten sicher. Eher fünf«, meinte ich. »Das ist schwer zu sagen wegen der Aufregung nach den Schüssen.«

»Reichen fünf Minuten, um alle Spuren zu beseitigen, die Hände und das Gesicht sauber zu waschen, sich umzuziehen und Schmuck, Kleidung und Tatwaffe zu verstecken?«, fragte Max den Inspektor. »Insgesamt waren es ja nicht viel mehr als fünf Minuten vom letzten Schuss weg bis zu dem Zeitpunkt, wo der Korrer an der Tür war.«

Huber wiegte den Kopf hin und her. »Fünf Minuten. – Das genügt. Aber nur, wenn vorher schon alles vorbereitet war.« Der Inspektor machte eine kleine Pause, die er mit einer hektischen Handbewegung beendete. »Aber das ist ja Unsinn. Warum hätte der Korrer seine Frau umbringen sollen? Es war nur so ein Gedanke, weil niemand einen Mann mit Mütze in den Laden hineingehen sah. Und weil keiner der Anwohner beobachtet hat, wie der Mörder durch den Hintereingang des Geschäfts zur Loisach hin geflohen ist, wie der Goldschmied behauptet. Es gibt keine Zeugen außer dem Korrer selbst. Niemanden. Und das in Wolfratshausen!«

»Aber es hat doch g'regnet«, warf ich ein. »Da waren fast keine Leut auf der Straß.«

»Das schon, aber ...« Dieses Argument schien dem Inspektor nicht zu reichen.

»Wer erbt eigentlich den Schlicker Hof?«, fragte Max unvermittelt.

»Entweder der Korrer oder die letzte Blutsverwandte der Schlicks, die Nichte der alten Schlickin.«

»Wer ist das?«

»Die Frau vom Viehhändler Schwarz.«

Am Dienstagabend war ich mit Pater Ignaz verabredet, und wir gingen in die Bibliothek. Den Horaz trug ich in der Hand, den ›Gallischen Krieg‹ hatte ich wieder unter dem Hemd im Hosenbund versteckt.

Das Herz schlug mir bis zum Hals, als ich dem Bibliothekar den auswendig gelernten Text aufsagte und er den Band mit den Oden des Horaz entgegennahm. Mit schwitzenden Händen wartete ich auf eine günstige Gelegenheit, den Cäsar an seinen angestammten Platz zurückzustellen. Um den Pater abzulenken, fragte ich ihn nach diesem und jenem Schriftsteller, und er zeigte mir die entsprechenden Bände in der Bibliothek. Aber er ließ mich keinen Moment aus den Augen. Alle Ablenkungsmanöver misslangen, und so hatte ich nicht die kleinste Möglichkeit, den entliehenen Cäsartext auf seinen Platz im Regal zurückzustellen.

Schließlich raunzte der Bibliothekar mit seiner hohen Fistelstimme: »Das andere Buch kannst du mir auch geben.«

Er hatte einen vorwurfsvollen Blick aufgesetzt und forderte mich mit einer knappen Bewegung der rechten Hand auf, den Cäsar herauszurücken. Ich zog mein Hemd hoch und holte langsam den schmalen Band aus dem Hosenbund. Als ich Pater Ignaz das Buch in die Hand drückte, konnte ich ihm vor lauter schlechtem Gewissen nicht in die Augen schauen.

»Wenn du dir mal wieder was ausleihen willst, dann sagst du es mir vorher«, keifte der rothaarige Mönch und nahm das Büchlein mit spitzen Fingern. »Fast jeden Text aus der Bibliothek würde ich dir mit Freude geben, aber den Cäsar nicht.«

Widerwillig schob er das Buch an seinen Platz, wobei er laut vor sich hin schimpfte: »Das mit seinem bodenlos schlechten und primitiven Latein würde ich dem großen Imperator ja noch verzeihen, aber nicht das maßlose Elend, das er mit seinen ewigen Kriegen über ganz Gallien gebracht hat. Und dann hat er noch groß getan und behauptet, er hätte einen ›bellum iustum‹, einen gerechten Krieg, geführt. Dieser Verbrecher. In Alesia hat dieses Monster Frauen, Kinder und alte Leute zwischen der Stadtmauer und seinem Palisadenwall verhungern lassen, damit seine Gegner mürbe werden. Das hat ja auch geklappt. Der Tod von Abertausenden von Leuten war ihm egal. Völlig egal.«

Das letzte Wort hatte er hysterisch herausgeschrien. Dann schüttelte er den Kopf, als wollte er lästige Gedanken loswerden, und blinzelte dazu, als wäre ihm etwas in die Augen gekommen. Stoßweise atmend stand er eine Weile da, bis er sich schließlich beruhigen konnte.

Mit stechenden Augen begann er zu erklären: »Eines musst du dir merken, Kaspar: viele der sogenannten großen Männer waren selbstsüchtige und skrupellose Verbrecher: Cäsar, Alexander, Napoleon. Von Hitler ganz zu schweigen. Und alle führten sie gerechte Kriege.« Bei jedem der Namen stieß er den Kopf nach vorne, als wollte er die Worte ausspucken. »Zugegeben. Die Vorwände waren verschieden und oft geschickt gewählt: die Verbreitung der griechischen Kultur, die Sicherung der römischen Grenzen, die Demokratisierung Europas oder«, er schnaufte verächtlich und verzog angewidert sein faltiges Gesicht, »die Reinhaltung des arischen Blutes.«

Er ging einen Schritt auf mich zu, und als er nur mehr einige Handbreit von mir entfernt weiterredete, roch ich seinen schlechten Atem.

»Warum hast du den Cäsartext mitgenommen? Gefallen dir etwa Geschichten über den Krieg oder große Männer? Über Waffen und Siege, die man damit erstreiten kann?«, fragte er mich mit einem bohrenden Blick.

Ich überlegte fieberhaft, was ich jetzt antworten sollte.

»Warum hast du ausgerechnet diesen widerwärtigen Text mitgenommen?« Pater Ignaz schien meine Antwort sehr wichtig, er rückte mit seinem Gesicht noch ein wenig näher.

Mein Hirn war leer, mir fiel keine Ausrede ein. Doch ich wusste: Wenn ich jetzt die Wahrheit sagte und Pater Ignaz die Sache unserem Lateinlehrer Pater Aurelian erzählte, war Max in Gefahr. Die Schulaufgabe konnte wiederholt werden, und noch einmal würden wir nicht die Gelegenheit haben, uns so gründlich darauf vorzubereiten.

Es gab nur eine Möglichkeit, den Verdacht von Max fernzuhalten. Ich musste den Unterschleif allein auf meine Kappe nehmen.

»Unsere letzte Lateinschulaufgab war doch ein Text aus dem ›Gallischen Krieg‹.« Ich schaute den Mönch treuherzig an. »Und ich hab gedacht, dass ich den Text in der Gesamtausgabe finden könnt. Es hat aber nicht geklappt.

Ich hab die richtige Stelle nicht g'funden. Letzten Endes muss ich mit dem Dreier, den ich in der Schulaufgab gekriegt hab, zufrieden sein.«

Mit einem Schlag hellte sich das verkniffene, von tiefen Furchen zerschnittene Gesicht des Bibliothekars auf. »Jetzt verstehe ich. Du hast das Buch nicht deshalb mitgenommen, weil dir etwas am ›Gallischen Krieg‹, an Waffen oder an Julius Cäsar liegt, sondern nur, um eine gute Note zu schreiben.«

Er fing an, hysterisch zu kichern. Dann beugte er sich vor und flüsterte, obwohl außer uns niemand in dem Raum war: »Das mit dem ›geliehenen‹ Buch kann ich zwar nicht gutheißen«, er drohte grinsend mit dem rechten Zeigefinger, »aber es bleibt unter uns. Und wenn ich mal wieder auf die Seite schauen soll, damit du dir einen Band hinter meinem Rücken nehmen kannst, dann sagst du's halt.«

Die letzten Tage vor den Ferien waren damit ausgefüllt, die Schulbücher zurückzugeben, das Sportfest abzuhalten und am Wandertag auf die Benediktenwand zu gehen. Am Morgen des Wandertages klagte Max über starke Bauchschmerzen.

Er durfte im Beusl bleiben, sollte aber Pater Ignaz beim Zuschneiden der Rosen helfen.

Als wir am späten Nachmittag von der Bergtour zurückkamen, zog Max mich zur Seite, und ich erfuhr, was ihm wirklich gefehlt hatte.

»Der Inspektor war da. Er hat gestern ang'rufen und g'sagt, dass er heut kommen würd. Ich hab's dir vorher nicht erzählt, weil nicht gut zwei aus einer Klasse beim Wandertag fehlen können.« Wenigstens Bescheid hätte er mir geben können, doch er fuhr ungerührt fort: »Der Huber und ich sind über eine Stunde an der Loisach spazieren 'gangen. Er ist kein Stück weiter'kommen. Das ist unsere Chance.«

Ich verstand nicht, was er meinte.

Also erklärte Max, dass der Korrer nicht verdächtigt würde, da er sowohl zur Todeszeit seiner Schwiegermutter als auch zu der vom Steffl mit seiner Frau zusammen in München gewesen war. Und dieses Alibi war in Granit gemeißelt, denn seine Zeugin war tot und konnte ihre Aussage nicht mehr ändern.

Der Metzger Kandlbinder und der Viehhändler Schwarz seien im Augenblick die Hauptverdächtigen für die Todesfälle. Beide hätten ein Motiv für die Morde gehabt, und beide hatten ein dürftiges Alibi. Der eine seine Arbeit, der andere seine Schwester.

Um Klarheit zu schaffen, müssten wir also mehr über die zwei herausfinden, meinte Max.

Ich wollte es schon ein wenig genauer wissen: »Wer müsst mehr über die zwei Verdächtigen rauskriegen?«

»Ja, wir halt.«

»Und wie soll das gehen?«

»Wir nehmen bei den beiden einen Ferienjob an. Da kriegt man tiefe Einblicke in den Alltag und vielleicht noch etwas mehr.« Er rieb den Daumen der rechten Hand gegen Mittel- und Zeigefinger, um anzudeuten, dass man ja auch Geld für die Arbeit bekäme.

»Aber ich arbeit in den großen Ferien immer im Sägewerk in der Aumühle«, entgegnete ich. »Das sind von unserem Hof aus bloß zehn Minuten zu Fuß. Da kann ich jeden Tag zum Mittagessen heimgehen.«

»Und – hast du das schon fest ausg'macht?«, wollte Max wissen.

»Nein. Da geh ich am Ferienanfang einfach hin und frag, ob sie mich brauchen können. Bis jetzt hat das immer funktioniert. Die haben genug Arbeit.«

»Dann arbeitest du halt diesmal beim Schwarz als Viehhändlerlehrling. Ein bisschen Abwechslung wird dir guttun.«

»Woher weißt du überhaupt, dass der Viehhändler jemanden braucht? Und warum sollt der ausgerechnet mich nehmen, einen siebzehnjährigen Schüler, der vom Viehtransport keine Ahnung hat?«

»Lass das meine Sorge sein«, grinste Max. »Für solche Sachen braucht man einen guten Plan. – Und Beziehungen.«

Kapitel VI

Beim Viehhändler

Maxls Vater hatte diese Beziehungen. Er kannte viele Leute und natürlich auch den Schwarz. Auf Bitten seines Sohnes hin fragte der Bräu den Viehhändler, ob er in den Schulferien eine Hilfe bräuchte, und der Schwarz sagte zu.

Gleich am ersten Montag der großen Ferien sollte ich zu ihm kommen. Er hatte meinem Vater ausrichten lassen, dass ich spätestens um vier Uhr morgens da sein solle, sonst würde er ohne mich losfahren.

Ich stand also um drei Uhr auf, aß schnell zwei Rohrnudeln und trank ein Glas kalte Milch. Dann fuhr ich mit dem Rad meines Bruders, denn meines hatte kein Licht, in der Dunkelheit los. Als ich um drei viertel vier beim Schwarz in Ascholding ankam, war dort der gepflasterte Hofraum bereits von einem Flutlicht hell erleuchtet, und in seinem großen, neu gebauten Stall brüllten die Tiere.

Der Viehhändler grüßte mich knapp, als ich den Viehstall betrat, und drückte mir eine Heugabel in die Hand.

Ich zog das Heu vom großen Haufen unterhalb der Tennenluke über den Futtertisch zu den einzelnen Tieren. Sobald sie ihr Futter hatten, hörten sie auf zu reklamieren und fraßen gierig.

Danach musste ich ausmisten, wobei der Schwarz mich darauf hinwies, dass eine der Kühe gerne nach hinten ausschlage.

»Bei der Leni, der Rotbunten mit dem schönen Euter, gib Obacht. Erstens, damit du keine erwischst, und zweitens, damit die Leni nicht in die Gabel schlägt. Das gibt ekelhafte Verletzungen an den Klauen. Und das wär schlecht, denn die Leni ist meine beste Kuh. Aber bei den guten Kühen ist es wie mit den schönen Weibern. Die haben oft einen schwierigen Charakter.«

Er lachte laut und übermütig. Gleichzeitig beobachtete er mit kühlen Augen, wie ich auf den Scherz reagieren würde. Als ich unsicher grinste und nichts erwiderte, ging er wieder nach draußen, um seinen Lastwagen für die Fahrt herzurichten. Während ich den Mist zwischen den Tieren herauskratzte, ihn auf den Schubkarren gabelte und diesen zum Misthaufen hinausfuhr, kam die Frau des Viehhändlers in den Stall gehinkt. Sie war dunkelhaarig und schlank und hatte hellbraune, freundliche Augen. Als sie mich sah, tat sie einige Schritte zu mir her und grüßte mich unaufgeregt, als würde ich schon seit Jahren bei ihnen arbeiten.

Sie mochte knapp fünfzig Jahre alt sein. Obwohl sie beim Gehen stark behindert war, molk sie zügig eine Kuh nach der anderen. Mir fiel auf, dass im Stall eine hochmoderne Westfalia-Melkanlage installiert war. Die hatte sicher eine Menge Geld gekostet. Mein Vater hätte auch gerne eine solche Anlage gehabt, er konnte sie sich aber nicht leisten.

Nach dem Ausmisten zeigte mir Frau Schwarz, die ich Liesl nennen sollte, den Schuppen, wo das Stroh gelagert wurde.

Als ich mit dem Einstreuen fertig war, hatte sie gerade die letzte Kuh gemolken.

Mit dem vollen Milchkübel in der Hand meinte sie, ich solle ins Haus hinübergehen zum Frühstück. Als ich ihr den Kübel abnehmen wollte, winkte sie stumm ab und deutete erneut in Richtung Küche. Jeder habe sich um seine eigene Arbeit zu kümmern, meinte sie nüchtern.

Ich betrat das Wohnhaus durch die Milchkammer und wunderte mich über die teure Einrichtung. Man hatte das alte Bauernhaus renoviert, im Kern aber so belassen, wie es ursprünglich war. Die große Wohnküche mit dem ausladenden Esstisch wirkte gemütlich, die Küchenzeile war mit modernen Geräten und einer automatischen Spülmaschine ausgestattet. Auf dem großen Tisch stand ein umfangreiches Frühstück mit Kaffee, Milch, Butter, Marmelade und sogar Wurst und Schinken.

Der Schwarz ermunterte mich: »Iss, was du magst. Bis zum Nachmittag gibt's nix mehr.«

Dann strich er sich Leberwurst in einer Dicke auf sein Brot, dass meiner Mutter die Augen herausgefallen wären, wenn zu Hause jemand gewagt hätte, mit der Wurst so großzügig umzugehen. Ich schenkte mir eine Tasse Kaffee mit viel Milch ein. Dann bestrich ich mein Brot genauso dick wie der Schwarz und wartete, was geschehen würde. Der Viehhändler achtete nicht auf meinen Brotbelag, sondern kaute stumm wie eine seiner Kühe und schaute in den Lokalteil der gestrigen Zeitung.

Nach einigen Minuten humpelte seine Frau in den Raum. Sie hatte das Stallgewand ausgezogen und trug jetzt einen dunklen Trainingsanzug.

»Du, Lenz«, sagte sie ruhig zu ihrem Mann, »aus Waakirchen haben zwei neue Kundschaften angerufen. Der eine wegen einem Schlachtkalb, der andere hätt einen

Stier. Namen und Adress hab ich dir aufgeschrieben. Ich hab ihnen aber gesagt, dass du die Viecher heut nicht holen kannst, weil deine Tour eh schon voll ist.«

Sie sprach leise und lispelte ein wenig, was einen interessanten Gegensatz zu ihrer tiefen, sympathischen Stimme darstellte.

»Eine neue Kundschaft kann man nicht warten lassen. Da schauen wir auf alle Fälle noch vorbei. Jetzt hab ich ja wieder eine tüchtige Hilf.«

Mit hochgezogenen Augenbrauen sah er mich freundlich an. Ich spürte jedoch, dass er mich musterte. Dieser Mann war nicht so gutmütig und leutselig, wie er tat. Da war ich mir sicher.

Launig fuhr er fort: »Und wenn sich in nächster Zeit ein Stück Vieh damisch aufführt, dann redet unser Herr Studiosus ein wenig Lateinisch mit ihm. Vielleicht hilft's. Manches Rindvieh in der Sonntagsmesse wird auch ruhiger, wenn es den Pfarrer lateinisch reden hört.«

Ich musste lachen, und auch die Liesl verzog ihr Gesicht zu einem breiten Grinsen, bei dem ein hübsches Grübchen auf ihrer linken Wange erschien und sie wie ein junges Mädchen aussehen ließ.

Trotzdem tadelte sie ihren Mann: »So darfst aber nicht daherreden, Lenz. Vor allem nicht vor dem Buben. Es heißt, er soll Pfarrer werden.«

Ich wurde rot und trank schnell einen Schluck Kaffee. Liesl setzte sich nun ebenfalls an den Tisch und schob dem Viehhändler einige Blätter mit säuberlich aufgelisteten Namensreihen hin. Der sah sie interessiert durch, aß aber ruhig weiter. Zum Schluss trank er den Rest von seinem Kaffee in einem Zug aus und stand auf.

»Auf geht's«, sagte er zu mir und strich seiner Frau im Vorbeigehen kurz über die Haare. Ihr schien diese Berührung wichtig, sie schloss einen Augenblick die Augen.

»Das Brot nimmst du aber mit«, befahl mir die Liesl, als ich aufstehen wollte. »In deinem Alter kann man gar nicht genug essen.«

Ich hatte mir nämlich gerade noch ein Marmeladenbrot geschmiert und erst ein Mal davon abgebissen.

Vor der Haustüre zogen mein Chef und ich die Gummistiefel an, dann drückte er mir einen geflickten, dunkelgrünen Viehhändlerkittel in die Hand, und wir gingen zu seinem Lastwagen. In der Fahrerkabine des Mercedes-Transporters war ein fürchterliches Durcheinander. Auf und unter den Sitzen lagen Zettel herum, dazu Treibstöcke und einige alte, verschmutzte Kittel. Schwarz merkte, wie ich mich über die Unordnung wunderte.

Nachdem er den Motor angelassen hatte, begann er: »Der Viehwagen ist mein Reich. Früher hat die Frau die Kabine oft aufgeräumt und geschaut, dass alles in Ordnung ist. Danach hab ich aber nichts mehr gefunden. Seitdem im Wagen niemand mehr aufräumt, gibt's auch keinen Ärger. Und ich kenn mich in meinem Saustall schließlich aus.«

Schon nach einigen Minuten waren wir beim ersten Kunden, einem Bauern in Neufahrn. Hinter dem schlaksigen Viehhändler, der mit weit ausholenden Schritten vorauseilte, lief ich zum Stall.

»Das ist mein neuer Helfer, der Spindler-Kaspar. Der hilft mir in den Schulferien«, hörte ich meinen Chef sagen.

So sollte er mich auch bei den folgenden Stationen vorstellen. Die meisten Landwirte, und auch dieser erste, warfen mir nur einen flüchtigen Blick zu und grüßten mit einem Kopfnicken. Sie interessierten sich nicht für mich, sondern bloß für den Preis, den sie für ihr Tier erzielen konnten.

Nachdem der Bauer dem Schwarz erklärt hatte, dass es immer schlechter würde mit der Landwirtschaft und die Viehhändler sich einen Mercedes nach dem anderen von ihrem Gewinn kaufen könnten, waren sie sich doch überraschend schnell einig.

Der Schwarz zog routiniert eine Rolle Geldscheine, die von einem Gummiband gehalten wurde, aus der Hosentasche, streifte den Gummi von der Rolle und bezahlte den Landwirt.

Dann löste der Bauer den Kopfstrick des Kalbes aus der Verankerung in der Stallwand und hielt dem Viehhändler das lose Ende hin. Hastig ergriff der den Strick mit seinen langen, kräftigen Fingern. Er schloss die Faust mit so viel Kraft, dass die Knöchel seiner sehnigen Hand weiß anliefen, gerade so, als wollte er dieses Kalb nie mehr wieder loslassen.

Ich lief schnell hinaus auf den Hof und kurbelte die Bordwand am Heck des Viehtransporters herunter. Der Bauer, Lenz und das Kalb kamen nach. Dann schoben und zogen wir das Tier auf den Wagen. Anschließend kurbelte ich die Bordwand wieder hoch und verriegelte sie, während sich der Viehhändler von seinem Kunden verabschiedete.

So ging das den ganzen Vormittag. Von einigen Bauern wurde der Schwarz als Bazi, Leutbescheißer, Halsabschneider oder Ähnliches tituliert. Die meisten meinten es eher lustig, einige wohl auch ernst. Lenz schaute zu diesen Äußerungen so gleichmütig, als wäre er gar nicht gemeint.

Als wir am frühen Nachmittag im ›Gasthof zur Post‹ in Egling Weißwürste aßen, fragte ich ihn, ob ihm die Schimpfwörter nichts ausmachen würden. Er biss stumm in seine dritte Wurst, dann bestellte er noch eine zweite Halbe Bier.

»Ob's mir was ausmacht, möchtest wissen?«

Er lachte sein lautes, kehliges Lachen und schüttelte dazu den Kopf. Dann sah er das volle Bierglas vor sich an. Er hatte genug Zeit, um mir etwas zu erzählen, denn er trank nicht schnell.

»Ob's mir was ausmacht, wenn einer von den Bauern sagt, dass ich ein Bazi bin?«, wiederholte er leise. Dann grinste er mich breit an und bemühte sich, ein unbekümmertes Gesicht zu zeigen »Nein – das macht mir gar nix aus. Überhaupt nix.«

Mit etwas zur Seite geneigtem Kopf sah er mich aufmerksam an wie ein Tier, bei dem er überlegt, wie viel Geld es ihm wert sein sollte.

»Wie alt bist du?«, fragte er.

»Siebzehn«, entgegnete ich.

Warum wollte er das wissen?

»Als ich siebzehn Jahr' alt g'worden bin, genau an meinem Geburtstag, war ich auf den Rheinwiesen in einem Erdloch und hab g'meint, dass ich mir bald die Seele aus dem Leib scheißen werd.« Er nahm einen kräftigen Schluck, strich den Schaum aus seinem dunklen Schnurrbart, der die schmalen Lippen überdeckte, und setzte das Glas sorgfältig wieder auf den Bierdeckel, genau in die Mitte. »Gott sei Dank hat ein amerikanischer Sanitäter Mitleid mit mir g'habt und mich in eine Art Lazarett in einem ausgebrannten Schulhaus bringen lassen. Die Ruhr hätt mich sonst um'bracht. Es sind viele dran verreckt damals.« Er schaute mich ernst an. »Und jetzt sollt ich mich ärgern oder abschrecken lassen, wenn einer aus Gaudi oder Grant Halsabschneider zu mir sagt?«

Wieder ein Kopfschütteln und noch ein großer Schluck. Er war ernst geworden.

»Mit sechzehn Jahren haben sie mich noch zur Waffen-SS ein'zogen – direkt von der Landwirtschaftsschule weg. Mein Vater hat g'sagt, ich soll bloß keinen Helden spielen. Und ich hab mich dran g'halten. Zweimal hab ich den Befehl verweigert, wenn's um ein Himmelfahrtskommando gegangen ist. Das war riskant, aber ich hab halt Glück g'habt und bin nicht aufg'hängt worden wie manch anderer. Einmal war ich im Feuer g'legen, dreißig Meter von einem amerikanischen Maschinengewehr entfernt. Und selber hab ich nix mehr gehabt, keine Munition, keine Handgranate – nix. Nicht einmal richtige Deckung. Da überlegst du bloß noch, ob du den Kopf besser gerade oder links oder rechts in den Dreck drückst, damit du nicht erwischt wirst. Ich bin mit einem Streifschuss an der linken Arschbacke davongekommen. Das war pures Massel.«

Wieder ein großer Schluck.

»Aber seitdem – und das kannst mir glauben – hab ich keine Angst mehr. Zumindest nicht davor, ob mich einer als Herrn Schwarz oder als ›windigen Bazi‹ anredet. Ein halbes Jahr hab ich bloß auf dem nackten Boden g'schlafen. Zuerst im Schützengraben und dann in der Gefangenschaft. Aber ich hab g'wusst: Wenn ich aus dem Dreck lebend rauskomm, dann geh ich aufs Ganze. Dann kann mich keiner mehr erschrecken.«

Sein Gesichtsausdruck war nun verändert, er war hart und verkniffen geworden. Bisher hatte Lenz den Eindruck gemacht, als würde er seine Lebensumstände als gegeben hinnehmen. Er wirkte locker. Kein Handel schien ihm wichtig. Stets wenn er den letzten für ihn akzeptablen Preis genannt hatte, drehte er sich von dem Bauern weg, als wollte er gleich zu seinem Lastwagen zurückgehen. Und stets, zumindest in der Zeit, in der ich für ihn arbeitete, konnte er das Tier zu seinem letzten Preis kaufen. Dieser zur Schau gestellte Gleichmut war also Taktik, kühle Berechnung.

»Als ich den Viehhandel ang'meldet hab, hat ein Beamter in der Verwaltung in Wolfratshausen g'meint, dass ich irgendwelche Auflagen nicht erfüll und deshalb keine Lizenz für mein Geschäft kriegen könnt. Ich hab ihn dann besucht in seiner Amtsstube. Dort hab ich einen Stuhl g'nommen und mich direkt vor die Tür g'setzt, sodass er aus dem Zimmer nicht mehr raus hat können. Dann hab ich ihm erklärt, dass ich eine eiserne Blase hab und höchstens zweimal am Tag zum Biseln muss. Ich hätt also Zeit, und die soll er sich auch nehmen, um über meinen Fall noch einmal gründlich nachzudenken, denn für mich wär die Lizenz sehr wichtig.«

Jetzt grinste der Viehhändler über das ganze Gesicht.

»Zuerst ist der Herr Amtmann rumg'laufen wie ein Schachterlteufel. Er hat g'schimpft und gedroht, aber ich hab bloß an das amerikanische Maschinengewehr gedacht. Ich war ganz ruhig. Dann hat er umg'schwenkt und auf versöhnlich getan. Ich sollt ihn doch verstehen, und er hätt halt seine Vorschriften. Zum Schluss ist er nervös g'worden. Dann hat er g'schrien und getobt – und – er hat mir meine Lizenz ausg'stellt. Wie ich die g'habt hab, bin ich aufg'standen, hab mich freundlich bedankt und bin gegangen. Er hat mir noch nachg'schrien, dass er mich ins Gefängnis bringen wird wegen Nötigung. Mich hat das genauso wenig interessiert, als wenn er mir alles Gute für mein Geschäft gewünscht hätt. Ich hab meinen Schrieb g'habt – und fertig.«

Jetzt trank er den letzten Schluck von seinem Bier, und während er vom Tisch aufstand und sich streckte, meinte er noch: »Eines musst dir merken: Die hiesige Verwaltung kann einem schon auf die Nerven gehen, aber so schlimm wie die Ruhr oder ein amerikanisches Maschineng'wehr ist sie auch wieder nicht.«

Am Nachmittag fuhren wir nur noch wenige Höfe an, um Kälber zu kaufen. Schließlich brachten wir die ganze Fuhre zu einem Mäster nach Dachau.

Dort wurden die Kälber einzeln gewogen und dann in eine große Box gebracht. Anschließend half ich der Frau des Mästers, die Tiere zu tränken. Mein Chef und der Bauer waren ins Haus gegangen, um das Geschäftliche zu erledigen.

Dann fuhren der Lenz und ich wieder nach Hause, reinigten vor dem heimischen Misthaufen die Ladefläche des Transporters und desinfizierten mit Formalinlösung, die einem die Tränen in die Augen trieb.

Zum Schluss holte Lenz seine Papiergeldrolle aus dem Hosensack und drückte mir dreißig Mark in die Hand.

»Darf ich morgen wieder kommen?«, fragte ich ihn, denn die Sache schien mir gut bezahlt.

»Morgen, am Donnerstag und am Freitag kann ich dich brauchen, da fahren wir Schlachtvieh. Am Mittwoch ist

Zuchtviehtag, und du hast frei. Schließlich sind Ferien, außerdem ist der Handel mit dem Zuchtvieh so eine fade Angelegenheit. Da wird's dir bloß langweilig. Und zahlen könnt ich dir am Mittwoch auch nicht viel, weil kaum was verdient ist bei dem Geschäft.«

Ich sah ihn fragend an.

Er kratzte sich kurz an der Nase und begann: »Pass auf, die Sache mit dem Zuchtvieh geht so: Ich kauf eine Kuh, die stell ich in meinen Stall und melk sie eine Woche. Dann seh ich, wie viel Milch sie gibt und ob ihr was fehlt. Wenn sie weniger Milch gibt, als der Bauer gesagt hat, oder wenn sie krank ist, dann kriegt sie der Verkäufer gleich wieder zurück. Wenn mir die Kuh sehr gut g'fällt, behalt ich sie selber für meine eigene Zucht. Wenn sie keinen offensichtlichen Fehler hat, verkauf ich sie weiter an einen Bauern, der eine Kuh braucht. Nach Möglichkeit mit ein bisserl Gewinn.« Er blinzelte mit dem linken Auge, dann hob er belehrend den Finger. »Und eines musst du dir merken: Ein schlechtes Vieh verkauft man bloß einmal. Die Leut mögen es nicht, wenn sie beschissen werden, und erzählen es herum. Ich muss also auf meine Art ehrlich sein, sonst ist es mit dem Geschäft bald vorbei.«

Ich überlegte, was es für einen Viehhändler hieß, auf seine Art ehrlich zu sein.

Jetzt schnaufte der Lenz laut und machte ein sorgenvolles Gesicht.

»Und nachdem man ein anständiges Stück Vieh besten Wissens und Gewissens verkauft hat, geht der Ärger oft nach ein paar Tagen los. Der Käufer reklamiert, dass die Kuh keine Milch gibt, oder zu wenig. Oder er beschwert sich, dass der Stier, den er gekauft hat, nicht springt.« Der

Schwarz machte eine wegwerfende Geste und zog die Stirn in Falten. »Ihr müsst den Kühen halt auch was Gescheites zum Fressen geben, sag ich den Leuten. Sonst geben die freilich keine Milch. Und der Stier – das ist auch bloß ein Mannsbild. Oft sind die Kühe, die zum Decken gebracht werden, auf und auf voll Dreck. Ist doch logisch, dass der Bummerl die verschlampten Viecher nicht anschaut. Da kann's einem schon vergehen.«

»Was erzählst du dem Buben für Geschichten«, unterbrach die Frau des Viehhändlers ihren Mann. Sie war vom Wohnhaus zum Misthaufen herübergehumpelt, und Lenz hatte die letzten Sätze mit Absicht so laut gesagt, dass sie alles gut hören konnte.

»Ich kann so was leicht sagen«, redete Lenz munter weiter. »Meine Frau duscht sich jeden Abend und zieht dann was Frisches an. Sie hält auf sich, und das g'fällt mir. Ich kann mich nicht beschweren.«

»Und davon, dass ich ein Krüppel bin und keine Kinder kriegen kann, redest du nicht?« Während die Frau des Viehhändlers dies sagte, verlangsamte sie den Schritt und sah ihren Mann mit traurigen Augen an. Sie schien ihn sehr zu mögen.

»Aber geh«, versuchte der Schwarz zu beschwichtigen. »Für deinen Unfall kannst ja schließlich nix.«

Sie errötete ein wenig, drehte schnell ihren Kopf von uns weg und hinkte wortlos weiter in den Stall. Es war Melkzeit.

»Du kannst jetzt heimfahren«, sagte der Schwarz fahrig. Sein Tonfall hatte sich verändert, seit er den Unfall seiner Frau erwähnt hatte. Gerade so, als hätte er ein schlechtes Gewissen. »Morgen um vier Uhr sehen wir uns wieder.« Er wandte sich grußlos um und ging davon, um seiner Frau im Stall zu helfen.

Während der Heimfahrt mit dem Rad dachte ich darüber nach, was es wohl mit dem Unfall der Schwarzin auf sich hatte. Ich wollte meinen Vater fragen. Außerdem überlegte ich, wie die Eheleute Schwarz zueinander standen. Die Frau bezeichnete sich als Krüppel. Dabei war sie außerordentlich tüchtig und hielt den Hof und ihren Haushalt gut in Schuss. Das wusste sie, daran konnte es also nicht liegen. Weshalb meinte sie also, minderwertig zu sein? War es ihre Kinderlosigkeit, oder gab es noch etwas anderes?

Zu Hause machte ich erst einmal Brotzeit und legte mich dann aufs Kanapee. Ich war nicht gewohnt, so früh aufzustehen, und deshalb hundsmüde. Kaum war ich eingeschlafen, da weckte mich mein Großvater unsanft, indem er mich an der Schulter rüttelte.

»Der Max ist da. Er hat mit dir was zu reden.«

Unwillig richtete ich mich auf, rieb mir die Augen und streckte mich, um die Müdigkeit zu vertreiben. Schließlich stand ich auf und schlurfte in die Küche, wo mein Freund auf der Eckbank am großen Küchentisch saß und sich angeregt mit meiner Großmutter unterhielt. Die beiden mochten sich sehr, und Oma erzählte Max gerne Geschichten von früher, von der schlechten Zeit und vom Krieg.

Als Max mich sah, sprang er von der Bank auf, kam zu mir her und raunte mir zu, dass wir uns ungestört unterhalten müssten. Ohne Zeugen. Er habe wichtige Neuigkeiten. Dabei sah er verstohlen zu meinen Großeltern hin.

180

»Gut«, meinte ich gähnend, »gehen wir zum Kreuz hinter dem Hühnerstall. Da hört uns keiner.«

Wir trotteten schweigend zu dem hölzernen Kruzifix etwa hundert Meter hinter unserem Hof. Es war aufgestellt worden, da an dieser Stelle mein Urgroßvater von einem umgestürzten Heuwagen erdrückt worden war.

Wir setzten uns auf die Bank dort, von wo aus man an schönen Tagen wie dem heutigen die ganze Alpenkette vom Berchtesgadener Land bis ins Allgäu hinein überblicken konnte. Aber dafür hatte Max keinen Sinn. Er kam sofort zur Sache.

»Heut war doch mein erster Tag in der Metzgerei beim Kandlbinder«, begann er mit leuchtenden Augen. »Um sechs Uhr in der Früh hab ich schon anfangen müssen.«

Ich hätte jetzt sagen können, dass ich um sechs schon über zwei Stunden gearbeitet hatte. Aber Max hätte das nicht interessiert, denn seine Strapazen waren stets die schlimmsten. Da konnte kein anderer mithalten. Für ihn waren ja auch die Latein- und Griechischvokabeln besonders schwierig, und die Schulaufgaben meist so, dass ausgerechnet er schlecht abschneiden musste.

»Bis zwei Uhr nachmittags hab ich fast ununterbrochen g'arbeitet. Zuerst am Wurstkessel. Da hab ich aufgepasst, dass die Brühwürste nicht platzen. Dann hab ich den Leberkäse portioniert für die Bauarbeiter, die ihre Brotzeit g'holt haben, und zum Schluss hab ich der Afra noch im Laden g'holfen.«

Ich erzählte erst gar nicht von meiner Arbeit. Es hätte ihn ja ohnehin nicht interessiert. Außerdem war ich im Gegensatz zu meinem Freund wirklich müde und wollte zurück auf mein Kanapee.

»Warum bist du gekommen?«, wollte ich wissen, denn Max hatte immer einen Grund.

»Warst du schon mal beim Schlachten dabei?«, fragte er zurück und schaute mich an, als würde von meiner Antwort weiß Gott was abhängen.

»Natürlich«, entgegnete ich. »Oder glaubst du, dass die Säu' und Hühner hier auf dem Hof Selbstmord begehen, bevor man sie kochen, braten oder räuchern kann?«

Er verdrehte die Augen. »Erspar mir jetzt bitte den Text über deine harte Jugend auf dem Land. Du kennst schließlich den Grund für unsere Arbeitsstellen. Wir arbeiten gewissermaßen im Dienste der Gerechtigkeit.«

»Ich für meinen Teil arbeit nicht wegen der Gerechtigkeit«, stellte ich klar, »sondern weil der Schwarz gut zahlt.«

Max räusperte sich. Was ich gesagt hatte, gefiel ihm nicht. Er hatte den Ferienjob beim Kandlbinder nur angenommen, weil der Metzger einer der Hauptverdächtigen der Morde war. Max brauchte keinen Zusatzverdienst. Er bekam nicht nur mehr als doppelt so viel Taschengeld wie ich. Er wurde sowohl zu Weihnachten als auch zu Geburts- und Namenstag mit Geschenken von seiner zahlreichen und vorwiegend kinderlosen Verwandtschaft geradezu überschüttet. Meine Verwandtschaft war weniger betucht und außerdem fruchtbarer.

»Der Kandlbinder hat heut Früh ein Kalb und eine Sau g'schlachtet«, erzählte Max. »Aber wie er die Tiere um'bracht hat, das kannst du dir nicht vorstellen!« Er machte große Augen und hob den rechten Zeigefinger.

»Wie wird er das wohl g'macht haben?«, entgegnete ich trocken. »Mit Kirschkernen hat er die Viecher nicht totg'schmissen.«

Max überhörte meine Bemerkung und fuhr ernst fort. »Er war ganz ruhig dabei. Vollkommen entspannt. Erst hat er eine Zigarette g'raucht und nebenbei den Bolzenschussapparat überprüft. Dann hat er die Zigarette ohne jede Hast ausgedrückt, ist zu dem Kalb hingegangen und hat es g'streichelt, bis es sich an ihn g'wöhnt hat. Dann hat er den Kopf von dem Tier mit der linken Hand sanft an seine Hüfte gedrückt, den Apparat an der Stirn ang'setzt und – peng.« Er sah mich entsetzt und mit offenem Mund an. »Und während der ganzen Prozedur hat er mit dem Kalb g'redet wie mit einem kleinen Kind. ›Geh her, Spatzerl‹, hat er gesagt, ›dann ist es gleich vorbei.‹ Kannst du dir so was vorstellen?«

»Natürlich kann ich mir das vorstellen«, entgegnete ich. »Unser Metzger macht's ganz genauso. Deshalb holt ihn ja der Vater. Weil er eben nicht rumplärrt, als wollt er die Viecher totschreien, sondern die unangenehme Arbeit beim Schlachten ruhig erledigt.«

Max schaute mich verdutzt an und stammelte: »Gut – also das nur nebenbei. – Aber warum ich eigentlich gekommen bin ...«

Ich verdrehte die Augen und überlegte, ob er mir jetzt das Rezept von den Stockwürsten erzählen wollte, für die der Kandlbinder so berühmt war. Aber das Folgende war wirklich interessant.

»Die alte Schlickin hat doch ein Loch im Schädel g'habt wie von einer Spitzhacke oder einer großkalibrigen Pistole. Aber sie hat nur ein einziges Loch g'habt, direkt vorne an der Stirn. Also kann es kein Schuss g'wesen sein, sonst hätt man entweder ein zweites Loch in der Leiche finden müssen, wo die Kugel ausgetreten ist. Oder das

Projektil wäre im Körper der Toten geblieben. Die ganze Leiche ist aber gründlich untersucht worden, und es war nichts zu finden.«

Jetzt hob er belehrend beide Zeigefinger und drückte sie rechts und links an seine Schläfen und massierte diese einige Sekunden. Er demonstrierte damit eine sich anbahnende enorme Denkleistung. Max behauptete, dass er durch diese Manipulation seine Gehirnzellen in kürzester Zeit auf hundert Prozent bringen würde. Bloß bei Schulaufgaben klappte es nicht immer.

»Ich hab mir die Schädelplatte von dem Kalb geben lassen, das der Kandlbinder heut g'schlachtet hat. «

Er zog einen durchsichtigen Plastikbeutel aus der Gesäßtasche seiner engen Jeans. Darin befand sich eine etwa spielkartengroße Knochenplatte mit einem runden Loch in der Mitte, das einen Durchmesser von etwa einem Zentimeter hatte.

»Das Knochenstück wird nach dem Schlachten eh aus dem Schädel rausg'schnitten, damit man das Kalbshirn rausnehmen kann«, erklärte Max. »Ich hab dem Gesellen g'sagt, dass ich mir das Teil gern aufheben würd. Als Souvenir sozusagen.«

Jetzt wollte Max sein ›Souvenir‹ aus dem Beutel holen, aber ich wehrte ab. Bei dem warmen Wetter hatte das Knochenstück sicher schon angefangen zu stinken. Einige fette, schwarze Fleischfliegen waren bereits auf Max aufmerksam geworden und umsurrten ihn nervös.

»Man sieht das auch in dem Beutel gut genug«, meinte ich.

Max wollte seine Ausführungen zu Ende bringen und begann von Neuem. »Die Sache ist doch ganz einfach:

Wenn die Schlickin mit einem Schussapparat um'bracht worden wär, dann würd das ganz genauso ausschauen. Wir hätten einen Einschuss, aber keinen Ausschuss. Der Bolzen durchschlägt nämlich bloß die Schädeldecke und geht etwa fünf Zentimeter ins Hirn hinein. Das Opfer ist zunächst betäubt und wird an der Verletzung letzten Endes auch sterben. Der Bolzen selbst geht aber nach dem Abschuss von alleine wieder zurück in den Apparat, weil er von einer Feder zurückgezogen wird. Und deshalb haben die Pathologen kein Projektil in der Leiche gefunden.«

Erwartungsvoll schaute Max mich an. Ich sollte ihn jetzt loben wie einen Hund, der einen Hasen apportiert hat. Ich kannte das Spiel.

»Und wie, glaubst du, ist das gegangen?«, entgegnete ich, immer noch schlafgrantig. »Da hat jemand die Schlickin am Kopf oder hinterm Ohr gekrault, ihr dann den Schussapparat an den Schädel hing'halten und abgedrückt.«

»Mit dir kann man nicht vernünftig reden.« Max war zornig aufgesprungen. »Der Kandlbinder hat ein Motiv g'habt. Er wollt, dass der Steffl seine Schwester heiratet. Die Schlickin war dagegen, also hat sie sterben müssen. Und – was hat der Kandlbinder für eine Waffe?« Er wartete einige Sekunden mit der Antwort. »Seinen Schussapparat!«

Max hatte sich vor mir aufgebaut, die Arme vor der Brust verschränkt und den Oberkörper leicht nach vorne gebeugt.

»Du spinnst ja.« Auch ich stand jetzt auf, schüttelte unwillig den Kopf und wollte nach Hause zurück.

Dass man einen Menschen mit einem Schussapparat töten konnte, hielt ich für ausgemachten Unsinn. Unser Metzger hatte mir den Apparat einmal gezeigt und die Funktion erklärt. Mit einem Zündhütchen wurde ein sehr hoher Druck auf den Bolzen ausgelöst, welcher sich in der Spitze des Gerätes befand. Dieser Bolzen schlug mit enormer Wucht einige Zentimeter nach vorne und wurde durch eine Feder sofort wieder zurück ins Gehäuse gezogen. Wenn man einen Menschen mit einem solchen Gerät umbringen wollte, musste man es direkt am Schädel ansetzen. Das Opfer musste also mehr oder weniger stillhalten, sonst klappte es nicht.

Die Schlickin hatte die tödliche Verletzung vorne an der Stirn. Sie hätte also gesehen, was mit ihr passiert. Und dann hätte sie sich doch sicher gewehrt? Der Inspektor hatte aber nichts von Kampfspuren an der Leiche erzählt. Auch von einem Beruhigungsmittel hatte er nichts gesagt, das man der alten Frau verabreicht haben könnte, um sie anschließend mit dem Schussapparat umzubringen. Ich wollte mich nicht länger mit diesem Unsinn aufhalten und schlug vor, zurück zum Hof zu gehen.

»Halt«, befahl Max. »Wenn dich die Sache mit dem Schussapparat schon nicht interessiert, dann erzähl mir doch wenigstens, was der Schwarz den ganzen Tag so treibt.«

Eigentlich hatte ich keine Lust dazu, doch als Max sich wieder auf die Bank setzte, um zu unterstreichen, dass er die Unterredung noch nicht für beendet hielt, blieb diesmal ich mit verschränkten Armen vor ihm stehen. »Der Schwarz ist ein harter Hund. Angst hat der keine, und wenn's ums Geld geht ...«

Abrupt hörte ich auf zu reden. Ich wollte Max auf keinen Fall die Geschichte mit der Ruhr und dem amerikanischen Maschinengewehr erzählen. Ich fand, das ging ihn nichts an.

»Hat der Schwarz eigentlich einen Schussapparat?«, fragte Max.

Sonst schien ihn im Augenblick nichts zu interessieren.

»Ich kann ihn ja fragen«, meinte ich.

»Mach das bloß nicht!« Max war wieder aufgesprungen und schärfte mir nochmals ein: »Wenn du was mitkriegst, dann ist es gut. Aber auf keinen Fall darf der mögliche Täter Verdacht schöpfen. Hast du das kapiert?«

»Ja, Buana Massa.« Den Ausdruck kannte ich aus einem Tarzan-Film.

Endlich gingen wir zurück zum Hof, und Max fuhr mit seinem nagelneuen Moped zurück nach Wolfratshausen. Er hatte es von seinen Eltern gekriegt, weil er nicht durchgefallen war. Am Abend wollte er sich noch mit dem Inspektor treffen.

Ich hatte von Maxls Vater die zweihundert Mark Prämie für meine Hilfe gleich am letzten Schultag bekommen. Um den Plattenspieler kaufen zu können, den ich mir schon so lange wünschte, musste ich bloß noch einige Wochen beim Schwarz arbeiten. Dann hatte ich das Geld zusammen.

Kapitel VII

Die Waffe

Am nächsten Morgen erzählte mir der Viehhändler beim Frühstück, dass gestern am späten Abend noch ein Polizist in Zivil, ein gewisser Huber, zu ihm gekommen sei und sein Bolzenschussgerät mitgenommen habe. Wofür er den Apparat brauchte, wollte der Beamte ihm nicht sagen.

»Hoffentlich meldet er dem Veterinäramt nicht, dass das Ding gar nicht geht. Da hat sich letztes Jahr der Bolzen verklemmt oder g'fressen. Mir ist das ja wurscht, denn ich hab's eh nie gebraucht. Es wär aber Vorschrift, dass man ein funktionstüchtiges Gerät im Viehwagen hat, falls sich ein Tier schwer verletzt und nicht mehr ausg'laden werden kann. Wenn der Kriminaler mich beim Veterinäramt hinhängt, zahl ich eine saftige Strafe. Fünfzig Mark mindestens.«

Der hatte vielleicht Sorgen. Hier ging es um Mord und um lebenslängliche Haft – und der Schwarz zerbrach sich den Kopf wegen fünfzig Mark.

»Ist was mit dir«?, fragte er besorgt. Ich hatte aufgehört zu essen. »Du bist ja ganz blass.«

»Nein, nein«, stammelte ich. »Mir geht's gut.« Um von dem Schussapparat abzulenken, erzählte ich: »Der Papa schimpft manchmal aufs Veterinäramt. Wegen der blöden Maul-und-Klauenseuche-Impfung. Nach der Impfung hat letztes Jahr eine Kuh verworfen. Der Verlust ist zwar von der Tierseuchenkasse ersetzt worden, aber schön ist es nicht, wenn man so einen Schaden hat.«

Dass dieselbe Kuh im Jahr vorher auch schon zu früh gekalbt hatte und das Kalb bei der Geburt bereits tot gewesen war, hat mein Vater dem Veterinäramt damals nicht erzählt. Sonst hätte es vielleicht keine Entschädigung gegeben. Der Schwarz brauchte dieses Detail aber nicht zu wissen.

Er aß ruhig fertig. Dann ging es an die Arbeit, wobei wir heute keine Mastkälber, sondern Schlachtkühe fuhren. Das Auf- und Abladen der ausgewachsenen Tiere war natürlich wesentlich aufwändiger, als es am Vortag gewesen war, denn Kälber ließen sich leichter schieben und ziehen als große Rinder. Doch auch bei sehr widerspenstigen Kühen, die sich vehement weigerten, den Viehwagen zu betreten, verlor der Lenz nie die Ruhe.

»Geh, Alte, geh«, murmelte er vor sich hin und klopfte leicht mit dem Haselnussstock auf das Hinterteil des Rindes. Man konnte den Eindruck gewinnen, dass er die Tiere mochte, obwohl er sie zum Schlachten fuhr.

Am Nachmittag brachten wir eine Kuh zum Kandlbinder nach Wolfratshausen. Als wir das Tier abgeladen hatten und gerade in das kleine Schlachthaus hineinführen wollten, kam der Metzger mit blutbespritztem Kittel aus der Tür.

»Servus, Lenz«, begrüßte er den Viehhändler leutselig. Sie schienen sich gut zu kennen. »Wen hast denn da heut dabei?«

»Das ist die Scheck.« Schwarz deutete auf das Tier. Er nannte jede Kuh, die irgendeinen Flecken am Körper hatte, Scheck. »Und für die will ich neunzehnhundert Mark. Und das ist der Spindler-Kaspar aus Deining.«

Er deutete mit seinem Treibstock auf mich. Die Wichtigkeit der Protagonisten war durch die Reihenfolge festgelegt: Die Scheck kam natürlich vor mir. Mit der Kuh verdiente der Viehhändler Geld, während ich welches kostete.

»Der Kaspar hilft mir in den Schulferien, weil der Sepp, der sonst mitfährt, auch mal frei haben will.«

»Aha«, machte der Metzger. Sein Blick streifte mich kurz, aber nicht unfreundlich. Dann ging er zu der bunt gefleckten Kuh hin und begann: »Für neunzehnhundert kannst den Krampen gleich wieder mitnehmen.«

Mürrisch dreinschauend ging er zwei Mal um die Scheck herum und betastete deren Rücken, Schulter und Hinterbacken, was sich das Tier ruhig gefallen ließ.

»An der ist ja gleich gar nix dran. Fünfzehnhundert zahl ich. Und dann musst in Altötting noch eine Kerze anzünden lassen, dass du einen Deppen g'funden hast, der dir für das Schindervieh so viel Geld 'zahlt hat.«

Breit grinsend zog der Schwarz eine Packung ›Salem ohne‹ aus der Hosentasche und hielt sie dem Metzger hin. Nachdem beide eine Zigarette genommen hatten, zündete der Kandlbinder sie mit seinem schönen goldenen Feuerzeug an.

»Warum bist denn gar so schlecht aufg'legt heut?«, fragte der Viehhändler und paffte den Rauch in die Luft.

Er inhalierte nie, rauchte aber gelegentlich mit Kunden eine Zigarette. Dafür hatte er stets eine Packung dabei.

Der Metzger erklärte mürrisch: »Erstens hab ich eine fleischige Schlachtkuh bei dir b'stellt und keine dürre Milchgeiß. Und außerdem war gestern Abend ein

Kriminaler bei mir und der hat meine zwei Bolzenschuss-apparate mitg'nommen. Ich weiß also gar nicht, wie ich die Kuh überhaupt schlachten soll.«

Schwarz überlegte eine Zeit lang. Dann warf er seine erst halb gerauchte Zigarette zu Boden und trat sie nachdenklich aus. Er sagte überraschenderweise nichts davon, dass auch sein Apparat beschlagnahmt worden war.

»Wenn du die Kuh nicht magst, dann fahren wir halt wieder«, meinte der Viehhändler trocken, nachdem er sich nachdenklich mehrmals mit der linken Hand durch die dünnen braunen Haare gefahren war.

Durch einen leichten Zug am Halfter brachte er das kreuzbrave Tier dazu, sich umzudrehen und knappe fünf Meter in Richtung Lastwagen zu gehen.

»Was ist denn jetzt passiert?«, rief der Metzger überrascht und schmiss zornig seine Kippe in eine Wasserpfütze. »Spinnst du? Lass die Kuh da. Morgen ist Mittwoch. Da brauch ich eine frisch g'schlachtete Kuh, damit ich Würst' machen kann fürs Wochenend. Und bis jetzt sind wir uns immer noch einig g'worden mit dem Preis.«

»Dann gib mir neunzehnhundert Mark, und ich lass dir das Vieh da«, grantelte Schwarz.

So ungeduldig kannte ich ihn gar nicht.

»Siebzehnhundert.«

»Achtzehnhundert.«

»Siebzehnfuchzig.« Kandlbinder war hinter dem Viehhändler hergegangen und hielt ihm die Hand hin.

»Bazi«, murmelte mein Chef und schlug ein.

Es war das erste Mal, dass der Schwarz seinen Handelspartner einen Bazi genannt hatte. Der Metzger grinste. Auch ihm schien diese Anrede nichts auszumachen.

Max war gegen Ende des Disputs aus der Tür zum Schlachtraum getreten und hatte zugehört, wobei er am Türrahmen lehnte und dreinschaute, als würde ihm der Betrieb gehören und sein Geschäftsführer hätte gerade eine Kuh gekauft. Mich grüßte er mit einem stummen Nicken. Die beiden anderen nahmen keine Notiz von ihm.

Die Scheck musste ein letztes Mal umdrehen und wurde vor dem Schlachthaus angebunden. Max sollte einen Kübel Wasser und etwas Heu für sie holen. Einen Bolzenschussapparat hatte der Kandlbinder beim Metzger Kuhn in Nantwein ausgeliehen, wie mir mein Freund später erzählte. Diesen Umstand hatte der Kandlbinder während der Preisverhandlungen deshalb nicht erwähnt, um das Rind billiger erwerben zu können.

Gleich nachdem der Schwarz sein Geld hatte, stieg er in den Wagen, und wir fuhren zurück zu seinem Hof. Er mochte keine Schlachtstätten und vermied es, dabei zu sein, wenn von ihm gehandelte Tiere getötet wurden.

Den kommenden Tag, es war Mittwoch, hatte ich frei.

Vormittags half ich meinem Vater auf dem Feld, am Nachmittag ging ich zum Baden an den Deininger Weiher. Von dem erarbeiteten Geld gönnte ich mir drei Portionen Eis, die ich in der nahe gelegenen Wirtschaft holte. Zur Stallarbeit wollte ich wieder zu Hause sein, das hatte ich meiner Mutter versprochen.

Ich lag gerade auf meinem Handtuch ausgestreckt und hielt die Augen geschlossen, da hörte ich ein Moped zu meinem Liegeplatz herkommen. Den laut röhrenden Klang des angebohrten Auspuffs kannte ich. Das war Max.

Ich richtete mich auf und sah meinen Freund mit wehenden rotblonden Haaren auf mich zu rasen. Als er kurz vor meinem Handtuch abrupt bremste, flogen die Steine einige Meter weit bis in den Weiher hinein.

Ein älteres Ehepaar beschwerte sich über das schreckliche Benehmen der heutigen Jugend, aber Max schien deren Geschimpfe gar nicht zu hören. Eilig stieg er ab und trat den Ständer lässig nach unten, sodass sein Gefährt mehr schlecht als recht zum Stehen kam. Dann zog er schwungvoll sein mit einem Blumenmuster besticktes Stirnband vom Kopf.

»Stell dir vor, was passiert ist.« Er rannte die letzten paar Meter bis zu meinem Handtuch und blieb schnaufend stehen. »Den Kandlbinder hat die Polizei abg'holt.« Mit weit aufgerissenen Augen stand er vor mir. »Der Huber hat ihn verhaftet, kurz nach Mittag«, stieß er keuchend heraus. »Zusammen mit seinem Chef, dem Kurzer, und ein paar Streifenpolizisten. Der Laden war voll mit Kundschaft, als die Gendarmen 'kommen sind. Was meinst du, wie die Afra, seine Schwester, durcheinander ist. Die hat g'schrien, die hat getobt. Aber es hat ihr nix g'holfen. Mich haben die Polizisten dann nach Hause g'schickt, weil sie noch eine Hausdurchsuchung machen wollten und ich ihnen nicht im Weg rumstehen sollt. Und der Huber, der blöde Hund, hat so getan, als tät er mich gar nicht kennen.«

Erschöpft ließ er sich neben mich auf das Handtuch fallen. Das tat er so geschickt, dass er sofort über den größeren Teil des Textils verfügte.

Meine Mutter hatte bereits öfter den Verdacht geäußert, dass Max eher vom Stamme ›Nimm‹ als vom Stamme ›Gib‹ sei.

»Die arme Afra ist ganz fertig«, wiederholte Max. »Ich wollt ja bei ihr bleiben, aber der Kurzer hat das nicht zug'lassen. Die Afra soll ebenfalls verhört werden. Noch heut. Man wirft ihr offensichtlich Falschaussage vor, weil sie bezeugt hat, dass ihr Bruder an dem Abend, als der junge Schlick ums Leben gekommen ist, die ganze Zeit zu Hause war. Das hat der Kurzer jedenfalls angedeutet.«

Erwartungsvoll starrte er mich an.

»Es schaut also so aus, als hättest du recht g'habt mit deinem Bolzenschussdingsbums«, musste ich zugeben.

Ich gähnte ausgiebig. Das frühe Aufstehen an den vergangenen beiden Tagen steckte mir arg in den Knochen, obwohl ich heute, an meinem freien Tag, doch ausgeschlafen hatte.

»Recht g'habt, recht g'habt«, äffte Max mich nach. »Der Kandlbinder hat mir erzählt, dass sein alter Bolzenschussapparat kurz vor dem Tod der Schlickin verschwunden ist. Plötzlich weg. Und bald nach der Beerdigung hat er ihn wieder g'funden, und zwar im Gang im ersten Stock, wo der Kandlbinder mit seiner Schwester wohnt. Weder seine Schwester noch die Gesellen können sich erklären, wie das Ding da hin'kommen ist. Sonst war es immer im Schlachthaus in einem Metallkasten. Jedenfalls ist das Gerät bei der Hausdurchsuchung auf einmal wieder aufgetaucht.« Jetzt hob der Max belehrend die rechte Hand. Das tat er gerne, wenn er eine gewagte Hypothese vorbringen wollte. »Ich möcht schwören, dass der Bolzen von dem alten Apparat genau in das Loch im Schädel von der alten Schlickin passt.«

»Dann ist der Fall ja g'löst«, meinte ich und beschloss, mir heute doch kein viertes Eis zu gönnen. »Und du hast recht g'habt. Der Kandlbinder hat die alte Schlickin aus dem Weg g'räumt, damit seine Schwester ihren Sohn, den jungen Schlick, heiraten kann.«

»Bärig! Und dann legt er die Tatwaffe auf den Kleiderschrank im ersten Stock, damit die Polizei nicht zu viel Arbeit hat, sie zu finden? Sag mal: Tut dir der Umgang mit den vielen Rindviechern nicht gut?«

Max tippte sich an die Stirn.

Er war noch näher zu mir hergerückt, sodass ich nur mehr am äußersten Zipfel meines Handtuchs Platz fand. Das Folgende sagte er ganz leise. Er wollte wohl nicht, dass das alte Ehepaar etwas mitbekam. »Für den Tod an der Schlickin hat der Kandlbinder kein g'scheites Alibi. Es war Mittwoch, also Schlachttag, und er hat den ganzen Tag daheim g'arbeitet. Und am Mittwoch drauf, als der Steffl erschossen worden ist und der Bungalow gebrannt hat, war der Kandlbinder wieder daheim bei seiner Schwester. Sie haben am Abend ›Was bin ich‹ im Fernsehen ang'schaut. Die Afra wird natürlich für ihn aussagen. Weil sie aber eine nahe Verwandte ist, hat diese Aussage als Alibi nicht viel Wert.«

Ich überlegte eine Weile, dann fragte ich nach: »Und was hat der Kandlbinder an dem Nachmittag g'macht, als der Überfall auf das Juweliergeschäft war?«

Die Frage gefiel Max überhaupt nicht, denn er schüttelte unwillig den Kopf. »Das mag er nicht sagen. Um nix in der Welt.«

»Bäriges Alibi«, bemerkte ich.

»Er ist am Nachmittag ang'rufen worden und danach gleich wegg'fahren. Heim'kommen ist er erst am Abend. Das weiß ich von der Afra.«

Wir schwiegen eine Weile.

Wie konnte Max eine solch dünne Geschichte als Alibi bezeichnen?

»Vielleicht hat der Kandlbinder auch nur die alte Schlickin um'bracht, und die Morde am Steffl und seiner Schwester gehen auf ein anderes Konto?«, warf ich ein.

Meine Müdigkeit war inzwischen verflogen.

»Möglich«, brummte Max, doch gleich darauf schüttelte er den Kopf. Die Sache schien ihm nicht plausibel. »Hast du g'wusst, dass die Schlickin einen Mordshaufen Geld auf einer Münchner Bank g'habt hat? Das meiste in Aktien ang'legt. Dazu ein Mietshaus in Starnberg.«

Ich war nicht überrascht. »Das mit dem vielen Geld hat doch der Huber schon erzählt. Aber wie ist sie eigentlich zu ihrem Reichtum gekommen? Hast du das auch schon rausg'funden?«

»Nach dem Tod von ihrem Mann, das war 1949, also kurz nach der Währungsreform, hat sie ein paar Hektar Holz schlagen lassen. Bauholz war damals sündteuer. Und von dem Geld hat sie ein altes Mietshaus in Starnberg und Aktien gekauft. Das Haus war spottbillig damals. Besser hätt sie ihr Geld nicht anlegen können.«

»Und warum ist dann der Hof so verwahrlost?«, fragte ich ungläubig.

Max zuckte die Achseln. »Vielleicht wollt sie den Steffl alleine dahinwursteln lassen. Vielleicht hätt er sich ohne ihr Geld durchbeißen sollen. Apropos beißen.« Max holte eine Prinzenrolle aus der Seitentasche seines Mopeds, dazu zwei Flaschen Pepsi Cola.

»Woher hast du das alles erfahren?«, wollte ich wissen und trank einen Schluck von der lauwarmen Cola.

»Vom Huber. Der hat mir gestern Abend ein paar Einzelheiten erzählt.«

Max kaute an seinem dritten Keks. Er liebte es, mehr zu wissen als die anderen. Und am schönsten war es für ihn, diese Nachrichten scheibchenweise an den Mann zu bringen, in dem Fall an mich.

»Der Inspektor hat mir noch ein paar andere Sachen erzählt.«

Ich war ganz Ohr.

»Erstens hat auch der Schwarz für keinen der Mordfälle ein Alibi. Er ist jeden Mittwoch allein unterwegs in Sachen Viehhandel. Was er da genau treibt, kann kein Mensch überprüfen. Und alle drei Morde waren am Mittwoch. Außerdem wird g'sagt, dass der Viehhändler irgendwo eine Freundin hat, die er am Nachmittag b'sucht. Vor allem mittwochs.«

»Wer sagt das?«, fragte ich.

»Die Leut halt«, meinte Max kauend. »Schließlich haben wir eine Wirtschaft, und da erfährt man so was.«

»Deswegen hab ich heut frei.« Max schien sehr interessiert, und ich fuhr fort: »Am Mittwoch ist der Schwarz immer allein unterwegs, weil er für den Handel mit dem Zuchtvieh niemanden braucht.«

Max nickte. »Der Metzger Kandlbinder hat jeden Mittwoch seinen Schlachttag. Er fängt frühmorgens an und ist erst am Abend mit der vielen Arbeit fertig.«

»Und der Korrer hat am Mittwoch Nachmittag sein Geschäft immer g'schlossen«, fiel Max mir ins Wort. »Komischer Zufall, nicht?«

»Aber der Schwarz ist es auf keinen Fall g'wesen«, bemerkte ich.

So stark konnte ich mich nicht in einem Menschen irren. Und jemand, der es nicht ertrug, wenn ein Stück Vieh geschlachtet wurde, würde keinen Menschen umbringen. Da war ich mir sicher und sagte es Max.

Der machte eine Schnute und runzelte die Stirn. Gerade so, als wollte er damit ausdrücken, dass er sich den Schwarz als Mörder sehr wohl vorstellen könne.

Dann erzählte er: »Im Augenblick ist der Korrer Alleinerbe von dem ganzen Besitz der alten Schlickin, und wie es ausschaut, handelt es sich um Millionen. Die Frau vom Schwarz, eine Nichte der Ermordeten, kriegt von dem Haufen Geld bis jetzt noch gar nix. Wenn dem Korrer aber auch noch etwas zustoßen sollt«, Maxls Gesicht zog es zu einem breiten Grinsen auseinander, »dann g'hört alles der Frau vom Schwarz.«

Ich musste schlucken.

»Ang'schossen ist er ja schon 'worden, der Korrer«, meinte ich. »Vielleicht zielt der Täter beim nächsten Mal besser.«

Die Prinzenrolle war aufgegessen und die beiden Pepsi-Flaschen leer. Während ich mir hinter einer Staude eine trockene Hose anzog, starrte Max unbewegt auf den Weiher. Als ich losfahren wollte, um rechtzeitig zur Stallarbeit zu Hause zu sein, hielt mein Freund mich auf, indem er die rechte Hand lässig auf den Lenker meines alten Fahrrades legte.

»Das Schärfste hab ich dir ja noch gar nicht erzählt. Direkt über dem Hinterausgang vom Juweliergeschäft wohnt die alte Frau Wimmer. Ihre Tochter ist Bedienung bei uns in der Wirtschaft. Und diese Frau Wimmer schwört Stein und Bein, dass nach den Schüssen, die sie in ihrer Wohnung ganz deutlich g'hört hat, niemand aus dem Laden rausgekommen ist. Die Frau Wimmer ist zwar schon achtundsiebzig, aber geistig topfit. Außerdem hat sie noch gute Augen und liest die Zeitung von vorne bis hint'. Wenn das stimmt, was die Alte sagt, dann hätt der Korrer g'logen. Denn der hat ja behauptet, dass der Täter durch die Hintertür abg'hauen ist. Auf dem Weg hätt er an der Alten vorbei müssen.«

Nun ließ Max meinen Lenker los.

Während ich den Mist zwischen unseren Kühen herauskratzte und auf den Schubkarren lud, dachte ich über die Verdächtigen nach. Die Sache war sehr verwirrend.

Max dagegen war bester Stimmung. Morde schienen ihm gutzutun.

Nach der Stallarbeit saß die ganze Familie zur Brotzeit unter dem alten Birnbaum. Ich nutzte die Gelegenheit und fragte meinen Vater über die alte Schlickin aus.

»Nein, dumm war sie nicht«, begann mein Vater, »aber sie hat öfters Sachen g'macht, die niemand verstanden hat. Kurz vor seinem tragischen Tod im Rossstall hat mir der alte Schlick erzählt, dass seine Frau einen großen Fleck Holz schlagen lassen wollt. Er war natürlich dagegen. Kein vernünftiger Bauer lässt seinen Wald ohne Not umhauen. Das Holz ist die Sparbüchs von jedem Landwirt.«

»Aber das Holz hat damals doch einen guten Preis g'habt«, meinte ich.

»Da hast schon recht. Von dem Preis damals können wir heut nur noch träumen.« Mein Vater nahm einen Schluck von der Radlermaß und erklärte: »Ich hab 1951 den Kuhstall neu bauen lassen. Da waren zwei Maurer und ein

Handlanger zum Arbeiten da. Das hat mich umg'rechnet am Tag einen Festmeter Holz gekostet. Heut müsst ich ungefähr das Achtfache an Holz verkaufen, um drei Leut für einen Tag zu bezahlen.«

Er schob eine Gabel mit Wurstsalat in den Mund. Vater mochte ihn mit viel Zwiebeln und Essig.

»Dann hat die Schlickin aber ein gutes G'spür für das Geschäftliche g'habt«, meinte ich.

»Und wo ist das ganze Geld hin'kommen?«, fragte Vater verächtlich und schluckte den Bissen hinunter. »Kein Stück Vieh mehr im Stall und ums Haus rum eine Brennnesselplantage. – Und jetzt ist die ganze Familie tot. Die Eltern und die Kinder. – Da hab ich lieber nicht so viel G'spür fürs Geschäftliche und mach nicht das schnelle Geld. Aber meine schönen Bäum' im Wald g'hören mir immer noch. Wenn's einmal Not tut, hab ich was zum Einbrocken.«

»Du hast sie nicht mögen, die alte Schlickin, stimmt's?«

»Nein, ich hab sie nicht mögen. Und ihre Kinder auch nicht«, gab Vater zögernd zu. »Es ist doch eine Schand, wenn man ein Anwesen wie beim Schlick so verkommen lässt. Ewig Sünd und Schad.« Er bekam traurige Augen und legte die Gabel aus der Hand. »Am wenigsten sympathisch in der ganzen Sippschaft ist mir aber dieser windige Goldschmied, der Korrer. Es würd mich nicht wundern, wenn der was mit den ganzen seltsamen Todesfällen zu tun hätt.«

»Das geht uns nix an«, fuhr meine Mutter dazwischen. »Das ist Sach der Polizei. Den Metzger Kandlbinder haben s' schon eing'sperrt, hat die Bäckin g'sagt. Und die weiß es von der Pfarrersköchin.«

»Recht hast, Mutter. Man soll sich aus so was raus-halten«, stimmte mein Vater ihr zu. »Dabei hab ich den Kandlbinder immer für einen fleißigen und rechtschaffenen Menschen g'halten. In ein paar Jahren hat sich der in Wolfratshausen ein Mordsgeschäft auf'baut. Aber man kann in einen Menschen halt nicht hineinschauen.«

»Was ist eigentlich mit der Frau vom Schwarz passiert, dass die so stark hinkt?«, wollte ich von meinem Vater wissen.

»Die Frau vom Viehhändler Schwarz, die Liesl, ist eine Nichte vom alten Schlick und auf dem Hof aufg'wachsen, weil sie ein lediges Kind war. Ihre Mutter, eine Schwester vom Alten, hat in München g'arbeitet und keine Zeit für ihre Tochter g'habt.« Vater erzählte ruhig weiter, obwohl ihn meine Mutter missbilligend ansah. »Die Liesl ist ein bisserl älter als der Steffl und die Theresia vom Schlick. Sie hat aber sowohl in der Schule wie auch beim Arbeiten die beiden um Längen ausg'stochen. Schließlich ist sie bei der Heuernte von der Tenne runter'fallen und hat sich das Becken gebrochen. Sie war dann lang im Versehrtenkrankenhaus in Tölz, aber das Hinken ist ihr geblieben. Außerdem heißt es, dass sie keine Kinder kriegen kann. Nachdem sie vom Krankenhaus wieder draußen war, hat sie bald den Schwarz g'heiratet. Das hat mich g'wundert, denn die Liesl war ein nettes, tüchtiges Mädchen, aber sie hat halt eine kaputte Hüfte g'habt. Die Leut sagen, sie hätt eine schöne Stange Geld mit in die Ehe gebracht, und deshalb …«

»Jetzt langt's«, unterbrach meine Mutter den Monolog. »Was musst du dem Buben alle Spekulationen über die arme Liesl erzählen? Die ist genug g'straft mit ihrem Leiden und ihrem umtriebigen Mann.«

»Was heißt denn umtriebig?«, fragte ich meine Mutter, die auf meine Frage hin sofort errötete.

»Dass der Schwarz hinter den Weibern her ist wie der Teufel hinter der armen Seel«, krächzte mein Großvater, dem seine alte Kehlkopfverletzung in letzter Zeit wieder Schwierigkeiten machte. »Aber dem Schwarz sein Vater war schon genauso. Der hat's nicht g'stohlen.«

Nach der Brotzeit ging ich zum Kreuz hinter unserem Hühnerstall. Eigentlich wollte ich lesen, doch meine Gedanken schweiften immer wieder ab.

Schließlich legte ich das Buch weg und schaute in die Berge. Heute waren sie nicht gut zu sehen, es war zu diesig. Das hieß, dass das schöne Wetter noch länger anhalten würde.

Natürlich dachte ich an die Mordfälle. Ich suchte Argumente dagegen, dass der Schwarz etwas mit der Sache zu tun hatte, denn ich mochte ihn trotz der Dinge, die ich beim Abendessen über ihn gehört hatte. Auch den Metzger Kandlbinder fand ich sympathisch.

Der Juwelier dagegen war mir genauso suspekt wie meinem Vater. Also ging ich noch einmal alle belastenden Punkte durch, die ihn betrafen.

Er hatte etwa zwei Wochen vor dem Tod seiner Schwiegermutter eine Feier abgehalten. Aus einem ›erfreulichen Anlass‹, wie Maxls Vater gesagt hatte. Konnte dieser Anlass der baldige Tod der Schlickin sein oder deren Erkrankung? Hatte er von deren tödlichem Krebs erfahren und sich auf eine große Erbschaft gefreut? Aber warum hätte er sie töten sollen? Die alte Frau hatte ohnehin nicht mehr lange zu leben.

Der Korrer hatte aber ein Motiv für die Morde an seinem Schwager und an seiner Frau. Nach dem Tod der Schwiegermutter standen nur noch die beiden zwischen ihm und dem großen Vermögen.

Wenn wir nun die Todesfälle getrennt betrachteten, ergab sich ein ganz neues Bild.

An dem Mittwochnachmittag, als der Steffl starb, war der Goldschmied mit seiner Frau in München. Seine Gattin hatte dies bezeugt und konnte ihre Aussage nicht mehr widerrufen. Beim Überfall auf das Juweliergeschäft gab es ebenfalls keine Zeugen außer seiner Frau. Und nach dem Überfall war sie tot und er Alleinerbe. War das Zufall?

Ich musste mit Max über meine Überlegungen reden. Also nahm ich mein Buch und rannte zurück ins Haus. Dort erklärte ich meinen Eltern, dass ich unbedingt zum Bräu müsse und dort über Nacht bleiben würde. Zur Arbeit wollte ich morgen Früh direkt von Max weg durch die Pupplinger Au nach Ascholding fahren.

So schnell es ging, radelte ich über Ergertshausen und Puppling nach Wolfratshausen. Während der Fahrt legte ich mir zurecht, was ich Max sagen wollte.

Als ich schwer schnaufend beim Bräu ankam, lehnte ich das Rad neben den Treppenaufgang, der direkt in Maxls Zimmer führte. Ich sah dort Licht brennen, also musste er da sein. Ich hetzte die Außentreppe hinauf, klopfte einmal an die Zimmertür und trat ein, ohne eine Aufforderung abzuwarten.

Auf dem Bett lag Max mit Isabell. Ich hatte sie offensichtlich beim Knutschen gestört.

»Was macht der denn hier?«, nörgelte Isabell, als sie merkte, dass ich es war, der in der Türe stand.

Sie setzte sich im Bett kerzengerade auf und richtete ihre verknitterte Bluse. Mir warf sie einen kurzen, genervten Blick zu, dann schaute sie vorwurfsvoll und bockig zu Max hin, dem die Haare wirr im Gesicht hingen.

»Ich geh ja schon«, brachte ich gerade noch heraus und drehte mich um.

Mit einer schnellen Bewegung knallte ich die Tür ins Schloss und wandte mich Richtung Außentreppe, wo ich hergekommen war. Rasch lief ich hinunter zum Hof.

›Er hätte mir leicht sagen können, dass er wieder mit der Ziege zusammen ist‹, dachte ich und war stocksauer auf meinen Freund. Wenn ich heute Abend irgendetwas nicht gebrauchen konnte, dann war es das überspannte Gehabe von seiner Isabell. Und was tat sie überhaupt hier? Sie hatte doch Schluss gemacht mit Max, und der wollte nie wieder etwas mit ihr zu tun haben.

Ich war bereits bei meinem Rad, da hörte ich, wie die Tür zu Maxls Zimmer geöffnet wurde und eilige Schritte die Treppe herunterkamen.

»Kaspar! Bleib stehen!«, rief Max.

Doch ich drehte mich nicht um. Als ich bei meinem Rad aufgesessen war und gerade losfahren wollte, hatte er mich eingeholt.

»Bleib halt stehen. Ich muss dir das erklären.«

Er hatte seine Hand auf meinen rechten Arm gelegt. Ich stieß sie weg.

»Du musst mir gar nix erklären. Du kannst machen, was du willst. Du bist mir doch keine Rechenschaft schuldig.«

Ich ärgerte mich maßlos, dass er heute Nachmittag nichts von Isabell erzählt hatte. Ich fühlte mich hintergangen.

»Sie war einfach da«, sagte Max ganz leise und sah mich verschämt an. Dann strich er seine langen Haare nach hinten und schüttelte unwillig den Kopf, als wollte er etwas loswerden. »Vor einer knappen Stunde ist sie gekommen. Ob du es glaubst oder nicht. Ich hab vorher nix davon g'wusst. Sie hat nicht g'schrieben, nicht ang'rufen. Sie war einfach da.«

Ich wusste nicht, ob ich ihm das glauben sollte.

»Sie hat g'sagt, dass sie es sich anders überlegt hat. Und dass ich ihr so g'fehlt hab.« Die Situation war Max sichtlich peinlich, er suchte die richtigen Worte. »Was hätt ich denn machen sollen? Du weißt doch, sie ist meine …«

Er schlug die Augen nieder. Offensichtlich konnte er den Satz nicht vollenden, doch ich wusste genau, was er sagen wollte.

Max war manchmal so abgrundtief blöd, dass es wehtat. Merkte er denn nicht, wie dieses Püppchen ihn benutzte und tanzen ließ als ihren Zirkusbären? Beim nächsten schärferen Wind würde sie ihn wieder fallen lassen wie eine heiße Kartoffel.

»Warum bist du überhaupt gekommen?«, fragte er schließlich und hob seinen Blick.

»Vielleicht kenn ich des Rätsels Lösung«, sagte ich leise. »Ich erzähl's dir aber besser ein anderes Mal.«

Ich wollte heute Abend nicht länger mit ihm reden. Ich wollte weg, zurück nach Hause.

Da ging die hintere Küchentür auf, und ein fremder, korpulenter Mann in einem blauen Sommeranzug eilte in den Hof und steuerte direkt auf uns zu. Die dicken Arme am Körper des etwa Vierzigjährigen ruderten wild, als ob seine kurzen Schritte dadurch schneller würden.

»Ist einer von euch der Max Stockmeier junior?«, fragte er laut keuchend und stellte sich erschöpft vor uns hin.

»Warum wollen Sie das wissen?«, gab Max patzig zurück.

Den übergewichtigen, asthmatischen Kerl konnte er momentan überhaupt nicht gebrauchen, und das ließ er ihn deutlich merken.

»Bist du der Max?« Dem Mann schien die Sache wichtig. Er kam immer noch nicht recht zu Atem und war ganz rot im Gesicht. Mit einem karierten Taschentuch wischte er sich die großen Schweißtropfen von der Stirn.

»Ja«, entgegnete mein Freund. »Aber ich hab gerade gar keine Zeit.«

»Du musst aber Zeit haben. Du musst. Es geht um Leben und Tod«, stieß der fremde Mann hervor. »Beim Korrer im Laden steht einer, und der hat ein riesiges Beil in der Hand. Und der Kerl hat gesagt, dass der Stockmeier Max, der Sohn vom Bräu, sofort kommen muss. Er braucht einen Zeugen für irgendwas, was ich nicht verstanden hab. Wenn der Max nicht kommt, hat er gesagt, haut er dem Korrer den Schädel in zwei Hälften.«

Max schreckte zusammen, überlegte eine Sekunde und forderte mich dann auf: »Komm mit.«

Mit einer flinken Handbewegung schlug er mir auf die rechte Schulter, drehte sich um und lief davon in Richtung Marktstraße. Ich wusste wie so oft nicht warum, aber ich rannte hinter ihm her.

Isabell hatte sich nicht blicken lassen. Wahrscheinlich wartete sie auf Max in seinem Zimmer.

Insgeheim hoffte ich, sie würde bis zu unserer Rückkehr verschwunden sein.

Kapitel VIII

Das Geständnis des Juweliers

Es dämmerte bereits, und viele Fenster in den Wohnungen im ersten und zweiten Stock der Marktstraße waren beleuchtet. Im Laden vom Korrer war es jedoch stockdunkel, die Eingangtür stand eine Handbreit offen.

»Komm«, flüsterte Max, als wir vor dem Geschäft angekommen waren. Er schlüpfte ohne Zögern durch den Eingang in den dunklen Raum. Ich wollte da nicht rein. Ich dachte an die Schüsse vor ein paar Wochen und die tote Frau Korrer. Meine Hände wurden schweißnass und pappig. Ich hatte so große Angst, dass ich kaum mehr atmen konnte. Andererseits durfte ich Max in dieser gefährlichen Situation doch nicht allein lassen. Vorsichtig und mit hämmerndem Puls schlich ich hinter ihm her.

Anfangs hatte ich Mühe, mich in dem dämmerigen Raum zurechtzufinden. Die Augen gewöhnten sich jedoch schnell an die Dunkelheit, zumal etwas Licht von einer Straßenlampe durch das große Schaufenster fiel.

Ich erkannte die Umrisse von Max. Er war bereits an der Verkaufstheke angekommen, stützte sich mit beiden Händen dort auf und drehte langsam den Kopf, als wollte er sich umsehen.

Plötzlich hörte ich eine schnarrende Männerstimme aus dem hintersten Eck des Raumes. »Max, bist du das? Hat dir der fette Minzel ausg'richtet, dass du kommen musst?«

Das war der Metzger Kandlbinder. Ich hatte ihn sofort an seiner rauchigen, dunklen Stimme erkannt. Der fette Minzel war offenbar der dicke Mann, der zum Bräu gekommen war, um Max zu holen.

»Was machst du denn hier, Kili?«, fragte Max unsicher zurück. »Und warum hast du mich kommen lassen?«

»Ich brauch einen Zeugen für das, was uns der feine Herr Korrer jetzt gleich erzählen wird.«

Aus dem Eck, wo der Kandlbinder stand, hörten wir einen dumpfen Schlag wie von einem Fußtritt und gleich darauf das schmerzvolle Stöhnen eines Menschen.

»Sperr die Tür zu, Max. Schnell«, befahl der Metzger mit rauer Stimme. »Die hinterfotzige Sau hier soll auspacken, bevor die Polizei kommt.«

»Kaspar«, krächzte Max, »du bist näher dran. Mach du die Tür zu.«

»Wer ist das?«, fragte Kandlbinder misstrauisch aus dem Eck heraus. »Mit wem redest du? Hast du noch jemanden mit'bracht?«

»Das ist der Spindler-Kaspar, von dem ich dir schon erzählt hab«, beeilte sich Max zu erklären. »Ein Schulfreund. Und wenn du schon Zeugen brauchst, dann sind zwei besser als einer.«

Der Metzger sagte nichts mehr. Die Antwort schien ihm zu genügen.

Ich hätte nur zwei große Schritte tun müssen und wäre aus dem Laden und damit aus dem ganzen Schlamassel wieder draußen gewesen. Aber wie wäre es im Laden drinnen weitergegangen?

Ich konnte meinen Freund nicht allein lassen, obwohl ich eine Sauwut auf ihn hatte. Wie oft schon hatte er mich in unangenehme Situationen gebracht, ohne Rücksicht darauf zu nehmen.

Ich tastete mich also zur Tür, schloss sie möglichst geräuschlos von innen und drehte den Schlüssel um. Draußen auf der Marktstraße hatte ich bereits einige Menschen gesehen, die vor dem Geschäft zusammengelaufen waren. Der dicke Mann hatte anscheinend herumerzählt, dass sich in dem Juweliergeschäft aufregende Dinge abspielen würden.

»Und jetzt die Vorhäng'«, befahl der Metzger. Seine Stimme hatte an Sicherheit gewonnen. »Macht sie bitte zu, damit wir ganz ung'stört sind.«

Nun wurde er sogar noch höflich, er hatte ›bitte‹ gesagt. Ich tastete mich am Schaufenster entlang und zog den dicken, blauen Vorhang hinter mir her.

»Und jetzt schaltet das Licht an.«

Ich tappte an der Wand herum und suchte den Lichtschalter, konnte aber keinen finden. Als ich meine Suche ergebnislos abbrach, war es völlig ruhig im Raum. Von draußen hörte man Stimmen, und ganz in der Nähe vom Kandlbinder wimmerte ein Mensch.

»Sag sofort, wo das Licht ist, du gemeiner Hund.« Die Stimme vom Kandlbinder hatte sich deutlich verändert. Hart, kalt war sie geworden. »Und mach keine G'schichten. Ich weiß genau, wo du bist. Und ich hau dir das Beil mit größter Freude auf den Schädel, wenn du dich rührst.«

Das Wimmern hatte aufgehört, und Julius Korrer stieß mit seiner hohen Stimme mühevoll hervor: »Links neben der Tür ist der Lichtschalter.«

Meine Angst war einer großen Konzentration gewichen. Vorsichtig schlich ich zurück zur Tür, wobei ich mich am zugezogenen Vorhang entlangtastete. Endlich hatte ich den Lichtschalter gefunden und drückte ihn.

Das Bild, welches sich mir im folgenden Augenblick bot, war skurril: Max stand wie angewurzelt in der Mitte des Raumes und hielt sich am Verkaufstresen fest. Er hatte wohl gerade noch einen Schritt machen wollen und war durch die Stimme des Metzgers erstarrt. Es sah aus, als befände er sich in einem Minenfeld und die nächste Bewegung könnte schon tödlich sein.

Hinter dem Tresen, in der linken Ecke des Raumes, stand Kilian Kandlbinder und hielt ein Schlachtbeil mit beiden Händen. Er hatte die Beine weit auseinander gestellt wie John Wayne in ›Alamo‹. Sein Blick wechselte nervös vom Juwelier, der vor ihm auf dem Boden lag, hin zu mir und Max. Seine kräftigen, stark behaarten Unterarme waren angespannt, man konnte einzelne Muskeln unter der weißlichen Haut erkennen. Immer wieder blies er sich eine hartnäckige schwarze Haarsträhne aus dem Gesicht. Er wollte offensichtlich keine Hand von dem Beil nehmen, um die Haare zu ordnen.

Julius Korrer hatte inzwischen wieder angefangen, leise zu wimmern. Er hielt die rechte Hand mit einem Taschentuch vor seinen Mund, mit der linken stützte er seinen massigen Körper am Boden ab. Das Taschentuch war voll Blut.

»Du willst mich also ins Zuchthaus bringen, du Grattler«, schrie der Metzger den Juwelier an. »Aber daraus wird nix. Ich war heut den ganzen Nachmittag auf der Polizeiwache und bin vom Inspektor Huber verhört worden. Dann haben sie mich wieder laufen lassen. Die Polizei meint zwar, dass ich die alte Schlickin, den Steffl und seine

Schwester um'bracht haben könnt. Aber sie haben keine Beweise. Außerdem ist es nicht wahr, und du weißt das am besten. Stimmt's?«

Beim letzten Wort hatte er die Stimme gesenkt und die Waffe gehoben. Der am Boden liegende Korrer versuchte zurückzuweichen, doch er war bereits in der äußersten Ecke des Raumes. Panische Angst spiegelte sich in seinen hellen Augen wider, und er atmete stoßweise, als hätte er gerade eine schwere körperliche Arbeit hinter sich. Seine Unterlippe vibrierte wie der Flügel eines Kolibri.

»Du warst es. Du hast meinen Schussapparat g'nommen, die alte Schlickin damit um'bracht und den Apparat wieder zurückg'legt.« Nun nahm er doch die linke Hand vom Schaft der Axt und strich sich damit die widerspenstige Haarsträhne glatt.

»Nein«, wimmerte der Goldschmied. »Nein, das stimmt nicht. Wie hätte ich denn das Ding wegnehmen und später wieder zurücklegen sollen?«

»Aber du hast den Steffl erschossen, weil du von dem vielen Geld erfahren hast, das er von seiner toten Mutter erben würd. In ein paar Wochen hätt er meine Schwester g'heiratet. Es hat pressiert, weil sie doch …« Kandlbinder schluckte den Rest des Satzes hinunter. »Und du hast dafür g'sorgt, dass das Kind nicht auf dem Hof von seinem Vater aufwächst, sondern bei der ledigen Mutter. Allein dafür könnt ich dich schon über den Haufen schlagen.« Nach einer kleinen Pause, in der man eine Polizeisirene hörte, fuhr er fort: »Wegen dem Scheißgeld hast du den Steffl und seine Mutter um'bracht.«

»Nein, das ist nicht wahr«, schrie der Goldschmied verzweifelt.

Mit vor Wut verzerrtem Gesicht schlug der Metzger zu. Die Axt fuhr nur einige Zentimeter neben Korrers Kopf in den Parkettboden. Das Holz splitterte, und der Juwelier heulte auf, als ob er getroffen worden wäre. Sein Körper streckte sich und zuckte wie unter Stromstößen. Nach einigen Augenblicken hörten die Zuckungen auf, und er rollte sich zusammen wie ein kleines Kind, wobei er auf der rechten Seite zu liegen kam. Dann fing er wieder an zu wimmern.

Kandlbinder zog das Beil aus dem Holzboden und keifte sein Gegenüber erneut an: »Warum hast du eigentlich auch noch deine Frau erschossen, du Scheißkerl? Warum?« Der Metzger hob die Axt etwas höher und wirkte jetzt noch bedrohlicher.

»Sie hat zuerst geglaubt, dass sich der Steffl selbst umgebracht hat«, flüsterte der Juwelier und wischte sich mit dem blutverschmierten Taschentuch den Mund sauber, so gut es ging. Offensichtlich war er bereits geschlagen worden, bevor Max und ich zu dem Verhör gekommen waren.

»Red lauter«, schrie Kandlbinder ihn an. »Unsere jungen Freunde wollen alles ganz genau hören.«

Der Juwelier wiederholte, was er gesagt hatte, diesmal lauter. Während er redete, lief ihm immer wieder blutiger Speichel aus dem rechten Mundwinkel, die Nasenlöcher waren ohnehin vom Blut verklebt.

Von häufigem Schlucken unterbrochen fuhr er fort: »Am Mittwoch Nachmittag war sie immer weg. Schon seit Monaten. Ich hatte bis vor Kurzem keine Ahnung, was sie da getrieben hat. Wie die Polizei uns befragte, was wir zu dem Zeitpunkt gemacht hätten, als die Schwiegermutter verunglückt ist, haben meine Frau und ich gesagt, wir wären in München gewesen. Ich war an diesem Nachmittag daheim und sie … Am Todestag vom Steffl war es wieder Mittwoch, und meine Frau war natürlich nicht da.« Er hustete ein paar Mal. Vielleicht wollte er Zeit gewinnen.

»Wie hast du den Steffl umgebracht?«, wollte der Metzger in gefährlich ruhigem Ton wissen. »Und warum?« Er hob das Beil und beugte sich etwas nach vorne.

Julius Korrer begann zögerlich, dann redete er immer flüssiger. Das unsichere Schwingen in seiner Stimme war verschwunden, auch das Vibrieren der Unterlippe hatte aufgehört. Vielleicht hatte er mit seinem Leben schon abgeschlossen.

»Ich bin am Mittwoch, eine Woche nach dem Tod der Schwiegermutter, am späten Nachmittag mit dem Rad nach Holzhausen gefahren. Dann bin ich durch den Wald zum Schlicker Hof zu Fuß gegangen. Der Steffl war daheim, und wir haben über die Erbschaft geredet. Mein Schwager hat etwas über Dokumente gesagt, durch die er finanziell unabhängig werden könnte. Und dass es ihm leid täte, weil seine Schwester bloß einen Pflichtteil von dem Erbe bekommt, bloß ein ganz kleines Stück vom großen Kuchen. Mehr nicht. Aber schließlich hätten wir mit unserem Geschäft genug Geld, hat er gesagt, und er müsse eben auf sich selber schauen. Und er werde in ein paar Monaten Vater und wolle heiraten. Außerdem sei es der Wille seiner Mutter selig gewesen, dass er den größten Teil des Geldes kriegt, um den Hof wieder nach oben zu bringen.«

»Und dann hast du ihn über den Haufen g'schossen?«, fuhr ihn der Metzger an. »Aus Geldgier? Komm, red!«

Es entstand eine längere Pause, und man hatte den Eindruck, der Juwelier meinte genug gesagt zu haben. Mit ängstlich lauerndem Blick saß er in seiner Ecke und hielt jetzt beide Hände vor den Mund.

»Red, hab ich g'sagt«, brüllte der Metzger und trat mit voller Wucht gegen das rechte Bein vom Korrer, das vor einigen Wochen durchschossen worden war. Der Goldschmied heulte auf und beeilte sich, mit seinem Geständnis fortzufahren.

»Richtig unverschämt ist der Steffl geworden«, drückte er schwer atmend heraus, seine Unterlippe war wieder in Bewegung. »Er werde meine Frau und den Schwarz auszahlen, sobald das Erbe abgewickelt sei, hat er gesagt. Aber nicht mehr, als einem jeden zusteht. Und dann hat er mir den Vertrag von einer Lebensversicherung unter die Nase gehalten, die meine Schwiegermutter vor vielen Jahren abgeschlossen hat. Ursprünglich waren meine Frau und der Steffl zu gleichen Teilen an der Auszahlung im Todesfall beteiligt. Ein paar Wochen vor dem Unfall hat sie den Vertrag aber ändern lassen und den Steffl als einzigen Begünstigten eingetragen. Dabei hat die Schwiegermutter den Steffl in den letzten Jahren gehasst wie der Teufel das Weihwasser.«

»Und deswegen hast du ihn um'bracht?«

Die Axt in den Händen vom Kandlbinder begann zu zittern.

Erschöpft sagte der Korrer: »Der Steffl hat zugegeben, dass die Schwiegermutter in den letzten Wochen vor ihrem Tod alle Erbschaftsangelegenheiten zu seinen Gunsten geändert hat. Auch das Testament. Und dabei ist es um einen Haufen Geld gegangen.«

»Und warum hat sie das g'macht?«, fuhr Kandlbinder ihn an.

»Sie wollte, dass der Hof mit dem vielen Geld wieder in Schwung kommt«, stieß der Juwelier hervor. Als sein Peiniger andeutete, dass er wieder auf seinen verletzten Oberschenkel treten wollte, fuhr er rasch fort: »Sie war krank. Schwer krank. Der Tod war eine Erlösung für sie, aber der Hof sollte weiter bestehen.«

»Hast du eine Pistole dabei g'habt, als du deinen Schwager besucht hast?«, wollte der Metzger wissen.

»Ja, natürlich, denn der Steffl war doch ein Waffennarr und hat auf dem Hof oft rumgeballert.« Korrer machte eine kurze Pause. »Eigentlich wollte ich mit dem Steffl doch bloß reden. Aber er konnte auch sehr jähzornig werden, und da wollte ich vorbereitet sein.«

»Und mit deiner Pistole hast du den Steffl umg'legt?«

»Ich wollte das doch nicht. Ich wollte bloß mit ihm reden. Aber als er dann angefangen hat, dass er nach der Erbschaft seine Schwester und den Schwarz mit links auszahlen könnte und wir ihn in Zukunft in Ruhe lassen sollten, da hat mich der Zorn gepackt. Die ganzen Jahre habe ich ihm die Stange gehalten und Geld gegeben, wenn er welches gebraucht hat. Von der Bank hat er ja schon lange nichts mehr gekriegt. Und dann kommt der undankbare Kerl daher und bringt meine Frau fast um ihr ganzes Erbe mit seinen linken Tricks. Ich war außer mir, verstehst du? Gar nicht zurechnungsfähig war ich in dem Moment. Ohne es zu wollen, habe ich meine Pistole genommen und den Steffl damit ...«, er schluckte deutlich hörbar, »... erschossen.«

»Und woher stammt die Pistole, die man beim Steffl g'funden hat?«, fragte Max, der bisher noch keinen Ton von sich gegeben hatte.

»Die war in seinem Schreibtisch«, erklärte der Juwelier erschöpft. »Ich wusste, wo er sie aufbewahrt. Ich habe den toten Steffl an den Tisch gesetzt und seine Waffe neben ihn hingelegt, denn es sollte alles so aussehen wie bei einem Selbstmord. Nach dem Feuer, dachte ich, kann man eh keine Spuren mehr feststellen. Also hab ich das Haus angezündet. Meine eigene Waffe habe ich wieder mitgenommen.«

»Warum haben Sie das Zuhaus angezündet und nicht den Hof?« Aus Max war alle Verkrampfung gewichen. Er lehnte mit verschränkten Armen am Tresen und fragte ganz beiläufig.

»Das Hofgebäude ist doch viel mehr wert.«

Dieser Mensch widerte mich an. Wie konnte man bloß an Geld denken, kurz nachdem man seinen eigenen Schwager erschossen hatte.

»Und warum hast du deine Frau um'bracht?«, fragte Kandlbinder leise. »War's wieder wegen dem Geld?«

Der Goldschmied schlug die Augen nieder. »Nein«, meinte er traurig. »Es war deshalb, weil ich erfahren habe, wo sie jeden Mittwoch war. Sie hat es mir selbst erzählt und dann …«

Plötzlich gingen vor dem Geschäft auf der Marktstraße helle Strahler an. Trotz der zugezogenen Vorhänge war der Verkaufsraum in ein unwirkliches, bläuliches Licht getaucht. Im Gesicht des Juweliers zeigte sich ein kleiner Anflug von Hoffnung. Er hatte sich ein wenig aufgerichtet und verfolgte mit lebendigen Augen die folgenden Ereignisse.

Über ein Megaphon hörten wir Inspektor Huber seine Befehle erteilen: »An alle Personen, die sich im

Augenblick im Juweliergeschäft Korrer aufhalten. Hier spricht Inspektor Huber von der Kriminalpolizei Garmisch-Partenkirchen. Treten Sie einzeln und unbewaffnet vor die Tür. Halten Sie dabei die Hände über den Kopf. Sollten Sie dieser Aufforderung nicht Folge leisten, sind wir gezwungen, das Gebäude zu stürmen. Ich gebe Ihnen fünf Minuten Zeit, mein Angebot anzunehmen.«

Erstmals seit Max und ich heute Abend den Raum betreten hatten, lächelte der Kandlbinder. Nicht, dass er den Korrer aus den Augen gelassen oder seine Waffe gesenkt hätte. Das nicht. Aber eine große Anspannung schien von dem Metzger abgefallen zu sein, und er meinte freundlich: »Hoffentlich habt ihr euch alles g'merkt, was der Saukerl g'sagt hat.«

Mit dem Kinn wies er in die Ecke, wo der Juwelier inzwischen aufgerichtet saß. Jeder im Raum spürte, dass es nicht mehr zum Äußersten, also einer Hinrichtung, kommen würde. Die Luft war raus.

»Da, Max.« Kandlbinder war zu meinem Freund hingegangen und hatte ihm sein Schlachtbeil in die Hand gedrückt. »Geh raus und gib das Beil dem Inspektor. Wir kommen gleich nach.«

Max schloss die Tür auf und atmete einmal tief durch, bevor er ins Freie trat. Als Zweiter ging der Kandlbinder mit erhobenen Armen hinaus. Als ich nachkam, hatte ihm bereits ein Polizist Handschellen angelegt und ihn zu einem Polizeiauto geführt.

Ich ging zu Max, der bei Inspektor Huber stand.

»... hat er alles zugegeben«, hörte ich meinen Freund sagen. »Es war wahrscheinlich die einzige Möglichkeit, den Korrer zum Sprechen zu bringen. Da können Sie dem

Kandlbinder dankbar sein. Jetzt ist der Fall ja praktisch g'löst.«

»Dankbar?«, blaffte der Inspektor Max an, und eine kleine, bläuliche Ader zeigte sich auf seiner niedrigen Stirn. »Dankbar?« Er machte eine wegwerfende Geste. »Ich hab den Kandlbinder heute Nachmittag nach den Vernehmungen laufen lassen, weil ich keine sicheren Beweise hatte, dass er mit den Morden etwas zu tun hat. Und was macht der Depp?« Zornig schaute Huber in Richtung des Polizeiautos, in dem der Metzger inzwischen saß. »Er hat nichts Besseres zu tun, als den Korrer in seinem Geschäft mit einem Beil zu bedrohen und noch zwei minderjährige Burschen in die Sache hineinzuziehen. Und so presst er aus dem Verdächtigen ein Geständnis heraus, das einen Dreck wert ist. Einen Dreck!«

So in Fahrt hatte ich den Huber noch nie gesehen, die letzten Worte hatte er geradezu herausgespien.

»Ihr könnt jedenfalls nach Hause gehen«, schloss der Inspektor unsere Unterhaltung und warf nochmals einen zornigen Blick in Richtung Kandlbinder. »Wenn ich euch brauchen sollte, weiß ich ja, wo ihr zu finden seid. Eure Aussage nehmen wir auf, wenn ihr euch von der Aufregung erholt habt. Das pressiert nicht.«

Inzwischen wurde der Korrer von zwei Sanitätern gestützt aus dem Haus geführt. Entweder sah der Inspektor den Goldschmied nicht oder er wollte ihn nicht sehen; jedenfalls wandte er sich um und ging zu seinem Auto.

Müde schlichen wir davon. Aus dem Kreis der Zuschauer löste sich Isabell und kam zu uns her. Mich übersah sie wie gewöhnlich, ging geradewegs zu Max hin, nahm ihn mit einer pathetischen Geste in die Arme und legte den Kopf auf seine Brust. Nun schloss sie für einige Sekunden die Augen. Dann löste sie sich vorsichtig von Max, nahm seine Hand und hielt sie auf dem Weg zurück zum Bräu fest.

Frau Stockmeier sprang von der Bank auf, als wir die Küche wie üblich durch den Hintereingang betraten. Sie lief her zu uns und drückte Max für einige Augenblicke eng an sich. Ihr anschließender Kuss auf die Wange, zu dem die Wirtin den Kopf ihres Sohnes etwas nach unten ziehen musste, schien Max peinlich. Er wurde rot. Als die Bräuin auch mich kurz in die Arme nahm, konnte ich ihr teures Parfüm riechen. Maxls Mutter war für mich der Inbegriff einer vornehmen Dame. Sie war immer sehr gut gekleidet, nicht altbacken und auch nicht zu modern. Und der Duft von Rosenwasser, den sie verströmte, passte zu ihr.

Unsere angegriffenen Nerven wurden von der alten Zenzl erneut mit Klosterfrau Melissengeist behandelt. Dann gab es noch eine kalte Platte mit Schinken, Aufschnitt und Käse. Die Aufregung hatte bei Max und mir einen gewaltigen Hunger erzeugt. Zweimal musste die Zenzl aufstehen und Brot nachholen.

Während wir aßen, berichteten mein Freund und ich abwechselnd von den Ereignissen im Juweliergeschäft. Während Zenzl den Ablauf kommentierte, hörten Maxls Eltern und Isabell still zu. Man konnte aus ihrem Verhalten nicht entnehmen, was sie über die Vorgänge dachten.

Für Isabell war es schließlich zu spät, um noch nach Hause zu fahren. Frau Stockmeier rief bei ihren Eltern an und teilte ihnen mit, dass ihre Tochter heute Nacht beim Bräu in einem Fremdenzimmer übernachten würde. Ich sollte wie immer zusammen mit Max in seinem Zimmer schlafen.

Morgen konnte ich ihrer Meinung nach nicht um drei Uhr früh aufstehen und beim Schwarz arbeiten. Also telefonierte der Bräu mit dem Viehhändler und sagte ihm, dass ich am kommenden Tag nicht zur Arbeit gehen würde. Der Viehhändler brauchte keine langen Erklärungen und meinte, er würde es einen Tag auch alleine schaffen.

Max und ich waren noch nicht lange im Bett und unterhielten uns, da ging leise die Tür auf, und herein kam Isabell. Barfuß lief sie auf mein Bett zu und fragte mit sanfter Stimme, ob ich nicht im Fremdenzimmer schlafen wolle. Da ich keinerlei moralische, eher schon praktische Bedenken gegen den Bettentausch hatte, stand ich auf und verließ mit den besten Wünschen für eine gesegnete Nachtruhe den Raum. Max hatte sich im Bett aufgesetzt, sagte aber kein Wort. Ich spürte seinen Blick im Rücken, als ich die Tür geräuschlos hinter mir schloss.

Im Fremdenzimmer ging ich zum Bett, schlug die Decke zurück und ließ mich hineinfallen. Ich war eigentlich todmüde von den Ereignissen des Tages und Zenzls Melissengeist, doch da roch ich sie. Isabell musste bereits einige Minuten in dem Bett gelegen haben. Ihr schweres, nach Moschus duftendes Parfüm, das in letzter Zeit viele Mädchen, darunter auch meine Schwester Maria, benutzten, hing im Bettzeug. Ich mochte den Duft, auch bei Maria, aber das hätte ich meiner Schwester natürlich nie gesagt. Doch nun störte mich der Geruch. Ich konnte hier nicht schlafen. Also stand ich auf und ging zum ausrangierten dunkelbraunen Sofa, das noch in dem Raum stand. Dieses

Sofa stank nach Desinfektionsmittel und Mottenkugeln, doch das machte mir weniger aus. Aus dem Schrank holte ich eine Decke und ein Kopfkissen. Bald schlief ich ein.

Der folgende Tag begann unerfreulich.

»Hau ab! Ich kann dich nicht mehr sehen. Hau endlich ab! Und lass dich nie wieder hier blicken!«

Maxls zornige Stimme kam aus seinem Zimmer nebenan und war so laut, dass ich durch die Wand jedes Wort verstehen konnte. Einige Augenblicke später flog die Tür zu meiner Schlafkammer auf, und Isabell stürmte herein.

Sie war barfuß und trug ein kurzes, weißes T-Shirt und eine hellblaue Unterhose. Ohne mich eines Blickes zu würdigen oder irgendwelche Scham vor mir zu zeigen, ging sie zu dem Sessel, auf dem sie ihre Oberbekleidung und die ausgefranste Handtasche aus Jute deponiert hatte. Zuerst schlüpfte sie in die hautenge Jeans. Dann zog sie ihre langärmelige, gelbe Bluse mit dem hippieartigen Sonnenblumenmuster an. Die Socken stopfte sie eilig in die vorderen Hosentaschen und band sich zuletzt ihre knallroten Sandalen an die nackten Füße.

Max war nachgekommen und stand mit nacktem Oberkörper in der offenen Tür. Er hatte die Arme vor der Brust verschränkt, die knochigen Schultern hoben und senkten sich bei jedem Atemzug. Wenn er sich aufregte, bekam er schlecht Luft, ein Relikt der Tuberkulose, die er als Kind durchgemacht hatte.

Isabell war bald fertig und eilte mit funkelnden Augen zur Tür. Bevor sie das Zimmer verließ, blieb sie kurz vor Max stehen.

»Deine zweite Hälfte sagt dir jetzt Folgendes: Das ganze romantische Gefasel von Platon und Sokrates und den anderen alten Knackern kannst du dir sonst wo hinstecken«, keifte sie Max bösartig an. »Das war heute Nacht deine große Chance, mein Lieber. Und du hast es vermasselt.«

Wie ein zu groß und zu blond geratenes Rumpelstilzchen stampfte sie zweimal in den Boden. Dann war sie weg.

Eines musste man ihr lassen, sie hatte Talent für einen schwungvollen Abgang.

Max blieb noch eine Weile stumm an den Türpfosten gelehnt stehen. Dann stieß er sich los und kam zu mir ans Sofa. Ich war noch nicht aufgestanden und hatte die Szene im Liegen verfolgt. Als er sich neben mich gesetzt hatte, fiel ihm auf, dass die Tür noch offen stand. Er ging zurück und schloss sie geräuschvoll mit einem Tritt.

Dann rieb er sich die Augen, nach einer Weile waren sie ganz rot.

Schließlich begann er zu reden, wobei er mit dem Ende der Geschichte anfing: »Weißt du, was sie g'sagt hat?« Woher sollte ich das wissen? »Sie hat g'sagt, dass ihr Vater jetzt nichts mehr dagegen hätt, wenn wir wieder beieinander wären.« Seine Hände begannen zu zittern.

Ich verstand kein Wort, und Max merkte, dass er trotz seiner Gefühlswallungen die Dinge etwas geordneter erzählen musste.

»Am besten fang ich bei gestern Abend an.« Schön langsam beruhigte er sich. Er hatte endlich aufgehört, sich die Augen zu reiben. »Ungefähr eine Stunde bevor du mit dem Rad gekommen bist, ist sie plötzlich bei mir im Zimmer g'standen. Ich hab gerade Musik g'hört. Die Zenzl hat sie reing'lassen. Und dann hat sie mir erzählt, dass es ein großer Fehler g'wesen wär, als sie mit mir Schluss g'macht hat. Es ist ihr in letzter Zeit immer bewusster g'worden, hat sie g'sagt. Gestern hat sie es nicht mehr ausg'halten und ist nach Wolfratshausen gekommen, ohne sich vorher anzukündigen.«

Ich schlug die Decke zurück und richtete mich auf dem Sofa auf. An Schlaf war ohnehin nicht mehr zu denken.

»Als sie plötzlich vor mir g'standen ist, wollt ich sie eigentlich gleich wieder rausschmeißen. Ihr Abschiedsbrief hat mich schon sehr …«, er suchte nach dem richtigen Wort und schluckte laut, »… getroffen. Aber schließlich hab ich mich nicht dagegen wehren können.«

Ich dachte daran, wie er gestern Abend mit Isabell auf dem Bett gelegen hatte, als ich ins Zimmer gekommen war, und meinte: »Nach großer Gegenwehr von deiner Seite hat es auch nicht ausg'schaut.«

Max schnaufte tief durch, und mit einer hilflosen Geste fuhr er fort: »Und nach der Aufregung mit dem Korrer und dem Kandlbinder war ich praktisch weich'kocht. Willenlos sozusagen. Und sie hat die Situation für sich ausg'nutzt. Sie ist einfach ins Zimmer gekommen, und du hast dich gleich verdrückt.«

»Hätt ich vielleicht dableiben sollen und euch zuschauen?«, fragte ich ihn trocken. Mein Mitleid hielt sich in Grenzen. »Und – hat's weh getan?«

»Was?«

»Das, was die Isabell heut Nacht mit dir ang'stellt hat, nachdem ich dich im Stich g'lassen hab.«

»Nein, natürlich nicht.«

»Und du hockst jetzt da und winselst rum. Dabei war heut Nacht deine Herzallerliebste bei dir und hat dir das Bettchen und was weiß ich noch alles warm g'halten.« Ich hatte von seinem Getue die Nase voll.

»Es ist ja nicht wegen heut Nacht. Nicht wegen dem, was heut Nacht passiert ist. Es hat damit gar nix zu tun.«

Ich hatte genug Fantasie, um mir vorzustellen, was vergangene Nacht passiert war. Details konnte er sich sparen.

»Ich erzähl dir, warum ich sie rausg'schmissen hab.« Max machte ein verzweifeltes Gesicht. »Gestern Abend sagt sie mir, wie gern sie mich mag und wie sehr sie mich vermisst hat. Und heut Früh sagt sie, dass ihr Vater jetzt nix mehr dagegen hätt, wenn wir wieder zusammen sind. Deswegen hab ich sie rausg'schmissen, und deswegen will ich sie nie wieder sehen.«

Max war vom Sofa aufgestanden und wanderte jetzt nervös im Zimmer auf und ab. Genauso berechnend hatte ich Isabell von Anfang an eingeschätzt, aber nicht so blöd, dass sie es ihm erzählen würde.

»Was willst du jetzt von mir hören?«, meinte ich nüchtern. »Ich bin in Sachen Isabell nicht objektiv. Das weißt du. Notabene.«

Ein leichtes Lächeln erschien auf Maxls rot geflecktem Gesicht, als ich das Lieblingswort des verstorbenen Steffl gebrauchte.

»Die Isabell hat dich also wieder lieb, seit ihr Herr Papa nichts mehr gegen dich einzuwenden hat. Seh ich das richtig?«, fragte ich.

Max nickte.

»Könnt es sein, dass dich der Papa von der Isabell wieder ins Herz schließt, weil du die Klasse g'schafft hast?«

Max hob zuerst die Achseln, dann nickte er erneut.

»Und du hast im Sinn g'habt, dass du die Schule sausen lässt und möglichst bald Geld verdienst, damit du eine Familie mit so einem Herzchen gründen kannst. Deine Holde dagegen riskiert wegen dir nicht mal einen mittelprächtigen Anschiss von ihrem Alten.« Ich legte meinem Freund die Hand auf die Schulter. »Max, sei froh, dass du sie los bist.«

Es tat mir so gut, Max endlich meine Meinung über diese Ziege unverblümt sagen zu können. Mein Freund hörte sich alles still an.

Die folgenden Worte fielen ihm sichtlich schwer: »Du hast ja recht, Kaspar, und das weißt du. Aber was soll ich denn machen? Manche Dinge kann man sich nicht aussuchen. Die Haarfarbe, die Schuhgröße und …«

Die fehlenden Worte schluckte er hinunter und verließ mit hängenden Schultern das Zimmer.

Kapitel IX

Mit der Weisheit am Ende

Nach dem Frühstück gingen Max und ich ins Isarkaufhaus, um uns dort in der Schallplattenabteilung umzusehen. Das machten wir oft, wenn uns nichts anderes einfiel. Lustlos und traurig stand mein Freund herum, während ich mir einige Neuheiten ansah.

Bald verließen wir das Geschäft, ohne etwas gekauft zu haben, und streunten ziellos und stumm die Marktstraße entlang. Als wir beim Juwelierladen vom Korrer vorbeikamen, waren dort noch einige Leute von der Spurensicherung beschäftigt. Max blieb stehen und schaute ihnen durch die offene Ladentür eine Weile bei ihrer Arbeit zu. Dann stieß er mir den Ellbogen in die Seite. Er schien einen Entschluss gefasst zu haben.

Ohne zu zögern ging er zu einem der Beamten, der sich gerade die Gummihandschuhe von den Händen streifte, und log ihm vor, dass er gestern während der Geiselnahme seine Uhr verloren hätte und die noch im Verkaufsraum sein müsste. Der Mann erlaubte uns, danach zu suchen. Natürlich fanden wir keine Uhr, konnten aber den Schaden begutachten, den der Axthieb des Metzgers im Fußboden hinterlassen hatte.

Max stöberte eine gute Viertelstunde im Geschäft herum. Sogar unter den Tisch im Eck des Verkaufsraumes, auf dem die Pokale für die Vereine standen, kroch er, wobei er fast hinter dem roten Tuch verschwand, das bis zum Boden reichte. Er suchte etwas. Seine Uhr konnte es nicht sein. Die hatte er zu Hause auf dem Waschtisch liegen gelassen. Das wusste ich.

Der freundliche Polizist erzählte uns, dass der Korrer seit dem Überfall im Wolfratshauser Kreiskrankenhaus sei. Er habe einen starken Schock und eine angebrochene Nase. Nach den polizeilichen Untersuchungen würde das Geschäft auf Anweisung von Inspektor Huber wieder versiegelt werden.

Gestern Nachmittag hatte der Goldschmied erstmals nach dem Überfall seinen Laden betreten, um die Räume für eine Wiedereröffnung vorzubereiten, fuhr der Polizist fort. Bis dahin hatte der Juwelier wegen seiner Beinverletzung nicht gearbeitet, und das Geschäft war die ganze Zeit über versiegelt gewesen.

Der Metzger Kandlbinder war nach Beginn der Dämmerung in den Laden gestürmt, hatte den Juwelier niedergeschlagen und ihn mit der Axt bedroht. Kurz darauf war der dicke Mann in dem Sommeranzug, ein Bekannter des Juweliers, aus Neugier ins Geschäft gekommen, weil dort die Tür offen gestanden war. Der Kandlbinder hatte ihn dann zu Max geschickt, damit er einen Zeugen für das Geständnis des Goldschmieds hätte.

Gerade als wir das Juweliergeschäft verließen, fuhr Hubers blauer Kadett vor. Er parkte im Halteverbot vor dem Gebäude.

Fröhlich grinsend stieg der Inspektor aus und begann mit einem Redeschwall, der ungewöhnlich für ihn war: »Das war eine Aufregung gestern. Eine Freiheitsberaubung mit Nötigung und versuchtem Totschlag. Der

Kandlbinder hätte die alte Schlickin und ihre Kinder gar nicht umzubringen brauchen. Mit dem, was er gestern alles angestellt hat, sitzt er auf alle Fälle eine Weile im Bau.«

»Aber der Kandlbinder hat doch keinen Menschen um'bracht. Der Korrer hat seine Frau und seinen Schwager auf dem Gewissen. Das hat er gestern selbst zugegeben. Wir waren dabei, wir haben alles g'hört und können es bezeugen.« Max starrte den Polizisten ungläubig an. »Dieses Geständnis können Sie doch nicht einfach unter den Tisch fallen lassen.«

»Ich will heute nicht mit dir streiten, Max.« Der Inspektor war wirklich gut aufgelegt. »Kommt mit ins Rathauscafé. Ich lad euch ein, wir machen eine kleine Siegesfeier.«

Beschwingt ging der Inspektor voraus Richtung Rathaus. In dem dortigen Café bestellte ich mir ein Stück Nusstorte.

Die beiden anderen wollten lieber Topfenstrudel, für den das Lokal berühmt ist.

Als wir aufgegessen hatten, begann Huber zu erzählen: »Gestern habe ich den Kandlbinder ins Revier bestellt und vernommen, den ganzen Tag lang bis spät am Nachmittag. Dann hat er heimgehen dürfen. Kaum ist der Kerl zu Hause, packt er sein Schlachtbeil und fährt zum Korrer ins Geschäft. Dort hat er dem Juwelier gleich mal mit der Faust eine reingehauen und ihm die Nase gebrochen. Dann hat er euch kommen lassen, weil er meinte, dass er Zeugen bräucht für das, was er aus dem verschreckten Korrer rausquetschen würd.« Huber tat beinahe so, als wären Max und ich gar nicht dabei gewesen. »Die Aussagen vom Korrer von gestern Abend sind aber völlig wertlos, weil …«

»… weil sie unter Androhung von roher Gewalt aus dem armen Juwelier herausgepresst worden sind.« Max war dem Polizisten ins Wort gefallen. »Wir sind zwar noch nicht ganz achtzehn, müssen aber nicht alles fünfmal hören, bis wir es kapieren.«

Huber sagte zunächst gar nichts mehr. Er zündete sich mit seinem alten, verbeulten Feuerzeug umständlich eine Zigarette an und schaute demonstrativ an uns vorbei aus dem Fenster zum Rathaus hinüber.

»Sind Sie jetzt beleidigt?«, fragte mein Freund den Inspektor.

»Nein«, gab der zurück. »Aber manchmal tust du schon so, als hättest du die Weisheit mit dem Löffel gefressen.« Nach einigen Augenblicken fügte er noch ärgerlich hinzu: »Und zwar mit dem ganz großen.« Nun erzählte er uns einige Neuigkeiten, die wir auf keinen Fall weitertratschen durften. »Ich habe anfangs gar nicht geglaubt, dass die alte Schlickin umgebracht worden ist«, begann er. »Aber jetzt haben wir Beweise. Sie ist eindeutig mit dem Bolzenschussgerät vom Kandlbinder getötet worden.«

Maxls Vermutungen hatten sich also bestätigt.

»Aus welchem Grund haben Sie dann die Leich von der alten Frau in die Gerichtsmedizin bringen lassen, wenn Sie gar nicht von einem Verbrechen ausgegangen sind?«, fragte ich überrascht.

»Ganz einfach: weil in unserer Polizeiinspektion in Garmisch zu wenig los ist.« Mir verschlug es den Atem, doch der Inspektor redete unbeirrt weiter. »Als die Schlickin ums Leben gekommen ist, war schon Ende Mai. Und in den ersten fünf Monaten des Jahres hatten wir erst einen Mord in den drei Landkreisen, für die wir zuständig sind.

Und der eine mickrige Mord wurde letzten Endes von einem geschickten Anwalt noch zu einem Totschlag im Affekt umgedreht.« Er trank einen kleinen Schluck Cognac, den er sich bestellt hatte. »Die Kriminalinspektion in Garmisch-Partenkirchen war im vergangenen Jahr hinter der von Oldenburg die Inspektion mit den wenigsten Gewaltverbrechen pro Einwohner in ganz Deutschland.« Er beobachtete, ob wir ihm folgen konnten und uns für seine statistischen Einzelheiten interessierten. »Ihr müsst nämlich wissen, dass Kriminalinspektionen ausschließlich bei Gewaltverbrechen und Ähnlichem ermitteln, nicht bei Verkehrsdelikten oder bei Schwarzschlachtern.« Er trank sein Gläschen aus. »Und weil bei uns zu wenig passiert ist, hat man in der Regierung von Oberbayern und im Ministerium bereits Überlegungen angestellt, ob man die Inspektion in Garmisch mit der in München zusammenschmeißen sollte. Und was das für mich bedeutet hätte, brauch ich euch nicht zu erklären.«

Während der Ermittlungen vor drei Jahren im Beusl hatte ich von Max erfahren, dass Huber der beste Polizeischüler seines Jahrganges gewesen und aus diesem Grund zur Kripo in München beordert worden war. Die Münchener Kripo konnte sich die Bewerber aussuchen, und somit stellte die Berufung dorthin eine große Auszeichnung für den jungen Polizisten dar. Bei einem Einsatz an seiner Dienststelle waren allerdings einige Dinge für den Inspektor ungünstig gelaufen, und man hatte zum Schluss dem jungen Kriminalbeamten Huber einen missglückten Polizeieinsatz in die Schuhe geschoben. Anschließend wurde er strafversetzt, saß einige Zeit im Polizeirevier in Wolfratshausen und durfte Falschparker aufschreiben.

»Eine Zusammenlegung meiner Dienststelle mit der Inspektion München-Land würde für mich EDEKA bedeuten. Versteht ihr das?«

Nein, das verstanden wir nicht.

»EDEKA bedeutet ›Ende der Karriere‹.« Er fuhr sich mit seinen kurzen, wurstartigen Fingern durch das borstige graue Haar. »Und bis zum Hauptkommissar möchte ich es schon noch bringen.«

Der Polizist ließ sich in den gepolsterten Stuhl zurückfallen.

»Sie haben also die Ermittlungen auf dem Schlicker Hof aufg'nommen, obwohl Sie davon überzeugt waren, dass die alte Schlickin bei einem Unfall ums Leben gekommen ist?« Max konnte es nicht fassen. »Sie haben dabei nur an Ihre Karriere gedacht. Hätten Sie in diesem Jahr schon ausreichend viele Morde und Überfälle in Ihrem Bezirk g'habt, sodass Ihr Arbeitsplatz nicht gefährdet g'wesen wär, hätten Sie also gar nicht ermittelt? Hab ich das richtig verstanden?«

Huber antwortete nicht. Er sah Max gleichgültig ins Gesicht, und man konnte seine Gedanken leicht erraten. Es war dem Inspektor völlig egal, dass Max sich aufregte. Er hatte letzten Endes recht gehabt. Die alte Frau war mit einem Schussapparat umgebracht worden und er, der Inspektor, hatte jemanden ermittelt, der als Mörder in Frage kam. Allein das war wichtig. Die Befindlichkeiten von zwei Gymnasiasten brauchten ihn nicht zu interessieren.

Huber rief die Bedienung. Er wollte zahlen.

Doch Max konnte sich nicht zurückhalten, er stänkerte weiter: »Sie sind ein schlechter Polizist, das kann ich Ihnen sagen. Und Sie sperren den Kandlbinder bloß ein, weil's Ihnen gerade in den Kram passt und damit Sie bald befördert werden. Der Kandlbinder ist aber der Falsche. Der hat niemanden um'bracht, und das wissen Sie genau. Der hat in seiner Verzweiflung über die Blödheit der Polizei den Korrer ausgequetscht und geglaubt, dass die herausgepressten Aussagen ernst g'nommen würden. Aber was erzähl ich Ihnen da.« Angeekelt verzog Max sein Gesicht. »Als der Korrer das Schlachtbeil fünf Zentimeter vor seiner Nase g'habt hat, da hat er die Wahrheit g'sagt. Aber Ihnen ist die Wahrheit ja scheißegal. Ihnen ist es doch wurscht, wer die drei Schlicks wirklich auf dem G'wissen hat. Sie haben einen Schuldigen, der es g'wesen sein könnt. Die Kriminalstatistik stimmt wieder, der Arbeitsplatz im Werdenfelser Land ist g'sichert und auch die nächste Beförderung. Gratuliere. Gute Arbeit.«

»Der Kandlbinder hat doch selbst sein Grab geschaufelt«, entgegnete der Inspektor ruhig. »Er hat das Geständnis aus dem Korrer rausgeprügelt, damit er selbst aus der Schusslinie kommt. Und ein Motiv hatte er auch: seine Schwester, die jetzt schauen kann, wie sie alleine ihr Kind aufzieht.« Huber sah auf und kontrollierte, wie Max und ich auf das Gesagte reagierten. Dann fuhr er bedächtig fort: »Allein die Brutalität, mit der er den Korrer niedergeschlagen hat, zeigt doch, dass der Mann zu allem fähig ist. Und dann gibt's noch seinen Spezl, den Schwarz, der sehr wohl was vom Tod der drei Ermordeten gehabt hätte. Nach den drei Toten steht bloß noch der Goldschmied zwischen dem Viehhändler und einem Riesenhaufen Geld. Vielleicht haben der Kandlbinder und der Schwarz zusammengearbeitet. Die Ermittlungen laufen noch, jedenfalls haben beide für keine der drei Tatzeiten ein vernünftiges Alibi.« Nun richtete sich der Polizist auf und sah Max direkt an. »Ich habe also sehr gute Gründe, den Kandlbinder festzuhalten, das hat nichts mit meiner Beförderung zu tun.«

»Ich hab Sie bis heut für einen guten Kriminalisten g'halten«, keifte Max. »Wahrscheinlich hab ich mich getäuscht.«

Mein Freund war während der letzten Worte aufgestanden und verließ das Lokal, ohne sich zu verabschieden oder noch einmal umzudrehen.

»Spinnt der?« Huber schaute mich entrüstet an und erhob sich ungelenk, wobei er beinahe den kleinen Kaffeehaustisch umgerissen hätte. »So kann der Kerl doch nicht mit mir reden.« Zitternd fingerte er eine Zigarette aus dem silbernen Etui. Er musste das Feuerzeug mehrmals betätigen, bis die Zigarette endlich brannte. »Sag doch, Kaspar!«, fuhr er mich an und wiederholte: »So kann der Max doch nicht reden mit mir.«

Huber hatte recht. Der Ton, den Max ihm gegenüber angeschlagen hatte, war nicht in Ordnung gewesen. Hätte er im Beusl mit einem Pater so patzig geredet, wäre er am selben Tag noch von der Schule geflogen.

Ich konnte aber dem Inspektor nicht gut von Maxls Problemen mit seiner Freundin erzählen. Wahrscheinlich war Isabell der eigentliche Grund für sein ruppiges Benehmen.

Doch was die Morde anging, lag Max meiner Meinung nach richtig. Huber machte es sich zu einfach, wenn er den Kandlbinder als Täter festnahm, bloß weil der kein vernünftiges Alibi für die drei Morde hatte und Besitzer des Schussapparates war, mit dem die alte Schlickin offensichtlich getötet worden war.

»Der Korrer war's. Der hat die Leut auf dem G'wissen«, entfuhr es mir.

Während ich das sagte, versuchte ich möglichst ruhig zu bleiben. Mit Streiten kamen wir nicht weiter. Huber sah mich von der Seite her an. Er schien nicht mehr so selbstsicher wie noch vor ein paar Minuten. Vielleicht hatte er in seinem Kopf die Akte doch noch einmal aufgeschlagen.

»Der Korrer hat doch alles zugegeben«, setzte ich nach.

Nun verdrehte der Polizist die Augen und machte ein Gesicht, als müsste er mir eine einfache Aufgabe zum tausendsten Mal erklären. »Den Mord an seinem Schwager hat der Korrer zugegeben, nachdem ein Schlachtbeil drei Zentimeter neben seinem linken Ohr im Fußboden eingeschlagen hat. Begreif doch endlich. In der Situation hätte er auch zugegeben, dass er am Zweiten Weltkrieg schuld ist oder die Bank von England ausgeraubt hat. Die Aussage ist nichts wert, gar nichts!«

»Aber sie ist wahr«, sagte ich leise. »Und das wissen Sie ganz genau. Deshalb haben Sie den Kandlbinder gestern Nachmittag auch laufen lassen. Sie wissen, dass der Kandlbinder niemanden um'bracht hat, sonst hätten Sie ihn nach der Vernehmung auf dem Revier gleich dabehalten können.«

Fahrig drückte Huber die Zigarette in dem metallenen Aschenbecher aus. Ihm passte nicht, was ich gerade gesagt hatte, das spürte ich. Vielleicht wollte er den Fall zu einem schnellen Abschluss bringen, vielleicht steckte auch etwas anderes dahinter. Er stand auf und ging zur Toilette. So hatte ich Zeit nachzudenken.

234

Dieser seltsame Polizist war mir seit unserer ersten Begegnung vor drei Jahren fremd. Ich fand ihn nicht sehr sympathisch, obwohl er sich meist bemühte, freundlich zu mir zu sein. Außerdem war ich mir sicher, dass er mich jederzeit anlügen würde, wenn er einen Grund dafür hatte.

Ob Huber wohl verheiratet war? Ich konnte es mir nicht vorstellen. Auch sonst hatte er noch nie sein Privatleben erwähnt. Hatte er überhaupt so etwas? Gab es irgendeinen Menschen, der sich für Inspektor Huber interessierte? Oder anders herum: Gab es jemanden, für den sich der Inspektor außerhalb seiner Dienstgeschäfte interessierte?

Früher war er gelegentlich beim Bräu in der Wirtschaft, um ein Bier zu trinken. Bei dieser Gelegenheit hatte er Max kennengelernt, mit dem er sich anfreundete, um in die Ermittlungen im Beusl einzusteigen. Nachdem wir ihm geholfen hatten, den Fall zu lösen, und er anschließend zur Kripo nach Garmisch versetzt worden war, hatte er sich nie mehr bei uns gerührt. Beim Bräu in der Wirtschaft hat er sich auch nicht mehr sehen lassen.

Huber war eigentlich ein guter Polizist, das hatte er bereits bewiesen, doch diesmal war er auf der falschen Fährte. Hatte er seine kriminalistischen Fähigkeiten verloren? Sicher nicht, sonst wäre er gar nicht draufgekommen, dass bei der alten Schlickin ein Mord vertuscht werden sollte. Er hatte eine Obduktion der Leiche eingeleitet und letzten Endes recht behalten.

Konnte es also sein, dass er mit der Verhaftung vom Kandlbinder ebenfalls recht hatte? War es möglich, dass der Metzger ein Geständnis aus dem Juwelier herausgeprügelt hatte, um seinen eigenen Kopf aus der Schlinge zu ziehen? Oder war es der Kopf seines Freundes, des Viehhändlers, den er retten wollte? Oder steckte gar die Frau des Viehhändlers dahinter?

Huber kam zurück, setzte sich auf seinen Stuhl und zündete sich eine Zigarette an. Dieses ständige Rauchen fand ich ekelhaft. Bei anderen Leuten störte es mich überhaupt nicht, wenn sie rauchten; bei meinem Großvater fand ich es sogar sehr gemütlich, wenn er an einem Stumpen paffte. Huber hing jedoch an seiner Zigarette, als wäre ein Leben ohne Nikotin nicht lebenswert, ja geradezu unmöglich.

Ich wäre gerne gegangen, denn ohne Max fühlte ich mich in Hubers Anwesenheit unwohl. Ich hatte nur noch eine Frage und war sehr gespannt darauf, wie der Inspektor reagieren würde.

»Die alte Frau Wimmer hat beim Überfall auf den Juwelierladen von ihrer Wohnung aus die Schüsse g'hört und von dem Augenblick an den Hinterausgang zum Juweliergeschäft beobachtet. Da ist keiner rausgekommen, hat sie g'sagt. Und die Frau Wimmer hat noch gute Augen, bloß zum Lesen braucht sie eine Brille. Also hat der Korrer doch g'logen, wenn er behauptet, dass der Täter durch die Hintertür abg'hauen ist?«

»Ich habe selbst mit der Frau Wimmer geredet. Das ist eine alte, kranke Frau. Die kann einem nicht einmal sagen, was sie gestern zu Mittag gegessen hat. Ich hab's ausprobiert.«

Uninteressiert schaute Huber zur Seite in Richtung Kuchenbuffet. Das Treffen mit uns war unangenehm für ihn verlaufen, er wollte es so bald wie möglich beenden.

»Was haben Sie denn gestern zu Mittag gegessen?«, fragte ich ihn.

»Einen Schweinebraten, nein, ein Gulasch«, korrigierte er. Er fing an zu grübeln. Endlich hatte er die Lösung. »Nichts habe ich zu Mittag gegessen wegen der Vernehmung vom Kandlbinder. Die hat bis weit in den Nachmittag hinein gedauert.«

»Sehen Sie.«

Kapitel X

Ferdl

Am Nachmittag gingen Max und ich zum Baden an die Loisach. An den Ickinger Stausee wollte Max nicht. Dort bestand die Gefahr, Isabell zu treffen.

Das Wasser im Fluss war kalt, und man konnte nicht lange drinbleiben. Max war das egal, ihm ging es in erster Linie darum, sich in der Sonne zu bräunen.

Dieses Unterfangen war in etwa so aussichtsreich wie das eines Kleinwüchsigen, in der amerikanischen Basket-ball-Nationalmannschaft zu spielen. Max war ein recht gut aussehender junger Mann. Er war sehr groß, schlank und hatte ein intelligentes Gesicht mit einer hohen Stirn, die man aber seit einiger Zeit wegen der langen Haare nur mehr erahnen konnte. Seine helle, beinahe durchsichtige Haut entsprach jedoch nicht dem Schönheitsideal der zu Ende gehenden sechziger Jahre. Er verwandelte sich bei ausreichender Sonnenbestrahlung stets von einem blassen Max in einen roten. Braun wurde er nie, lediglich seine Sommersprossen nahmen zu. Er wertete dies jedoch als ersten Bräunungserfolg, der ihn in seinem Bestreben nach einer bronzefarbenen Haut noch bestärkte.

»Der Huber ist ein größerer Depp, als ich g'meint hab«, bemerkte Max mit geschlossenen Augen.

Er wollte zunächst seine Vorderseite, das heißt Gesicht, Bauch, Brust und Oberschenkel, entstellen. Aus diesem

Grund lag er auf dem Rücken. Hoffnungsvoll hatte er die vorderen Körperpartien eingecremt, und diese begannen bereits, sich in gewohnter Manier zu röten.

»Du warst aber auch nicht b'sonders höflich zu ihm«, meinte ich und schaute in die träge dahin ziehende, dunkelgrüne Loisach.

»Du bist vielleicht lustig. Sollen wir es einfach hinnehmen, wenn von staatlicher Seite her mit der Gerechtigkeit nach Gutsherrenart umgegangen wird?«

»Wenn's dir so arg um die Gerechtigkeit geht, dann sag mir, was wir jetzt machen sollen?«

»Wir müssen noch mal genau durchgehen, was der Goldschmied gestern erzählt hat, als ihm der Kandlbinder sein Beil vor die Nase g'halten hat«, überlegte Max und begann: »Der Korrer hat einen Tag nach der Beerdigung von der Alten den Steffl b'sucht, um mit ihm über die Erbschaft zu reden. Dort erfährt er, dass seine Schwiegermutter das Testament und die Versicherung zu Ungunsten seiner Frau g'ändert hat. Jetzt ist er so sauer, dass er seinen Schwager niederschießt. Dann lässt er die Pistole von seinem Opfer am Tatort, während er die Tatwaffe wieder mitnimmt. Das Zuhaus mit dem Steffl drin zündet er an, um alle Spuren zu verwischen und einen Selbstmord vorzutäuschen.«

Max war inzwischen vorne durch, wie man bei einem Hähnchen sagen würde. Nun drehte er sich auf den Bauch und bat mich, ihm den Rücken einzuschmieren.

Meinen Einwand, dass er heute Nacht sicher nicht schlafen könne, wenn er einen Rundumsonnenbrand habe, entkräftete er mit dem Hinweis auf seine neue Sonnencreme.

»Lichtschutzfaktor fünfundzwanzig«, dozierte mein Freund und hob den rechten Zeigefinger.

Ich ließ das nicht gelten. »Aber du hast doch nicht mal halb so viele Pigmente wie ein Schneehase. Kapierst du das nicht?«

Max meinte, dass Neid hässlich mache, und deshalb solle ich in Bezug auf mein Aussehen aufpassen.

Dann kam er wieder aufs eigentliche Thema zurück. »Der Korrer hat ausführlich erklärt, warum er den Steffl um'bracht hat. Die Geschichte stimmt, denn die Details hat er sich nicht aus den Fingern g'saugt. Den Mord an seiner Frau hat er auch zugegeben. Aber was ist mit seiner Schwiegermutter?«

Max grübelte und schüttelte schließlich den Kopf. »Mit dem Tod von der Alten hat er nix zu tun. Da bin ich mir sicher.«

Ich folgerte: »Wir haben also keine Ahnung, wer die alte Schlickin auf dem G'wissen hat. Wir wissen bloß, dass sie mit dem Bolzenschussgerät vom Kandlbinder um'bracht worden ist und dass es der Korrer nicht war. Der hat zwar die Kinder von der Schlickin erschossen. Dafür haben wir aber weder Beweise noch Zeugen.«

»Richtig, Doktor Watson.« So nannte Max mich immer dann, wenn er herausstellen wollte, dass er der große Detektiv war und ich sein kleiner, dummer Adjutant. »Und wo könnten wir einen Zeugen oder einen Beweis herkriegen?«

»Mit Zeugen tun wir uns schwer. Diejenigen, die außer dem Täter bei den Verbrechen dabei waren, sind alle tot«, stellte ich trocken fest.

»Und Beweise?«

Ich überlegte, was als Beweis in Frage käme. Dann zählte ich auf, was mir einfiel: »Wir wissen, dass die alte Schlickin mit dem Schussapparat vom Kandlbinder um'bracht worden ist. Vielleicht sind Fingerabdrücke auf dem Ding?«

»Du hast doch den Inspektor g'hört. Über die Fingerabdrücke auf dem Apparat wollt er uns nix sagen. Das bedeutet aber bloß, dass welche drauf sind. Die Fingerabdrücke vom Kandlbinder selbst können es nicht sein, sonst hätt er ihn gestern nach dem Verhör nicht laufen lassen. Und er bräucht keine fadenscheinigen Gründe, um ihn jetzt festzuhalten.« Max dachte einen Augenblick nach. Irgendetwas mit den Fingerabdrücken auf dem Schussapparat schien ihn zu irritieren. Schließlich schüttelte er kurz den Kopf und forderte mich auf: »Geh weiter, Watson. Welche Beweise gibt's noch? Und lass die alte Schlickin weg. Die ist ein Sonderfall.«

Max war inzwischen am ganzen Körper rot wie ein Flusskrebs.

Ich wies ihn darauf hin, doch er wiegelte ab.

Also fuhr ich in meinen Überlegungen fort: »Wenn der Korrer seine Frau um'bracht hat, dann sind die Schmuckstücke und die Tatwaffe noch im Laden, denn der war seit dem Überfall bis gestern verplombt. Außerdem hätt er wegen der Schmauchspuren sein Hemd oder seinen Pullover nach der Tat wechseln müssen. Die müssten auch noch da sein.«

»Gut«, bestätigte Max, »die gestohlen gemeldeten Schmuckstücke, die Tatwaffe und die Klamotten mit den Schmauchspuren müssen noch im Laden sein. In der kurzen Zeit, die er gestern im G'schäft war, hätt er das Zeug nie verschwinden lassen können.« Max popelte an der Haut auf seiner Nase herum, die sich bereits zu schälen begann. »Aber warum hat die Polizei nix g'funden? Die hat doch gleich nach dem Mord an der ›rassen Resi‹ das ganze Haus durchsucht. Mehrmals, wie der Inspektor g'sagt hat. Und ohne Ergebnis.«

»Das heißt?«

Max brauchte nicht lange zu überlegen. »Das heißt: Entweder hat der Korrer seine Frau und seinen Schwager doch nicht um'bracht und er hat gestern im Angesicht des Schlachtbeils g'logen. In dem Fall ist der Täter mit seiner Beute g'flohen, und unsere Zeugin, die Frau Wimmer, hat ihn bloß nicht g'sehen. Oder der Korrer hat in seinem Laden ein Versteck, das die Polizei nicht g'funden hat.«

Max hatte endlich den Zustand gleichmäßiger oberflächlicher Durchrötung erreicht und wollte nach Hause. Wir zogen uns an, packten die Badesachen zusammen und gingen zurück in die Stadt.

Als wir am Biergarten vom Humpl vorbeikamen, fragte ich meinen Freund, was eigentlich aus dem durstigen Ferdl geworden sei.

»Keine Ahnung. Beim Korrer hab ich ihn jedenfalls die letzte Zeit nicht mehr g'sehen. Warum?«

»Der könnt doch wissen, wo der Korrer sein Geheimversteck hat.«

Beim Bräu rechtzeitig zum Essen zu kommen, war immer eine Freude. Diesmal hatte die Zenzl ein saures Kalbslüngerl für uns hergerichtet.

Sie war aber nicht nur eine hervorragende Köchin, sondern auch stets bestens informiert. Sie wusste, wer in

Wolfratshausen geboren wurde und wer gestorben war. Außerdem kannte sie den gesamten hiesigen Heirats- und Arbeitsmarkt.

»Wo ist eigentlich der Lehrling vom Korrer hingekommen?«, fragte Max die Köchin und blies in den heißen Suppenteller. »Ferdl heißt er.«

Zenzl setzte sich auf ihren angestammten Platz am Küchentisch, wobei sie sich nur auf dem linken ihrer beiden voluminösen Hinterbacken niederließ, damit sie möglichst schnell wieder aufstehen und am Herd sein konnte. Um richtig nachzudenken, musste sie sich immer an den Tisch hinsetzen und einen Schluck stark gezuckerten Kamillentee trinken. Im Stehen und ohne Tee konnte sie sich nicht konzentrieren, wie sie behauptete.

»Der Ferdl, der Ferdl«, wiederholte sie mehrmals, als würde sie durch die Nennung seines Namens Macht über diesen Menschen gewinnen. »Jetzt hab ich's. Das ist doch so ein langes, dünnes Elend mit Augengläsern.« Sie grinste vor Freude, dass sie so gut Bescheid wusste. »Der ist nimmer beim Korrer. Da hat's was gegeben, und jetzt arbeitet er beim Uhrmacher Eisemann. Den kennst doch, Max. Der hat sein G'schäft hinter dem Rathaus. Es ist zwar nicht so renommiert und vornehm wie das vom Korrer, aber der Eisemann hat auch sein Auskommen.«

Ferdl hatte uns damals im Biergarten erzählt, dass er gerne zum Eisemann gewechselt wäre. Er konnte aber nicht, weil er mit dem Korrer einen Lehrvertrag hatte und der es ihm nicht erlaubte, zu gehen.

Warum war der Wechsel jetzt doch möglich geworden?

Max dachte während des Essens, das wir ohne weitere Unterhaltung einnahmen, sicher dasselbe wie ich. Wir mussten den Ferdl umgehend besuchen. Nach dem Essen machten wir uns auf den Weg.

Das Geschäft vom Juwelier Eisemann war wesentlich kleiner als das vom Korrer. In der bescheidenen Auslage sah man Uhren in allen Preisklassen und einige Schmuckstücke.

Als wir den Laden betraten, wussten wir noch nicht, unter welchem Vorwand wir den Ferdl alleine sprechen konnten. Doch ein Vorwand war nicht nötig, das Geschäft war leer. Der Lehrling saß allein im hinteren Teil des schlauchförmigen Raumes. Er war offensichtlich mit einer komplizierten Arbeit beschäftigt, denn das Bimmeln der Ladenglocke brachte ihn nicht dazu, von seinem Werkstück aufzusehen.

»Grüß Gott, die Herrschaften. Womit kann ich dienen?«, sagte er in einem ärgerlichen Tonfall, als wollte er der Kundschaft von vornherein klar machen, dass sie ihn nicht interessiere. Immer noch hatte er uns den Rücken zugedreht, er wusste also nicht, wer den Laden betreten hatte.

»Mensch, Ferdl. Wir sind's«, rief Max munter in seine Richtung. Endlich kam wenigstens ein Minimum an Bewegung in den Kerl, und er sah auf.

»Was wollt ihr?«, fragte er ohne Umschweife.

»Mal nachschauen, wie's dir geht«, log Max und machte ein freundliches Gesicht.

Mühsam stand Ferdl auf und kam zu uns an den Verkaufstresen.

»Außerdem wollt ich dich fragen, seit wann du nimmer beim Korrer arbeitest«, sagte Max.

»Der Korrer hat mich entlassen, zwei Tage bevor seine Frau erschossen worden ist.« Ferdl schaute misstrauisch drein.

»Und warum?«, hakte Max nach.

Der Lehrling hob die Achseln. »Er hat behauptet, dass ich zu viel verkehrt mach. Das war aber bloß ein Vorwand. Warum er mich wirklich loswerden wollt, weiß ich nicht. Jedenfalls hat er mir einen Monat mehr bezahlt. Und beim Eisemann hab ich gleich anfangen können. Hier gefällt's mir besser. Meistens hab ich meine Ruh, weil der Meister gar nicht da ist. Außerdem hat der Eisemann g'sagt, dass ich das Geschäft in ein paar Jahren übernehmen kann, wenn er in Rente geht. Dann darf sich der Korrer aber warm anziehen!«

Der Gedanke, in absehbarer Zeit der direkte Konkurrent von seinem früheren Chef zu sein, schien den Ferdl zu freuen, und er grinste.

»Der Korrer hat dich also genau zwei Tag' vor dem Überfall entlassen?«, wollte Max noch einmal wissen.

»Das hab ich doch schon g'sagt.« Ferdl verdrehte die Augen. »Soll ich's dir aufschreiben?«

»Waren die Korrers vor deinem Rausschmiss anders als sonst?« Max ließ nicht locker.

»Anders?« Ferdl überlegte. »Kurz vorher sind doch die Mutter und der Bruder von ihr ums Leben gekommen. Ich hab die Korrerin ja immer für einen kalten Brocken g'halten. Kalt und berechnend. Der Tod von ihrer Mutter hat ihr auch nicht viel ausg'macht. Aber nachdem ihr Bruder sich um'bracht hat, war sie verändert. Wie soll ich das beschreiben?« Er kratzte sich an der Nase. »Sie war umgänglicher. Nein, sie war nicht umgänglicher oder netter, aber – sie hat nicht mehr g'schimpft. – Genau.« Mit dem rechten Zeigefinger machte er eine Geste, die anzeigen sollte, dass er endlich die richtige Beschreibung gefunden hatte. »Früher hat sie keine Gelegenheit ausg'lassen, auf mir rumzuhacken. Seit dem Tod von ihrem Bruder hat sie das nicht mehr g'macht. Zuerst hat sie aufg'hört zu schimpfen, und bald drauf bin ich entlassen worden. Vielleicht war sie sogar dagegen, dass ich rausflieg? Wer weiß?«

Max pfiff leise durch die Zähne. Dann wollte er den Ferdl ganz ins Boot holen und fragte: »Magst mithelfen, dass der Korrer eing'sperrt wird?«

»Freilich.« Ein breites Grinsen erschien auf dem Gesicht des Lehrlings. »Aber wie willst denn das anstellen?«

»Der Korrer hat mindestens zwei Leut auf dem G'wissen«, erklärte Max. »Die Beweise dafür sind in seinem Haus in einem Versteck, und das müssen wir finden.«

»Er hat einen großen Tresor. Da tut er über Nacht alle wertvollen Sachen rein«, meinte der Lehrling.

»Das wissen wir schon. Gibt's noch ein anderes Versteck?«

Ferdl zuckte mit den Achseln.

»Außerdem würd mich interessieren, ob der Korrer eine Pistole im G'schäft g'habt hat?«, sagte Max.

Der Ferdl lächelte kurz, dann griff er unter den Verkaufstresen und legte eine kleine, schwarze Handfeuerwaffe auf den Tisch.

»So was hat jeder Juwelier. Jeder.«

»Der Korrer also auch?«, fragte Max.

Ferdl nickte.

»Und hast du die Pistole vom Korrer mal g'sehen oder in der Hand g'habt?«, setzte Max nach.

Ferdl nickte, dann erklärte er: »Der Revolver war im Schubladen hinter der Bargeldkasse, und der Korrer hat zu Anfang meiner Lehrzeit mal g'sagt, dass er jeden, der sein goldenes Diadem stehlen will, über den Haufen schießt. Und das hat er ernst g'meint.«

»Der Huber hat nie erwähnt, dass die Polizei eine Pistole beim Korrer g'funden hätt«, murmelte Max. Dann sah er auf und machte eine herausfordernde Kopfbewegung in Richtung Ferdl. »Willst uns bei der Suche nach dem Versteck helfen?«

Der Lehrling nickte. Dann rückte Max mit seinem Plan heraus.

Eine Viertelstunde später verabschiedeten wir uns von unserem neuen Helfer und gingen zurück zum Bräu.

Dort nahm ich mein Rad und fuhr nach Hause, denn ich sollte meinen Eltern während der Ferien bei der Stallarbeit helfen. Außerdem musste ich am nächsten Tag in der Früh wieder arbeiten.

Kapitel XI

Die schöne Afra

Schon als ich frühmorgens beim Viehhändler ankam, spürte ich, dass irgendetwas nicht stimmte.

Frau Schwarz grüßte ernst und schlich beim Melken mürrisch von einer Kuh zur anderen. Als die Leni, ihr bestes Tier, beim Anlegen des Milchgeschirrs unruhig trippelte, schimpfte sie los und drohte ihr sogar mit dem Schlachten. »Mistmatz, dreckige«, beschloss sie ihre Schimpftirade gegen das edle Rind und warf ihm noch einen bitterbösen Blick zu.

Ich mistete aus und streute frisch ein, dann gab ich den Kühen Heu.

Währenddessen putzte der Viehhändler die Fahrerkabine in seinem Transporter. Auf dem Weg vom Stall zum Frühstück kam ich bei ihm vorbei. Als hätte ich ihn bei etwas Verbotenem erwischt, fuhr er zusammen und schaute mich mit unruhigen Augen an. Dazu grinste er unsicher und meinte, dass er wenigstens einmal im Jahr Ordnung im Viehtransporter schaffen müsse. Sonst würde er sich bald selbst nicht mehr auskennen in seinem Saustall.

Das Frühstück nahmen wir ohne Unterhaltung ein. Die Frau schrieb ihre Listen fertig, doch ihr Mann schien sich nicht im Geringsten dafür zu interessieren. Mit leerem Blick aus dunkel geränderten Augen starrte er in seine Kaffeetasse.

Da betrat Afra Kandlbinder in einem dunkelblauen Morgenmantel, der ihr viel zu groß war, den Raum.

Sie sah schrecklich aus.

Das dichte, dunkle Haar hing ihr strähnig über die Schultern, welche jede Spannung verloren hatten und nach vorne gesunken waren. Die Augen waren verquollen, als hätte sie die ganze Nacht geweint. Allein der Weg von der Küchentür zum Tisch schien ihr große Mühe zu bereiten. Als sie dort angekommen war, ließ sie sich auf einen Stuhl fallen und verbarg den Kopf in beiden Händen.

Sofort war Frau Schwarz bei ihr. Sie strich der schönen Afra über das ungekämmte Haar und murmelte ihr etwas Tröstendes zu. Ich verstand nur einige Bruchstücke. »… wird schon wieder. … Kopf hoch. … musst an dein Kind denken.«

Es schienen nicht die rechten Worte gewesen zu sein, denn jetzt heulte die junge Frau los. Wie ein waidwundes Tier holte sie erst geräuschvoll Luft, um dann in einer Mischung von Schreien und Weinen ihren Jammer herauszubrüllen. Ich hatte noch nie einen menschlichen Laut gehört, der mich so stark berührt hätte.

Mein Magen zog sich zusammen, und mir wurde schlecht. Augenblicklich konnte ich nichts mehr essen. Ich legte das angebissene Honigbrot auf den Teller zurück und schob ihn weit weg von mir.

»Geh weiter, Afra«, begann der Viehhändler, ohne die junge Frau anzusehen. »Es wird alles nicht so heiß gegessen, wie's gekocht wird. Die Sachen werden sich klären, glaub's mir.«

Seine Frau schaute ihn missbilligend an. Ich verstand nicht, warum. Hatte der Lenz etwas Unrechtes gesagt?

»Es wird alles nicht so heiß gegessen, wie's gekocht wird«, wiederholte Afra leise und zog ein kariertes Männertaschentuch aus dem Morgenmantel, um sich die Tränen abzuwischen. »Der Huber, der gemeine Kerl, behauptet, dass der Kili drei Leut um'bracht hat. Die alte Schlickin, die Korrerin und den Steffl. Meinen Steffl.«

Das letzte Wort brachte sie kaum noch heraus. Sie fing wieder an zu weinen.

»Aber das stimmt doch nicht. Alle wissen, dass es nicht stimmt«, mischte sich die Frau des Viehhändlers ein.

»Und was hilft's«, schrie Afra sie an. »Der Huber hat seinen Mörder, und aus.«

»So einfach geht das nicht«, sagte Schwarz betont ruhig und langsam. »Die Polizei braucht Beweise, Zeugen und solche Sachen. Wir sind schließlich nicht mehr im Dritten Reich.«

»Das sag dem Inspektor, dem Saukerl«, schleuderte Afra ihm entgegen. »Der behauptet, dass der Kili ein Motiv für die Morde hat und für keinen der Zeitpunkte ein g'scheites Alibi. Dabei ist er an dem Tag, als die Schlickin um'bracht worden ist, den ganzen Tag daheim g'wesen und hat g'arbeitet. Jeden Mittwoch ist Schlachttag, da gibt's viel zu tun.«

Afra schnäuzte sich, dann erklärte sie weiter: »Als der Steffl ums Leben gekommen ist, war wieder Mittwoch, und beim Überfall auf das Juwelierg'schäft auch.«

»Der Inspektor ist ein Depp.« Lenz spie die Worte förmlich aus. »Bei mir ist er auch schon g'wesen und hat alles Mögliche g'fragt. Aber wenn er wiederkommt, red ich kein Wort mehr mit ihm. Den blöden Hund schau ich mit dem Arsch nicht mehr an.«

Seine Frau blickte böse zu ihrem Mann hin. »Solche Wirtshaussprüch' kannst du dir sparen! Die helfen uns nicht weiter.«

Afra schnäuzte sich erneut. Ihr Zorn war stummer Trauer gewichen. Sie ließ sich sogar eine Tasse Kaffee einschenken und trank vorsichtig ein paar Schlucke.

Um ihren Gast nicht zu stören, gingen der Schwarz und seine Frau ins Wohnzimmer, um die Liste der Landwirte durchzusehen, die der Viehhändler heute anfahren sollte.

Ich nutzte die Gelegenheit, um mit Afra unter vier Augen zu reden. »Was ist eigentlich mit der Metzgerei, wenn Sie nicht da sind?«

Ein kleines Lächeln erschien auf ihrem grauen, aber trotzdem hübschen Gesicht. »Kannst schon ›du‹ sagen zu mir. Ich bin die Afra.«

Sie schaute mich jetzt an wie ein kleines Mädchen, dem die Katze davongelaufen ist. Einen kurzen Moment trafen sich unsere Blicke. Sie war die schönste Frau, die ich in meinem Leben gesehen hatte, auch wenn sie unfrisiert und mit verweinten Augen dasaß.

»Was schaust denn so verschreckt?«, fragte Afra leise und riss mich aus meinen Überlegungen. Sie hatte sich ein Stück trockenes Brot abgebrochen und nagte nachdenklich daran.

»Du kennst doch den Max, den Sohn vom Bräu?«, begann ich vorsichtig. Ich wollte ihr helfen.

Fragend sah die junge Frau zu mir her. Natürlich kannte sie ihn. Schließlich arbeitete er seit ein paar Tagen mit ihr zusammen in der Metzgerei.

»Also der Max«, begann ich erneut, »ist mein bester Freund, und außerdem kennt er sich aus mit Kriminalfällen.

Der kennt alle Methoden und alle Motive. Der hat sicher schon ein paar hundert Kriminalromane g'lesen. Und vor drei Jahren haben wir im Beusl, das ist unser Internat in Heiligenbeuern, einen schwierigen Fall …«

»Der Max ist meiner Meinung nach ein Windhund«, unterbrach mich Afra, ohne die Stimme zu heben. »Außerdem ist er nicht b'sonders fleißig. Natürlich darf er weiter bei uns arbeiten, schon wegen seinem Papa. Wir würden es uns nie mit dem Bräu verscherzen, er ist unsere wichtigste Kundschaft in Wolfratshausen. Aber der Max hat am ersten Tag schon kapiert, bei welchen Arbeiten man sich am wenigsten plagen muss. Die ekelhaften und schweren Sachen lässt er nach Möglichkeit die G'sellen machen. Die haben sich schon beschwert über ihn.«

Jetzt strich sie sogar etwas Marmelade auf ihr trockenes Brot.

»Aber genau so einen brauchen wir«, versuchte ich Afra zu überzeugen. »Wir brauchen einen Windbeutel wie den Max, damit wir den richtigen Mörder finden und den Kili raushauen. Gleich heut Nachmittag treffen wir uns beim Bräu, wenn du magst. Ich arrangier alles.«

»Es ist halt alles saublöd g'laufen.« Max schüttelte den Kopf. »Und jetzt behauptet der Inspektor, dass der Kili den Korrer zu einem Geständnis gezwungen hat, um von sich selber und seinem Spezl, dem Schwarz, abzulenken.«

Afra, Max und ich saßen in der guten Stube vom Bräu. Frau Stockmeier hatte gemeint, dass wir dort ungestört wären. Auch ihr ging das Unglück der Metzgerleute nahe, zumal sie nicht glaubte, dass der schneidige Kandlbinder jemanden umgebracht haben könnte. Außerdem wollte sie der schönen Afra wohl zeigen, wie es bei wirklich nobligen Leuten aussah.

Der Raum wurde beherrscht von einem zu großen Kronleuchter, der fast bis zur Platte des großen Eichentischs reichte, welcher in der Zimmermitte stand. Wenn man nicht aufpasste, stieß man mit dem Kopf an die zahlreichen Glaskristalle, so weit hing er von der Decke herab. Beim pseudoantiken, cremefarbenen Kachelofen stand ein zweiter, kleinerer Tisch aus Nussbaumholz mit schönen Intarsien, an dem Max und ich auf einem samtbezogenen Stuhl saßen, Afra dagegen in einem breiten Sessel.

»Also jetzt weiter«, ermunterte mein Freund seine Chefin. »Alle drei Morde waren an einem Mittwoch. Was hat der Kili an den drei Tagen g'macht?«

»Am Todestag vom Steffl und an dem von seiner Mutter war mein Bruder den ganzen Tag daheim. In der Früh um fünf hat er g'schlachtet und den Tag über gewurstet. Und am Abend ist er auch nicht weggegangen, denn an den Schlachttagen ist er viel zu müd dafür. Wir haben im Fernsehen ›Was bin ich‹ mit Robert Lembke ang'schaut, und nach dem ersten Kandidaten ist der Kili schon eing'schlafen. Ist ja auch kein Wunder, nach vierzehn Stund' Arbeit.«

Während sie redete, sah Afra an Max vorbei zum Kachelofen.

Ich konnte spüren, dass sie ihn nicht mochte. Sie war auf meinen Vorschlag nur eingegangen, weil ihr sonst nichts übrigblieb. Max war vielleicht ihre letzte Chance, den wahren Täter zu finden. Und das war die einzige Möglichkeit, ihrem Bruder aus der Patsche zu helfen. Zu verlieren hatte sie nichts.

Unzufrieden rieb sich Max die Reste einer Brandblase von der Nase und schnippte die Hautfetzen unter den Tisch. Auf dem dicken, bunten Teppich würden sie nicht auffallen.

Er fuhr mit seiner Befragung fort: »Und jetzt zum Überfall auf das Juwelierg'schäft. Wo war der Kili an dem Nachmittag, als die Frau Korrer erschossen worden ist?«

»Das hat mich die Polizei auch schon tausendmal g'fragt«, meinte Afra mit ernstem Gesicht. »In der Früh ist g'schlachtet worden wie jeden Mittwoch. Danach haben der Kili und die Gesellen Weißwürst' g'macht. Dann hat der Schwarz ang'rufen und wollt unbedingt mit ihm reden. Das Gespräch hat nicht lange gedauert, vielleicht eine Minute, aber der Kili war danach wie ausg'wechselt. Er hat den Gesellen g'sagt, dass sie noch das Schlacht-haus aufräumen sollen. Die Stockwürst' wollt er erst am nächsten Tag, also am Donnerstag, machen. So was hat's bei ihm noch nie gegeben. Die Kundschaften haben sich auch beschwert, weil wir am Donnerstag keine frischen Stockwürst' g'habt haben, für die unsere Metzgerei doch bekannt ist.«

»Und was hat er an dem Mittwoch Nachmittag g'macht?«, fragte ich.

»Wegg'fahren ist er.«

»Wohin?«

»Hundertmal schon hab ich ihn g'fragt. Aber wenn mir der sture Kerl einfach nicht sagt, wo er sich da rum-getrieben hat.« So aufbrausend hatte ich die Afra noch nicht erlebt. Angriffslustig streckte sie den schlanken und doch kräftigen Hals nach vorne. »Und der Polizei sagt er's auch nicht. Da steckt bestimmt ein Weibsbild dahinter.«

Ihre braunen Augen waren nur mehr Striche, die zwischen den langen, dunklen Wimpern herausleuchteten. »Ich möcht wetten, dass er irgendwo bei einer g'legen ist und ihr danach versprechen hat müssen, dass er sie unter gar keinen Umständen aufbringt. Wegen ihrem guten Ruf, ihrem Mann oder ihrem Verlobten. Und dem Kili sind die Wünsche seiner Weiber heilig. Deshalb hat er auch so gute Chancen. Die Weibsbilder spüren es, dass der Kili sie nie verraten würd. Lieber tät er sich die Zunge rausschneiden lassen.«

Sie schien bereits Erfahrung mit den Liebschaften ihres Bruders zu haben. Die zwei Narben im Gesicht des Metzgers deuteten ebenfalls auf einen Lebenswandel mit einigen handfesten Auseinandersetzungen hin.

»Hast du einen Verdacht, wen der Kili decken möcht, beziehungsweise mit wem er g'rad ein Verhältnis hat?«, wollte Max wissen.

»Wenn ich das sag, haltet ihr mich für verrückt.«

Sie schüttelte den Kopf ein wenig und lächelte. Dann lehnte sie sich zurück und strich sanft über ihren kleinen Bauch. Zum ersten Mal seit ich sie kannte, strahlte sie für einige Augenblicke die unnahbare Ruhe einer schwangeren Frau aus.

»Das wär mir an deiner Stelle wurscht, Afra« meinte Max trocken. »Und wenn wir dir, beziehungsweise dem Kili, helfen sollen, dann brauchen wir jede Information. Jede. Verstehst du?«

Afra dachte kurz nach. Dann legte sie das Kinn in ihre rechte, auf der Tischplatte abgestützte Hand und sagte leise: »Die Korrerin könnt's g'wesen sein. Ich glaub, mit der hat er was g'habt.«

Nun herrschte Stille im Raum. Damit hatten weder Max noch ich gerechnet.

»Ich hol schnell den Kaffee.« Max war aufgesprungen. Momente der Ruhe ertrug er nicht lange. Die Zenzl wollte einen Kaffee für uns machen, und der sollte schon lange fertig sein. Er ging in die Küche, um ihn zu bringen.

»Jetzt hab ich was Blödes g'sagt, oder?«, flüsterte Afra, als Max draußen war.

Ich hob die Schultern. Ich konnte mir nicht vorstellen, dass der schneidige Metzger ein Verhältnis mit der nicht mehr ganz taufrischen Korrerin gehabt haben könnte. Sie war sicher einige Jahre älter gewesen als er. Aber vielleicht mochte der Kili so ungewöhnliche Beziehungen.

Afra war atemberaubend schön, wie sie da saß und unsicher auf die Tischplatte schaute. Sie hielt den Mund etwas geöffnet, sodass ich den kleinen Spalt zwischen den mittleren oberen Schneidezähnen sehen konnte. Mir gefiel dieser kleine Schönheitsfehler sehr.

Außerdem benutzte sie ein dezentes, blumiges Parfüm, das sie wie eine Sommerwiese duften ließ. Von mir aus hätte Max noch ein paar Stunden wegbleiben können.

»Vielleicht möcht der Kili aber auch seinen Spezl decken, den Schwarz. Für den würd er alles tun, grad so wie für mich.« Ruhig schaute mich die Afra einige Sekunden an, dann ließ sie ihre langen Wimpern wie einen Vorhang über ihre dunklen Augen fallen.

Kapitel XII

Finale

»Stellt euch vor«, meinte Maxls Vater und schnitt ein schönes Stück von dem guten Emmentaler ab, den die Zenzl zur Brotzeit auf den Küchentisch gestellt hatte. »Heut Nachmittag, als die Afra zu Besuch bei uns war, ist der Korrer mit einem jungen Herrn in die Gaststube gekommen. Die zwei haben sich an einen Fensterplatz g'setzt, von wo aus man dem Korrer sein Juweliergeschäft gut sehen kann. Sie haben Kaffee getrunken und danach einen Schnaps. Den Schnaps hab ich ihnen gebracht. Schließlich erwarten die Gäste, dass man sich um sie kümmert.«

»Dafür braucht man aber nicht an jedem Tisch eine Stunde lang hocken bleiben«, warf die Zenzl mürrisch ein. Sie war die einzige Angestellte beim Bräu, die sich eine solche Bemerkung erlauben konnte.

»Die Leut wollen den Wirt sehen, das ist mein G'schäft. Eine Halbe Bier einschenken – das kann jeder Depp. Aber die Gäste möchten unterhalten werden und eine Ehr aufheben, wenn sie in die Wirtschaft kommen.«

»Fressen und saufen sollen s' möglichst viel, ein gutes Trinkgeld hergeben und sich dann wieder schleichen«, murmelte Zenzl, die für Sentimentales wenig übrig hatte.

»Jedenfalls hat mich der Korrer dem jungen Mann vorg'stellt«, fuhr der Bräu fort und bemühte sich, keine Pause mehr zu machen, um weitere Kommentare seiner

Köchin zu vermeiden. »Kraus heißt er. Er ist ein junger Goldschmied aus München, der vor ein paar Monaten seine Meisterprüfung bestanden hat. Und kommende Woch schon übernimmt er das G'schäft vom Korrer. Die zwei sind gerade vom Notar gekommen.«

»Will er es pachten oder kaufen?«, fragte Maxls Mutter.

»Kaufen«, meinte ihr Mann und schob ein großes Stück Emmentaler in den Mund.

»Da wird er aber einen schönen Batzen Geld auf den Tisch legen dürfen, der Herr Kraus«, sagte Frau Stockmeier nachdenklich. »Das G'schäft vom Korrer ist immer gut gegangen und kostet bestimmt …«

Sie überlegte einige Augenblicke, beschloss dann aber, keine Summe zu nennen.

»Der Kraus ist nicht arm, das hab ich schon an seinem Anzug g'sehen«, bemerkte der Bräu und schnaufte tief ein. »Nach dem Tod von seiner Frau will er seinen Laden nicht mehr weiterführen, hat der Korrer g'sagt. Außerdem sitzt der Schock von dem Überfall zu tief. Und wenn er den Hof und den anderen Besitz von der alten Schlickin erbt, dann schwimmt er eh im Geld.«

»Und kommende Woch will der neue Goldschmied schon anfangen?«, wollte Max mit besorgter Miene wissen.

»Gleich am Montag«, meinte der Bräu. »Morgen Vormittag hat der Korrer noch Zeit, seine persönlichen Sachen aus dem Laden zu holen, und am Nachmittag ist die Übergabe an den neuen Besitzer. Ich bin dabeig'sessen und hab g'hört, wie es so vereinbart worden ist.«

Nach dem Essen gingen Max und ich auf sein Zimmer. Sobald er die Tür hinter sich geschlossen hatte, begann er: »Wenn unsere Vermutungen stimmen, müssen die Tatwaffe, die gestohlen g'meldeten Schmuckstücke und mindestens das Hemd, das der Goldschmied zur Tatzeit ang'habt hat, noch im Laden sein. Er kann das Zeug noch nicht g'holt haben, denn das G'schäft war seit dem Überfall zug'sperrt und versiegelt. Und ein polizeiliches Siegel darf nur von der Polizei selbst aufgebrochen werden. Morgen in der Früh muss die Polizei zuerst das Siegel wegmachen. Erst dann kann der Korrer in seinen Laden wieder rein. Anschließend hat er ein paar Stunden Zeit, um die Beweisstücke verschwinden zu lassen. Wenn das Zeug weg ist, kann ihm niemand mehr was nachweisen. Dann ist die Sache zu seinen Gunsten g'laufen. Morgen hat der Korrer also zum ersten und zum letzten Mal Gelegenheit, die Beweismittel zu beseitigen. Und er hat bloß ein paar Stunden Zeit, weil sein Nachfolger am Nachmittag schon umräumen will.«

»Wir müssen dem Inspektor unbedingt sagen, dass der Korrer sein G'schäft morgen übergibt. Vielleicht unternimmt er dann was«, meinte ich.

»Vielleicht, vielleicht«, blaffte Max. Er war mit meinem Vorschlag ganz und gar nicht einverstanden. »Und wenn er nichts unternehmen will, unser Superbulle? Was machen wir dann? Er könnt uns sogar verbieten, uns weiter in die Sache einzumischen, und den Korrer vor uns warnen. Dann ist alles verspielt.«

Ich zuckte die Achseln. Max hatte recht.

Er hatte eine andere Idee. »Die Beweisstücke, die noch im Laden sein müssen, sind doch unsere letzte und einzige Chance, die Unschuld vom Kandlbinder zu beweisen. Also müssen wir irgendwie in den Laden reinkommen und die Beweismittel, oder wenigstens ein Stück davon, sicherstellen.«

»Und wie willst das anstellen ohne den Huber?«

»Wir haben doch einen Plan, oder?«

Max ging auf den Gang zum Telefon und holte dort seinen Geldbeutel aus der rechten Gesäßtasche. Den öffnete er und zog mehrere der Zettel heraus, von denen sein Portmonee überquoll. Endlich hatte er den richtigen gefunden. Er klemmte den Telefonhörer zwischen Ohr und linke Schulter und wählte mit der rechten Hand. Nach dreimal Anläuten war jemand am Apparat.

»Servus, Ferdl. Morgen Vormittag steigt die Sach«, meinte Max selbstbewusst. »Wir können uns doch drauf verlassen, dass du mitmachst?«

Die Antwort fiel positiv aus, denn mein Freund grinste zufrieden, grüßte kurz und legte dann auf.

Anschließend gingen wir nach oben in Maxls Zimmer. Dort suchten wir im Kleiderschrank die Chinaböller und Kanonenschläge, die mein Freund am letzten Silvester nicht verschossen hatte. Er ließ beim Jahreswechsel immer ein paar Kracher übrig, weil man nie wusste, wofür man sie noch brauchen konnte.

Außerdem fanden wir einige Stinkbomben, bei denen wir aber nicht sicher waren, ob sie noch funktionieren würden.

Max schlich dann nach unten und holte aus der Werkstatt ein unterarmlanges, gut daumenstarkes Aluminiumrohr, das auf einer Seite zugeschweißt war. Anschließend schnitt er über ein Dutzend seiner großen Chinaböller auf und füllte das darin enthaltene Schwarzpulver in das Rohr. Nachdem er in die offene Seite eine Zündschnur eingelegt hatte, verschloss er den überdimensionalen Knallkörper mit Plastilin.

»Das gibt einen schönen Bums«, meinte Max und legte die kleine Bombe beiseite.

Am kommenden Morgen standen wir schon um sechs Uhr auf. Ich versuchte zu frühstücken, aber mehr als ein kleines Butterbrot brachte ich nicht hinunter. Wieder in Maxls Zimmer, ging ich an das Fenster, von wo aus man das Juweliergeschäft vom Korrer am besten sehen konnte. Ich sollte den Laden im Auge behalten, während mein Freund die letzten Vorbereitungen traf.

Er prüfte die Zündschnur an der selbst gebauten Bombe und legte sie zusammen mit den Kanonenschlägen, den Stinkbomben und einer Packung Zündhölzern in eine Plastiktüte.

Kurz nach acht kam Inspektor Huber, begleitet von einem Polizisten in Uniform, vor das Geschäft und überwachte, wie sein Kollege das Siegel von der Eingangstür entfernte. Dann gingen die beiden in die gegenüberliegende Metzgerei und verließen diese nach einigen Minuten, jeder mit einer Leberkässemmel in der Hand.

Nun passierte über eine Viertelstunde gar nichts. Max war mit seinen Vorbereitungen fertig und stellte sich neben mich ans Fenster. Unsere Anspannung wuchs von Minute zu Minute, und wir sprachen kein Wort.

Da tauchte der weiße Opel Admiral vom Korrer auf. Der Goldschmied parkte etwa dreißig Meter von seinem Laden entfernt und stieg aus. Ohne sich umzusehen ging er geradewegs zum Geschäft, schloss auf und verschwand durch die Eingangstür.

»Auf geht's.« Max strahlte mich an und klatschte zweimal in die Hände.

Er packte die Plastiktüte mit den Feuerwerkskörpern und ging zur Tür.

Dort drehte er sich um und deutete mit dem rechten Zeigefinger neben der Hüfte auf mich, als hätte er eine Pistole in der Hand. »Kein Wort zu niemandem. Der Plan wird durchgezogen, ohne Rücksicht auf Verluste.«

Als wir die Treppe hinunterliefen und an der Küche vorbeikamen, schrie die Zenzl zu uns heraus: »Schöne Weißwürst' hat der Metzger gebracht. Soll ich euch ein Paar warm machen?«

»Keine Zeit«, rief Max zurück, während er die Hintertür zum Hof öffnete.

Schon waren wir draußen und eilten geradewegs Richtung Rathaus. Als wir den Juwelierladen vom Eisemann betraten, kündigten sich die ersten Probleme an. Neben dem Inhaber, einem älteren, freundlichen Herrn mit grauem Vollbart, waren etliche Leute im Laden. Offensichtlich gingen die Geschäfte gut, seit der Korrer geschlossen hatte.

Wir mussten warten, bis die Kunden vor uns bedient waren. Doch ich spürte, wie es Max pressierte. Unruhig verlagerte er sein Gewicht von einem Fuß auf den anderen.

»Was kann ich für die Herrschaften tun?«, fragte uns der nette Herr Eisemann, als wir an die Reihe kamen. Er hatte eine ruhige, tiefe Stimme, die sehr gut zu seinem gepflegten Äußeren passte. Dem Tonfall nach war er Sudetendeutscher.

»Wir brauchen den Ferdl«, sagte Max höflich. »Und zwar dringend.«

Der Goldschmied lachte ein wenig und meinte dann lapidar: »Ich auch, meine Herren, ich auch.«

Damit schien die Sache für ihn erledigt, und er wandte sich dem nächsten Kunden zu.

Doch Max ließ sich nicht so leicht abspeisen. »Kann ich nicht wenigstens mit ihm reden?«

Der freundliche Uhrmacher schaute ihn kurz an und schnaufte tief durch. Dann drehte er sich um und rief über die linke Schulter in Richtung Ferdl, der wohl hinter dem braunen Vorhang arbeitete, welcher die Werkstatt vom Verkaufsraum trennte: »Ferdinand, komm doch schnell. Es ist jemand für dich da.«

Nach einigen Sekunden hörte man an der anderen Seite des Vorhangs, wie ein Hocker zurückgeschoben wurde. Wenig später schlüpfte unser Freund durch den Schlitz im Vorhang und kam zögerlich an den Ladentresen zu uns her.

Herr Eisemann warf dem Lehrling einen kurzen, strengen Blick zu und widmete sich anschließend wieder seinem Kunden.

»Ich kann jetzt nicht weg«, flüsterte Ferdl, dem unser Besuch offensichtlich gar nicht gelegen kam. »Es geht einfach nicht.« Er rückte von seinem Meister so weit weg, wie es eben ging, und beugte sich dann über den Verkaufstisch zu uns herüber. »Der Chef ist heut saugrantig, weil ich mit ein paar Arbeiten letzte Woch nicht fertig g'worden bin.«

Hilflos schaute er Max und mich abwechselnd an, hilflos und feig.

»Und was sollen wir jetzt tun?«, fuhr Max ihn mit unterdrückter Stimme an. »Wir haben gestern Abend was ausg'macht. Kannst dich nicht mehr erinnern? Du musst uns helfen, sonst geht's nicht. Ohne dich ist die Sach viel zu gefährlich.«

Ferdl schaute nach links zu seinem Meister hinüber. Der verfolgte die Szene aus den Augenwinkeln mit wachsendem Unmut, blieb der Kundschaft gegenüber jedoch aufmerksam und zuvorkommend.

Der Lehrling flüsterte jetzt so leise, dass er kaum zu verstehen war: »Aber ich hab euch doch schon alles g'sagt, was ich weiß. Ihr braucht mich eigentlich gar nicht. Soll sich halt einer von euch zwei unter dem Tisch verstecken und der andere draußen den Rest erledigen. Ich kann jedenfalls nicht weg. Das seht ihr ja.«

»Er kann nicht weg«, wiederholte Max und imitierte dabei Ferdls Stimme. Dann beugte sich Max so weit nach vorne über den Tresen, dass sein Gesicht nur mehr eine Handbreit von dem seines Gegenübers entfernt war. »Ein charakterloser Hund bist du. Eine feige Sau.« Max hatte den letzten Satz so laut gesagt, dass alle im Laden es hören konnten.

Dann drehte er sich um und verließ grußlos das Juweliergeschäft. Ich folgte ihm. Ohne sich umzusehen rannte Max vor mir her direkt an die Loisach zu unserer Lieblingsbank. Dort ließ er sich niederfallen und schleuderte vor Wut die Plastiktüte mit den Knallkörpern auf den Boden.

»So ein Grattler«, schimpfte er los. »Der hat Schiss und sonst gar nix.« Wütend stampfte er mit dem rechten Fuß auf. »Er muss jetzt arbeiten. Auf einmal muss er arbeiten. Dass ich nicht lach. Und gestern am Telefon hat er noch das Maul aufg'rissen und g'sagt, dass wir uns auf ihn verlassen können.«

Ich hatte mich neben ihn hingesetzt und schaute auf den ruhig dahin ziehenden Fluss. Einerseits war ich froh, dass wir unser Vorhaben nicht mehr durchführen konnten, andererseits ...

Afra fiel mir ein. Ich schloss die Augen und sah sie beim Schwarz am Frühstückstisch sitzen und weinen. Ich dachte daran, wie leid sie mir getan hatte in ihrem Kummer. Mit einem Mal war mir klar, dass ich es mir niemals verzeihen würde, wenn ich jetzt klein beigab. Im Gegensatz zu Max mag ich keine unkalkulierbaren Abenteuer, doch manchmal kann man einem Risiko wohl nicht aus dem Weg gehen.

»Dann machen wir es halt ohne den Feigling«, hörte ich mich sagen und versuchte, mir meine Unsicherheit und Angst nicht anmerken zu lassen.

Max schaute mich von der Seite her an und nickte stumm. Vielleicht war er froh, dass eine Entscheidung gefallen war, obwohl unser Vorhaben zu zweit viel gefährlicher war als zu dritt. Eigentlich hätte der Ferdl die Werkstatt durchsuchen sollen, ich wäre vor dem Laden Schmiere gestanden, und Max sollte das Feuerwerk zünden. So war der ursprüngliche Plan.

»Wie soll's jetzt laufen? Wer macht was?« Ich wollte klare Instruktionen und zwar schnell. Wir konnten nicht mehr lange warten und überlegen. Vielleicht hatten wir ohnehin schon zu viel Zeit verloren, vielleicht war bereits alles umsonst.

»Nachdem der Ferdl, die feige Sau, nicht mehr mitmacht, ist der, der im Laden bleibt, allein und ohne Kontaktmann vor dem Geschäft. Das birgt gewisse Risiken, wenn was schief läuft.« Maxls Gesicht war sehr ernst, und er hob unsicher die Schultern. »Der Korrer könnt bewaffnet sein, und er benutzt seine Waffe auch. Das wissen wir.«

Mir wurde flau im Magen.

»Der Feuerwerker draußen hat natürlich das größere Risiko, was die Konsequenzen nach der Show angeht.« Max versuchte ein kleines Grinsen. Ich spürte, dass auch ihm nicht wohl war in seiner Haut.

»Ich geh in den Laden«, meinte ich nach kurzer Überlegung und schnaufte tief durch. »Ich bin kleiner als du und kann mich besser unter dem Tisch verstecken. Der Ferdl hat uns ja erklärt, wo das geheime Versteck sein könnt. Und«, ich versuchte, Max zuversichtlich anzuschauen, »ich pass schon auf, dass mir nix passiert.«

»Gut.« Max stand auf und strich mit beiden Händen die langen Locken zurück. »Die Würfel sind gefallen.«

Wir beobachteten das Juweliergeschäft eine Weile, indem wir von der gegenüberliegenden Straßenseite durch das Schaufenster spähten. Der Korrer war im Laden und räumte in großer Eile auf. Endlich verließ er den Verkaufsraum in Richtung Werkstatt.

Obwohl an der Eingangstür ein Schild hing, auf dem darauf hingewiesen wurde, dass der Laden geschlossen sei, drückte Max die Türklinke. Gott sei Dank war nicht abgesperrt. Mit einer ruckartigen Bewegung öffnete er die Tür, und gemeinsam betraten wir den Laden, während die Ladenglocke bimmelte. Ich duckte mich sofort und eilte gebückt nach rechts zu dem Tisch mit den Pokalen, wobei ich den Verkaufstresen als Deckung benutzte. Es dauerte einige Sekunden, bis der Juwelier aus der Werkstatt heraus kam. Gerade als er den Verkaufsraum betrat, war ich unter der langen, roten Tischdecke verschwunden, die das Tischchen bedeckte und fast bis zum Boden reichte. Mit pochendem Herzen saß ich in meinem dunklen Versteck und belauschte Max und den Goldschmied.

»Was wollen Sie?«, fragte der Juwelier misstrauisch, nachdem er die Werkstatttür hinter sich zugezogen hatte. »Der Laden ist geschlossen. Haben Sie das Schild an der Tür nicht gesehen?«

»Das schon«, entschuldigte sich Max. »Aber ich wollt Ihnen sagen, dass es mir fürchterlich leid tut. Sie wissen schon, die Sache mit Ihrer Frau und dem Überfall, und die G'schicht mit dem Kandlbinder.«

Der Goldschmied murmelte etwas Unverständliches, und bald darauf hörte ich die Ladenglocke läuten. Max hatte das Geschäft also wieder verlassen. Gleich danach drehte sich ein Schlüssel in der Eingangstür. Korrer wollte also seine Ruhe haben. Ich hoffte, dass weiterhin alles so ablaufen würde, wie Max es sich ausgedacht hatte, sonst konnte es brenzlig für mich werden.

Meine Position unter dem kleinen Beistelltisch war äußerst unbequem. Glücklicherweise ging der Juwelier gleich wieder aus dem Laden in die Werkstatt und machte sich dort geräuschvoll zu schaffen. Ich konnte mich also aus meiner gebückten Stellung befreien und setzte mich mit angezogenen Beinen auf den Fußboden. In dieser Stellung musste ich den Kopf einziehen, um nicht an die Tischplatte zu stoßen. Schon nach wenigen Minuten tat mir das Genick weh, doch ich durfte mich nicht zu viel bewegen. Auf dem Tisch stand mindestens ein Dutzend Pokale, und wenn einer von denen zu Boden gefallen wäre, hätte ich leicht in meinem Versteck entdeckt werden können. Sobald ich meinte, mich rühren zu müssen, um meinen verkrampften Rücken zu entspannen, dachte ich an die erschossene Frau Korrer. Auf keinen Fall wollte ich so enden wie sie. Also ertrug ich die Schmerzen.

In der Werkstatt hörte ich die unterschiedlichsten Geräusche, darunter einen Bohrer und das Sirren einer elektrischen Säge. Während ich unter dem Tisch saß, dachte ich auch an die Konsequenzen, die Max und ich zu tragen hätten, falls wir mit unseren Vermutungen falsch lagen und kein Beweismaterial finden sollten. Was würden meine Eltern, was würde Afra sagen?

Immer wieder schaute ich auf meine Armbanduhr. Die Zeit verging zäh. Exakt nach einer halben Stunde gab es den ersten Knall, dem zwei weitere in ähnlicher Lautstärke folgten. Max hielt also den Zeitplan ein. Auf der Straße hörte ich Stimmen, konnte aber nicht verstehen, was sie riefen. Dann kam die eigentliche Explosion, welche die Schaufenster erzittern ließ. Max hatte also nicht übertrieben, als er mir den Effekt der selbstgebastelten Bombe als überwältigend beschrieben hatte.

Bald darauf ertönte die erste Sirene. Die Stimmen wurden noch aufgeregter, und schließlich verstand ich die Rufe: »Gas ... Explosion ... schnell raus aus den Häusern.« Das war Max.

Gleichzeitig begann es zu stinken. Ich hatte keine Ahnung, ob ausströmendes Gas so ähnlich wie eine Stinkbombe riecht, doch die Leute in der Marktstraße wussten es auch nicht.

Kurz nach dem ersten Alarm hörte ich weitere Sirenen aus den anderen Stadtteilen, aus Nantwein, Weidach und von der Königsdorfer Straße her. Nach einigen Minuten fuhr das erste Feuerwehrfahrzeug am Juweliergeschäft vorbei in Richtung Untermarkt.

Dann knallte es noch zweimal, und ich hörte verschiedene Leute rufen: »Gas ... Ich kann's riechen ... Lebensgefahr ... Raus aus den Häusern. Raus.«

Im Werkstattraum war es nach der Explosion der Rohrbombe zunächst ruhig geworden, dann kamen von dort wieder die sirrenden Geräusche einer Metallsäge. Ich kannte den Klang von unserem Dorfschmied. Mein Herz schlug mir vor Aufregung bis zum Hals, und zwar so schnell und heftig, dass ich meinte, man müsste es aus einigen Metern Entfernung noch hören können.

Es klopfte jemand an die Ladentür und versuchte dann, sie zu öffnen.

Als dies nicht gelang, trat die Person mit den Schuhen mehrmals laut donnernd dagegen.

»Hier ist die Feuerwehr«, rief der Mann laut und selbstbewusst. »Wir wissen, dass Sie im G'schäft sind, Herr Korrer. Machen S' auf. Schnell.«

Wieder haute er mit seinen Stiefeln gegen die gläserne Ladentür. Diesmal so stark, dass man Angst haben musste, sie würde zu Bruch gehen.

Die Tür zur Werkstatt flog auf, und der Juwelier eilte zum Eingang. Ich hörte, wie er aufschloss.

»Was ist denn los da draußen?«, rief er verärgert. »Sind denn hier alle verrückt geworden?«

»Kommen S' raus aus Ihrem G'schäft«, befahl der Feuerwehrmann. »Sofort. Die ganze Marktstraß wird g'räumt.«

»Das geht jetzt nicht«, entgegnete Korrer trotzig. »Ich habe wichtige Dinge zu erledigen.«

»Sie kommen sofort raus aus dem Gebäude, das ist ein Befehl.« Der Mann wurde böse. »Sie wollen doch nicht mit dem ganzen Haus in die Luft fliegen, oder? Wenn Sie nicht freiwillig kommen, hol ich die Polizei. Ein paar Beamte sind schon da.«

Einige Augenblicke war es still an der Tür. Korrer besann sich wohl. Dann rannte er los in Richtung Werkstatt. Dort blieb er etwa eine halbe Minute, um schließlich mit kurzen, stolpernden Schritten den Laden in Richtung Marktstraße zu verlassen. Ich hörte, wie die Tür von außen zugedrückt, aber nicht abgesperrt wurde.

Das war der Zeitpunkt für meinen Auftritt. Ich kroch unter dem Tischchen hervor und lief gebückt am Verkaufstresen entlang zur Werkstatt. Erst nachdem ich die Werkstatttür hinter mir zugedrückt hatte, wagte ich mich aufzurichten.

Die Goldschmiedewerkstatt sah genauso aus, wie der Ferdl sie beschrieben hatte. Auf einer langen Werkbank waren verschiedene kleine Schraubstöcke und Zwingen. Dazu Zangen und anderes Werkzeug, das man zur Schmuckherstellung braucht. Eine elektrische Metallsäge lag auf der Werkbank. Ich war aber nicht da, um mich mit diesen Gegenständen zu beschäftigen. Ich musste ein Versteck finden, das groß genug war, um mindestens ein Kleidungsstück, eine Pistole und etwas Schmuck aufnehmen zu können. Außerdem musste es so gut getarnt sein, dass es selbst die Spezialisten von der Polizei nicht gefunden hatten. Eilig durchsuchte ich die Einbauschränke über der Werkbank, ob es irgendwo einen doppelten Boden gab. Anschließend schaute ich hinter die wenigen aufgehängten Bilder. Nichts.

Mein Hemd war in kürzester Zeit klatschnass geschwitzt. Zum einen, weil ich kein Versteck finden konnte, zum anderen, weil ich befürchtete, dass im nächsten Augenblick der dicke Korrer mit einer Pistole in der Hand in der Tür stehen würde. Vergeblich versuchte ich ruhig zu bleiben und zwang mich, einige Male tief durchzuatmen. Der Lärm von der Straße war gut zu hören, er lenkte mich ab. Was sollte werden, wenn ich kein Beweisstück fand? Ich verdrängte den Gedanken. Doch wo konnte das Versteck sein? Wo?

Beruhigend knisterte im Herd ein Feuer. Ich schaute zu dem kleinen Holzofen in der Ecke und spürte sofort, dass damit etwas nicht stimmte. Erst nach einigem Nachdenken kam ich darauf, was es war. Draußen schien die warme Augustsonne. Niemand machte zu dieser Jahreszeit ein Feuer, außer er wollte kochen oder …

Oder etwas verbrennen.

Sofort war ich beim Ofen und riss die Einschüre auf. Eine kleine Flamme schlug mir entgegen, doch sie verlosch gleich wieder. Jetzt sah ich nur noch Glut und im hintersten Eck des Ofens einen blauen Fetzen.

Mit dem Schürhaken versuchte ich, das Stück angesengten Stoffes aus dem Feuer zu retten, doch ich war zu ungeschickt und es misslang. Das Stoffstück fiel in die Glut, eine kleine Flamme schlug hoch, und der Stofffetzen war verschwunden. Da spürte ich einen höllischen Schmerz an meinem rechten Daumen. Bei meiner missglückten Rettungsaktion war ich mit der Hand an die Innenseite des Ofentürchens geraten. Sofort bildete sich eine Blase. Für einen Moment vergaß ich meine Angst. Ich sah mich im Raum nach einer Möglichkeit um, die verbrannte Stelle zu kühlen. Ferdl hatte etwas von einem Waschbecken gesagt, das direkt neben der Werkbank angebracht war. Mit drei Schritten war ich dort und wollte kaltes Wasser über die Brandblase laufen lassen. Ich drehte den Kaltwasserhahn auf, doch es kam nichts. Ich erinnerte mich, dass Ferdl gesagt hatte, dass der Wasserhahn nicht funktionieren würde.

Da erst bemerkte ich, dass der Hahn zur Seite gedreht und das Handwaschbecken schief angebracht war. Während es rechts an die Zimmerwand anschloss, stand es links einige Zentimeter von der Mauer weg. So eine schlampige Installation hatte ich noch nie gesehen. Ich rüttelte ein wenig am Waschbecken, und dabei schwenkte es links noch weiter von der Wand weg. Auf der rechten Seite war es mit einem Scharnier fest an der Mauer verankert. Hinter dem Waschbecken erschien nun ein breites, tiefes Loch in der Wand.

Die Brandblase war vergessen, ich hatte das Versteck gefunden. Ich klappte das Waschbecken zur Seite, so weit es ging, und fasste mit meiner Hand in das etwa handballgroße Mauerloch. Ich spürte, dass es innen verputzt war, doch ich konnte hingreifen, wohin ich wollte.

Es war leer.

Ich hätte heulen können vor Enttäuschung. Wir waren so knapp vor dem Ziel gewesen, und jetzt dieser Rückschlag. Ich hatte das Versteck gefunden, doch zu spät.

Benommen richtete ich mich auf und stürzte aus der Werkstatt in den Laden. Dort sah ich mich unschlüssig um. Schließlich fiel mein Blick auf den Platz, wo die erschossene Frau Korrer gelegen war. Ich erinnerte mich an ihre angstgeweiteten Augen und das Blut an der Wand. Dann schaute ich in die Ecke, wo der Kandlbinder den Juwelier mit der Axt bedroht hatte. Um mich herum begann sich alles zu drehen. Ich brauchte frische Luft. Wie betrunken wankte ich zur Ladentür und öffnete sie langsam. Das Treiben auf der Straße sah ich zunächst nur verschwommen, wie durch einen Schleier. Auch die Geräusche vor dem Geschäft konnte ich nur gedämpft wahrnehmen.

Eine Zeitlang stand ich kraftlos da und wartete darauf, dass meine Sinne wieder klar würden.

Da tupfte mir jemand von hinten auf die Schulter. Ich drehte mich um und sah das grinsende, pickelige Gesicht vom Ferdl. Seine Augen hinter den dicken Brillengläsern leuchteten.

Der hatte mir gerade noch gefehlt.

»Respekt. Das hat ja alles bärig funktioniert«, meinte er und nickte anerkennend, wobei er mit dem rechten Zeigefinger seine Brille am Nasenbügel nach oben schob. »Die ganze Marktstraß ist aus den Häusern g'rannt, und der Korrer ist auch abg'hauen. Genauso, wie's geplant war. Ihr habt mich also doch nicht 'braucht.« Er machte eine kleine Pause und fragte dann interessiert: »Du warst drin in der Werkstatt, oder? Und – hast du das Versteck g'funden?«

»Hau bloß ab, du Arschloch«, zischte ich ihn an und drehte mich weg.

»Was hast denn?«, beschwerte sich Ferdl und tat ganz unschuldig. »Ich hätt wirklich gern mitg'macht, aber der Meister …«

Weiter kam er nicht, da hatte ich ihm schon eine hineingehauen, dass ihm die Luft wegblieb. Dazu machte ich Miene, ihn gründlich zu verdreschen, falls er nicht sofort abziehen sollte.

Er maulte noch ein wenig, dann verschwand er endlich.

Das Zusammentreffen mit Ferdl und der Zorn auf ihn hatten mir gut getan. Ich hörte und sah jetzt wieder alles um mich herum klar und deutlich.

Vor der Mariensäule an der Kirche, keine zwanzig Meter entfernt von mir, stand Max zusammen mit einem bärtigen, grauhaarigen Polizisten und einem großen, schwergewichtigen Feuerwehrmann. Max hatte einen hochroten Schädel, und die beiden Männer schimpften abwechselnd auf ihn ein. Ich ging zögerlich hin zu der Gruppe.

Der Feuerwehrmann, es war der Hauptmann, wie man an seinen Abzeichen erkennen konnte, war gerade an der Reihe: »Das wird teuer, Bürscherl. Den Einsatz von der Feuerwehr muss dein Vater zahlen. Da wird er sich schön bedanken.«

»Außerdem gibt's eine Anzeige wegen groben Unfugs. Es ist nämlich kein Spaß, Gasalarm auszulösen. Was hast du dir eigentlich dabei gedacht.« Der Polizist, ein mittelgroßer, kräftiger Mann, schien sehr verärgert. »Alle Leute sind aus den Häusern gerannt. Wir haben geglaubt, dass die ganze Marktstraße in die Luft fliegen könnt. Schau dir nur an, was du angerichtet hast. In der Loisachapotheke ist sogar das Schaufenster kaputtgegangen.«

Ich sah zur Apotheke hinüber, und tatsächlich waren von der großen Schaufensterscheibe nur Scherben übrig geblieben. An der Hausmauer der Apotheke war ein schwarzer Fleck. Sicher hatte Max die Bombe dort gezündet, und mit ihrer Wirkung hatte er nicht übertrieben, als er sie umwerfend nannte.

»Eing'sperrt g'hörn s' alle, die langhaarigen Grattler«, schaltete sich nun ein älterer Mann mit einem Trachtenhut ein. Er hatte sich aus einer Gruppe von Zusehern gelöst und war zu uns hergegangen. »So weit ist es in Deutschland schon gekommen, dass man von solchen rauschgiftsüchtigen Hippies terrorisiert wird und seines Lebens nicht mehr sicher sein kann.«

»Ist schon recht«, versuchte der Polizist den Herrn zu beschwichtigen.

Doch der Hutträger gab keine Ruhe. »Ich kenn die Typen. Die sind schuld, wenn bei uns in zehn Jahren alles kommunistisch ist.« Nachdem der Polizist sich von ihm wegwandte, tat der Mann ein paar Schritte nach vorne und begann erneut: »Ich hab alles ganz genau g'sehen von meinem Küchenfenster aus. Ich wohn nämlich über der Apotheke ...«

»Ich komm heut noch zu Ihnen, dann nehmen wir Ihre Beobachtungen ins Protokoll auf. Ich weiß ja, wo Sie wohnen.«

Der Beamte schob den auskunftsfreudigen Herrn wieder zurück an seinen ursprünglichen Platz.

Mein Freund stand währenddessen teilnahmslos da und starrte zum Juweliergeschäft vom Korrer hinüber. Er schien kaum wahrzunehmen, was um ihn herum geschah.

»Ich war auch dabei«, sagte ich kleinlaut und stellte mich an die Seite von Max, der mir nun einen kurzen, traurigen Blick zuwarf.

Die beiden Männer in Uniform schauten mich entgeistert an. Der Polizist schüttelte unwillig den Kopf, dann sagte er so laut, dass alle Umstehenden es gut hören konnten: »Ihr zwei Randalierer kommt mit aufs Revier. Sofort. Dort werden wir den Sachverhalt aufnehmen und ein Protokoll machen.«

»Da braucht's kein Verhör«, meldete sich der Mann mit dem Hut wieder zu Wort. »Einsperren, sag ich. Und die Haar' abschneiden.«

Der graubärtige Polizist hatte jetzt endgültig die Nase voll. Er packte Max, der einen halben Kopf größer war als er, am linken Oberarm und schob ihn in Richtung Untermarkt, wo das Wolfratshauser Polizeirevier lag. Mein Freund schüttelte seinen Arm und schaute den Polizisten böse an. Er wollte sich von dem harten Griff befreien. Doch der Beamte hielt ihn weiterhin fest.

»Lassen Sie mich los«, beschwerte sich Max. »Das tut weh. Außerdem lauf ich Ihnen schon nicht weg. Ehrenwort.«

»Mach bloß keine Sperenzchen, Freunderl«, fuhr ihn der Beamte an. Dann sagte er so leise, dass nur Max und ich es hören konnten: »Jetzt kommt schon mit, sonst müssen wir uns noch mehr Blödsinn anhören.«

Der Polizist löste seinen Griff und schob Max vorwärts. Von da an sagte keiner mehr ein Wort, und wir tappten verdrossen in Richtung Untermarkt. Der Feuerwehrhauptmann blieb zurück, er überwachte den Rückzug seiner Männer.

Ich fühlte mich sehr unwohl. Noch nie hatte ich mit der Polizei zu tun gehabt, wenn man von meinen Begegnungen mit Inspektor Huber absah. Ich überlegte, was meine Eltern wohl sagen würden, wenn sie davon erfuhren, dass ich zusammen mit Max von der Polizei abgeführt worden war.

Im Polizeirevier wurden wir in eine Art Wartezimmer geführt. Bevor der graubärtige Polizist den Raum verließ, meinte er, er habe erst noch andere Dinge zu erledigen und wäre in etwa einer halben Stunde wieder bei uns.

Max setzte sich auf eine alte, schäbige Holzbank und starrte nach vorne gebeugt auf den Boden. Warum fragte er mich nicht, wie es mir ergangen war? Warum fragte er mich nicht, ob ich etwas gefunden hätte? Er musste einen Grund dafür haben. Max hatte immer einen Grund.

Ich betrachtete meinen schmerzenden rechten Daumen. Unter der Brandblase sah man das rohe Fleisch. Als Max sich erkundigte, wie ich zu der Verletzung gekommen sei, begann ich zu erzählen, was ich in der Goldschmiedewerkstatt erlebt hatte. Während ich redete, hatte ich das Gefühl, als wüsste Max bereits das meiste von dem, was ich sagte. Das war natürlich purer Unsinn. Wie hätte er davon erfahren sollen?

»In der Werkstatt ist ein Versteck, das die Polizei bei den Hausdurchsuchungen nicht g'funden hat. Man kann das Waschbecken von der Wand wegklappen, und dahinter ist ein Hohlraum, in dem ohne Schwierigkeiten ein Hemd, ein paar Schmuckstücke und eine Pistole Platz haben. Wahrscheinlich gibt's einen Mechanismus, den man kennen muss, sonst kommt man nicht an das Versteck hin. Jedenfalls hat die Polizei den Mechanismus nicht entdeckt, sonst hätt uns der Inspektor davon erzählt.«

»Der Korrer ist Uhrmacher, daran hätten wir denken müssen. In Sachen Verschlüsse und Mechanik ist er ein Profi.« Max sah mich nicht an, während er tonlos weitermurmelte: »Es war aber nix mehr drin in dem Versteck. Stimmt's?«

Ich nickte. »Woher weißt du das?«

»Ich hab dich g'sehen, wie du mit hängendem Kopf vorm G'schäft vom Korrer g'standen bist. Ich hab's richtig g'spürt, dass alles in die Hose gegangen ist.«

»Aber wir haben doch wenigstens das Versteck g'funden. Außerdem war in dem kleinen Ofen in der Werkstatt ein Feuer. Wahrscheinlich hat der Korrer da sein verschmauchtes Hemd verbrannt. Ich hab noch ein Stück Stoff g'sehen, bevor es zu Asche zerfallen ist. Wenn man die Hemdknöpfe rausklaubt und analysiert ...«

»Hör doch endlich auf.« Langsam fuhr sich Max durch die langen Haare und strich sie hinter die Ohren zurück. »Wir haben nicht bloß eine Schlacht verloren, sondern jetzt auch den ganzen Krieg.« Er hatte die Ellbogen auf die Knie gestützt. »Ich hab beobachtet, wie der Korrer aus dem Laden g'rannt ist. Zuerst war er dag'standen, und seine Unterlippe hat vor Aufregung g'wackelt wie ein Sauschwanzl. Dann ist er weg, aber vorher hat er noch einmal kurz zu seinem G'schäft zurückg'schaut.« Max stand auf und ging ein paar Schritte zu dem gegenüberliegenden Fenster, das wie alle Fenster im Parterre der Polizeistation vergittert war. Dort drehte er sich um und schaute mich hilflos an.

»Er hat schwer g'schnauft und g'schwitzt wie eine Sau. Er hat ausg'schaut wie jemand, der grad nochmal davon'kommen ist. Da war mir klar, dass im Geschäft nix mehr zu finden ist, was ihn belasten könnt. Wahrscheinlich steht er gerade auf einer Isarbrücke in Tölz oder Lenggries und schmeißt seine Pistole und den Schmuck ins Wasser. Die Sache ist g'laufen. Glaub's mir, Kaspar. Wir haben nix mehr in der Hand.«

»Warum bist du denn nicht hin zum Korrer und hast ihn aufg'halten?«

»Da hat mich doch der damische Dorfgendarm schon am Wickel g'habt. Der alte Blockwart mit dem Trachtenhut hat alles beobachtet. Er hat g'sehen, dass ich den Feueralarm ausg'löst hab. Und das mit den Böllern, den Stinkbomben und der Rohrgranate hat er auch mitgekriegt. Als die Polizei angekommen ist, ist er gleich zum nächstbesten Beamten hing'rannt und hat mich verpfiffen. Der grauhaarige Bulle hat mich dann 'packt und nicht mehr ausg'lassen. Als ich ihn angebettelt hab, dass er sich um den Korrer kümmern soll, weil der wahrscheinlich mit wichtigen Beweismitteln abhaut, hat er bloß g'lacht.« Max zuckte mutlos die Achseln. »Der Korrer ist ein angesehener Geschäftsmann, hat er g'sagt, und ich wär ein Unruhestifter. Und wenn ich versuchen sollt wegzurennen, dann wär das ein Fluchtversuch, und er wär gezwungen, dass er mir eine runterhaut.« Max zog die Mundwinkel nach unten. »Schießlich ist der Korrer mit seinem Auto in aller Ruhe vorbeig'fahren. Aus, amen, Erdäpfel.«

Wir hatten das ganze Tohuwabohu inszeniert, um die Beweisstücke zu finden oder den Goldschmied dabei zu überrumpeln, wie er sie wegschafft. Der Ferdl sollte eigentlich in der Werkstatt nach dem Versteck suchen, und ich hätte zusammen mit Max den Juwelier aufhalten wollen, falls der abhauen sollte.

Ohne den Ferdl ist der Schuss aber nach hinten losgegangen. Möglicherweise haben wir dem Täter sogar geholfen, weil er das allgemeine Durcheinander während des Gasalarms ausnutzen konnte, um ungestört mit den Beweismitteln zu verschwinden. Bei seiner Flucht hat ihn die Polizei auch noch unterstützt, indem sie den Max festgehalten hat.

Eine Tür im Gang wurde geöffnet und wir hörten die wuchtigen Schritte eines schweren Mannes, der zu unserem Zimmer kam. Es war der grauhaarige Polizist, der sich seine Dienstmütze tief in die Stirn gezogen hatte.

»Mitkommen«, befahl er.

Dann drehte er sich um und verließ den Raum in die Richtung, aus der er gerade gekommen war.

Ich stand auf und ging zusammen mit Max hinter dem Beamten her. Auf dem Gang bemerkte ich den Geruch von frisch gewachstem Linoleum. In diesem Polizeirevier roch es fast genauso wie in den Gängen vom Beusl. Das hatte etwas Anheimelndes, und meine Unsicherheit ließ etwas nach.

Wir betraten ein großes Zimmer, in dem drei Schreibtische standen. An der Unordnung auf den Arbeitsflächen sah man, dass hier Männer arbeiteten. Weibliche Unordnung sieht ganz anders aus.

»Setzt euch«, sagte der Polizist ruhig und deutete auf zwei Stühle, die vor dem Schreibtisch standen, hinter dem er sich niedergelassen hatte. Nun zog er mehrere Schubläden auf und schloss sie wieder, bis er das richtige Formular gefunden hatte.

Er holte aus der obersten Schublade eine hässliche, braune Lesebrille, die er sich umständlich aufsetzte. Jetzt legte er seine Stirn in Falten und meinte: »Erzählt mir der Reihe nach, was ihr beide heut Vormittag gemacht habt und warum. Ich bitte darum, dass ihr euch auf das Wesentliche konzentriert, denn meine Kenntnisse auf der Schreibmaschine sind beschränkt.« Er senkte den Kopf und schaute uns über die oberen Ränder seiner Hornbrille freundlich an. »Gleich kann's losgehen.«

Er spannte das Formular in die alte Schreibmaschine. Dann begann er zu tippen.

»Name?«, fragte er knapp.

»Adresse?«

»Beruf?«

Dann kamen die Geschehnisse des Vormittags dran. Mit dem Fuß hatte mich Max gleich zu Beginn des Verhörs leicht angestoßen und auf sich gedeutet. Er wollte also die Auskünfte geben.

Ich war überrascht, als Max anfing zu reden. Er sagte einfach die Wahrheit. Ich wunderte mich darüber, da er normalerweise dazu neigte, Geschehnisse in seinem Sinne zu modifizieren.

Nicht, dass er ein notorischer Lügner gewesen wäre. Er log eigentlich nur, wenn er es für notwendig hielt oder sich einen großen Vorteil davon versprach. Aber diesem Polizisten gegenüber sagte er nichts als die reine Wahrheit. Völlig ungeschminkt. Natürlich kamen Inspektor Huber und auch der Beamte selbst nicht gut weg dabei, aber das schien meinem Freund egal zu sein.

Der grauhaarige Polizist musste Max mehrere Male unterbrechen, da er sehr langsam schrieb und Max zügig erzählte. Außerdem übersetzte er Maxls Aussage in das gefürchtete Beamtendeutsch, das für einen gewöhnlichen Sterblichen schwer verständlich ist.

Nach knapp zwei Stunden waren wir fertig, das Schriftstück umfasste drei Seiten. Zum Abschluss las der Protokollführer die Niederschrift noch einmal vor, und wir mussten sie unterschreiben. Anschließend führte er uns zurück in den Warteraum, wo wir wegen einer weiteren Formalität noch ein wenig bleiben sollten.

»Warum hast du alles erzählt?«, fragte ich Max, als wir alleine waren.

»Erstens wär die Polizei eh draufgekommen, und außerdem soll der Huber ruhig ein bisserl blöd dastehen, wenn er schon so viele Fehler g'macht hat bei seinen Ermittlungen. Schließlich ist er schuld an der ganzen Misere. Wenn er sich nicht so früh auf den Kandlbinder als Mörder festg'legt hätt, wären wir nicht gezwungen g'wesen, einen Gasalarm zu starten, um die Wahrheit herauszufinden.«

Wir saßen eine Weile schweigend da und bekamen mit, wie in dem Polizeirevier immer wieder Türen auf und zu gingen. Leute eilten über den Gang von einem Zimmer ins andere. Wahrscheinlich war gerade Schichtwechsel und deshalb ein solcher Betrieb. Schließlich hörten wir trippelnde Schritte auf dem Gang, sie kamen vom Unterredungszimmer her in unsere Richtung.

»Grüß Gott, die Herren.« Munter spazierte Inspektor Huber ins Wartezimmer, er schien guter Laune. »Da habt ihr euch ja was Schönes eingebrockt.«

Sorgfältig schloss er die Tür von innen und stellte sich mit verschränkten Armen vor uns hin. Ich hätte ihn anspucken können, wie er so selbstherrlich dastand und uns angrinste. Ich hatte ihn noch nie gemocht, und das hätte ich ihm jetzt am liebsten ins Gesicht geschrien.

»Bei eurer Aussage hab ich aber nicht besonders gut abgeschnitten«, meinte er grinsend und zündete sich eine Zigarette an. Dann hielt er drei Schreibmaschinenseiten mit dem Daumen und Mittelfinger seiner linken Hand hoch. Sicher handelte es sich um das Protokoll des graubärtigen Polizisten.

»Hier darf man nicht rauchen«, raunzte Max und deutete auf einen entsprechenden amtlichen Hinweis an der Zimmerwand.

»Ach, das gilt nur für die Leute, die Probleme machen. Also für die Verbrecher, die hier warten müssen.« Huber nahm einen tiefen Zug und blies den Rauch lächelnd in Richtung Verbotsschild. »Wir, also die Polizisten, dürfen hier überall rauchen, weil wir doch einen harten Job haben, indem wir die Bevölkerung vor Verbrechern und Unfugtreibern schützen.«

Max sah den Inspektor jetzt feindselig an und giftete: »Das mit dem Schützen vor Verbrechern nehmen Sie aber nicht b'sonders ernst. Oder?«

Das hatte meiner Meinung nach gesessen.

Doch Huber zeigte sich nicht beeindruckt. »Kommt doch bitte mit ins Büro. Hier ist leider kein Aschenbecher.«

Er drehte sich um, eilte hinaus und ließ die Tür hinter sich offen. Max und ich schauten uns fragend an, dann erhoben wir uns und gingen langsam hinterher. Wir fanden Huber in dem Raum, wo der grauhaarige Polizist das Protokoll erstellt hatte. Huber saß nun auf dessen Stuhl und schaute selbstgefällig drein.

»Mach bitte die Tür zu, Kaspar«, bat er mich, da ich als Letzter den Raum betreten hatte. Dann drückte er seine Zigarette in einem gläsernen Aschenbecher aus und fragte interessiert: »Ihr meint also, dass ich Verbrechen nicht besonders ernst nehme? Und ihr glaubt, dass ich den Nächstbesten verhafte, wenn ein paar Indizien gegen ihn sprechen?«

Eine Weile musterte er uns nun abwechselnd, dann fuhr er fort: »Ich weiß schon seit einiger Zeit, dass der Kandlbinder niemanden umgebracht hat. Aber ich hab jemanden ins Visier nehmen müssen, um den wirklichen Täter in Sicherheit zu wiegen und mir für den finalen Zugriff, der keineswegs ungefährlich war, zwei junge Amateurdetektive vom Hals zu halten. Und dann hättet ihr beinahe alles kaputt gemacht mit eurem Kasperltheater und dem saublöden Gasalarm.«

Mit gerunzelter Stirn schüttelte Huber den Kopf und seufzte tief.

Er öffnete die zweitoberste Schreibtischschublade und holte eine durchsichtige Plastiktüte heraus, die er mit einem lauten Plumps auf die Arbeitsfläche fallen ließ. In der Plastiktüte befand sich ein gelber, etwa schussergroßer Klumpen mit einigen bunten Steinchen dran.

»Was glaubt ihr, ist das? Und wo, meint ihr, hab ich dieses interessante Kügelchen gefunden?« Huber holte eine weitere Zigarette aus seinem Etui, klopfte sie ein paar mal auf die linke Handfläche, um den Tabak zu komprimieren, und zündete sie an.

Max nahm die kleine Kugel aus der Plastiktüte, prüfte das Gewicht in seiner Handfläche und betrachtete sie eingehend.

Dann gab er sie an mich weiter und fragte den Polizisten: »Ist das Kugerl vielleicht aus Gold? Und die Glitzerdinger, sind das Edelsteine?«

Auch ich wog den gelben Schusser in der Hand. Er war im Verhältnis zu seiner Größe ungemein schwer.

»Gut, Stockmeier, setzen. Eins.« Huber war nun wieder blendender Laune und hatte seine kurzen Arme vor der Brust verschränkt. »Und woher stammt das gute Stück?«

Ein vorsichtiges Lächeln erschien in Maxls Gesicht. »Vom Korrer?«, fragte er leise.

»Volle Punktzahl.« Der Inspektor schlug sich mit der Rechten auf den Oberschenkel und rückte geräuschvoll mit seinem Stuhl vom Schreibtisch weg. Nun erklärte er uns, wie er zu dieser Kostbarkeit gekommen war.

»Mir war doch genauso wie euch klar, dass der Korrer hinter den Morden steckt. Aber eine weitere Hausdurchsuchung im Juweliergeschäft konnte ich nicht anordnen. Dem hätte der Staatsanwalt nie zugestimmt. Die Spurensicherung hatte alle Räume des Juwelierladens bereits zwei Mal auf den Kopf gestellt und nichts gefunden. Kein Versteck und keine Beweise. Aber«, verschwörerisch blitzten Hubers Augen, »in eine Verkehrskontrolle kann man immer geraten. Und bei einer Verkehrskontrolle können die ausführenden Polizeibeamten unter Umständen Dinge finden, die der zu untersuchenden Person eigentlich schon lange fehlen sollten. Zum Beispiel, weil sie ihr bei einem Raubüberfall entwendet worden waren.«

Max und ich sahen den Polizisten fragend an.

Der fuhr ruhig fort: »Der Korrer hat die gestohlen gemeldeten Schmuckstücke heute Vormittag eingeschmolzen und den kleinen Klumpen aus Gold und Edelsteinen in die Hosentasche eingeschoben.«

Ich dachte an das Feuer im Herd.

»Kann man denn feststellen, ob der Klumpen aus dem Gold und den Steinen von den gesuchten Schmuckstücken besteht?«, wollte Max wissen.

Huber zuckte die Achseln. »Das glaub ich nicht.«

»Aber dann haben wir ja wieder nix in der Hand«, rief Max enttäuscht.

Doch der Inspektor machte eine verneinende Handbewegung und fuhr fort: »Kommen wir doch zurück zu den Aufgaben eines guten Polizeibeamten bei einer Verkehrskontrolle.« Huber beugte sich vor und streckte den

Kopf nach vorne. »Eine Fahrzeugüberprüfung ist nämlich gar nicht so ungefährlich. Die zu kontrollierende Person könnte doch bewaffnet sein. Sollte der Beamte also während der Fahrzeugüberprüfung diesen Eindruck gewinnen, so ist es seine Pflicht, den zu kontrollierenden Verkehrsteilnehmer auf das Tragen von Waffen hin zu durchsuchen. Und – manchmal findet man man dabei tatsächlich was.«

Er griff ein zweites Mal in dieselbe Schublade und holte einen weiteren Plastikbeutel hervor, den er wiederum schwungvoll auf den Schreibtisch schleuderte. In der Tüte befand sich eine schwarze Pistole.

Max sprang auf, er war außer sich vor Freude. »Woher haben Sie g'wusst, dass der Korrer mit dem Schmuck und der Knarre abhaut und Sie ihn bei einer Verkehrskontrolle schnappen können?«

Der Inspektor wurde plötzlich sehr ernst. »Ich hab's nicht gewusst. Ich hab's gehofft. Vor allem für den armen Kandlbinder. Natürlich hätte die Sache auch ganz anders ausgehen können. Unter Umständen höchst peinlich für mich. Aber was sollte ich machen? Welche anderen Möglichkeiten hatte ich?« Umständlich drückte er die Zigarette aus. »Natürlich war ich auf der Jagd nach dem Täter, aber ich konnte den Fuchs, also den Korrer, mit den Beweisstücken nicht aus dem Bau holen. Entweder der Fuchs kam freiwillig raus und brachte die Beweise selbst mit – oder eben nicht.«

»Demnach haben wir die Terrier für Sie g'spielt. Wir haben den Fuchs aus seinem sicheren Bau raus'trieben.« Max besann sich kurz. »Haben Sie denn damit g'rechnet, dass der Kaspar und ich was unternehmen würden, damit der Korrer die Beweismittel aus seinem Versteck holt und Sie ihn dann bei einer Verkehrskontrolle schnappen können?«

Max hatte sich wieder hingesetzt und schaute den Polizisten mit großen Augen an.

»Ganz im Gegenteil: Ich hatte vielmehr befürchtet, dass ihr beide etwas unternehmt. Deshalb habe ich euch ja angelogen und behauptet, dass der Kandlbinder der einzige Verdächtige sei. Ich hatte Angst um euch, denn der Korrer hat schon zwei Leute umgebracht. Ich wollte nicht, dass ihr euch einmischt und in Gefahr geratet. Außerdem wollte ich vermeiden, dass der Korrer noch vorsichtiger wird, als er eh schon war, sobald ihr ihm auf die Pelle rückt.«

»Ohne uns hätten Sie ihn aber nicht g'fangt, den Fuchs.« Max schaute den Inspektor selbstbewusst an. »Wir waren die Jagdhunde und Sie der Jäger.«

»Ich hätte keinen Hund gebraucht«, wiegelte Huber ab. »Der Fuchs musste rauskommen, denn heute Nachmittag wollte der Korrer sein Geschäft doch an seinen Nachfolger, den Kraus, übergeben. Er musste die Beweisstücke also heute Vormittag verschwinden lassen. Es hätte sonst die Gefahr bestanden, dass sein Nachfolger das Versteck findet und die Polizei einschaltet. Dann wäre der Korrer dran gewesen.«

Max schwieg, denn er wusste, dass der Inspektor recht hatte.

Vorsichtig nahm er die Plastiktüte mit der Schusswaffe und schaute sie genau an.

Dann deutete er auf den halb durchgesägten Lauf der Waffe und fragte: »Was ist denn mit der Pistole passiert?«

Er hielt dem Polizisten die Waffe so hin, dass er sie gut sehen konnte.

»Keine Ahnung«, meinte Huber und zuckte die Achseln. »Es schaut jedenfalls so aus, als hätte jemand ein Stück vom Lauf runterschneiden wollen. Aber das ist ja völlig bedeutungslos.«

Epilog

Die kommende Woche war meine letzte beim Viehhändler Schwarz.

Seine Frau erbte den Schlicker Hof und wollte ihn wieder instand setzen. Ihr Mann musste deshalb den Viehhandel aufgeben und sollte nur mehr Bauer sein. Jeder in der Umgebung wusste inzwischen, dass der Viehhändler ein Verhältnis mit der ›rassen Resi‹, der Cousine seiner Frau, gehabt hatte. Er hatte sie jeden Mittwochnachmittag in Penzberg in einer kleinen Wohnung getroffen.

Wenn der Schwarz ohne den Viehhandel nicht mehr so viel unterwegs war, könne seine Frau ihn besser überwachen, sagten die Leute. Die Katze lässt das Mausen nicht, sagte mein Opa.

Zum Arbeiten ging ich den Rest der Ferien ins Sägewerk in die Aumühle. Das war zwar wesentlich anstrengender und nicht so abwechslungsreich wie der Viehhandel, dort konnte ich mich aber von den Aufregungen der letzten Wochen besser erholen.

Der Metzger Kandlbinder wurde wegen Nötigung angeklagt und kam mit einer Bewährungsstrafe davon. Er wollte aber nicht länger in Wolfratshausen bleiben. Er verkaufte sein Geschäft und ging zurück in den Bayerischen Wald, wo er eine große Metzgerei übernahm.

Zum Abschied trafen wir uns beim Bräu in Wolfratshausen. Seine Schwester Afra hatte er auch mitgebracht. Der Metzger bedankte sich herzlich bei Max und mir für unsere Hilfe und ließ groß auffahren. Leberknödelsuppe, gemischter Braten, Dampfnudeln und zum Schluss noch Eis mit heißen Himbeeren.

Der Kandlbinder und auch seine Schwester wurden nicht müde, den Mut von Max und mir zu loben. Zum Abschluss unseres Treffens ging Kandlbinder zu seinem Auto hinaus und kam mit zwei Paketen wieder, von denen Max das kleinere bekam. Er öffnete es, und eine Sammlung aller Langspielplatten der Beatles kam zum Vorschein. In meinem Paket war der Plattenspieler, den ich mir schon so lange gewünscht hatte und Ende der Ferien von meinem ersparten Geld kaufen wollte.

Max und ich dankten artig, dann verabschiedeten wir uns von dem Geschwisterpaar. Als ich Afra meine Hand unsicher entgegenstreckte, erschien ein kleines Lächeln in ihrem Gesicht, wobei sie den Mund etwas öffnete und ich zum letzten Mal in meinem Leben den Zahnspalt sehen konnte. Dann zog sie mich zu sich hin und umarmte mich.

»Dank dir schön«, sagte sie so leise, dass es die anderen nicht hören konnten. »Und wenn's ein Bub wird, soll er mit zweitem Namen Kaspar heißen.«

Gleich darauf ließ sie mich los, drehte sich um und verließ die Gaststube, ohne sich noch einmal umzusehen. Ihr Bruder wünschte uns nochmals alles Gute und folgte ihr.

In der kommenden Nacht machte ich kein Auge zu.

Am letzten Samstag der großen Ferien waren Max und ich von Inspektor Huber zu einer Floßfahrt eingeladen.

Seine Klasse aus der Polizeischule feierte das zehnjährige Abschlussjubiläum, und laut Huber konnte jeder zwei Gäste mitbringen.

Bereits nach dem Ablegen von der Floßlände in Weidach nahm uns der Inspektor zur Seite, und wir setzten uns etwas abseits auf eine einzelne Bierbank in die Nähe des vorderen Ruders.

»Mir sind ja einige Einzelheiten bei den zwei Morden und dem Selbstmord noch nicht klar.« Max hatte sich schon seit Tagen auf dieses Treffen mit dem Polizisten gefreut. Stundenlang hatte er an einer Liste mit Fragen herumgeschrieben, die er letzten Endes aber zu Hause vergessen hatte. Ich war allerdings sicher, dass er jeden einzelnen Punkt auswendig kannte.

»Was willst du denn wissen, Max?« Huber hatte beide Hände um sein Bierglas herumgelegt und ein freundliches Gesicht aufgesetzt. »Ich will mir Mühe geben, dir deine Fragen zu beantworten.«

Der Inspektor grinste breit, sodass seine kleinen, spitzen Mauszähne zu sehen waren.

»Wie ist die alte Schlickin ums Leben gekommen?«, fragte mein Freund.

Huber setzte sich auf der harten Bank zurecht, schlug die Beine übereinander und begann: »Die Spezialisten in München haben das alte Bolzenschussgerät vom Kandlbinder untersucht und am selben Tag noch festgestellt, dass nur die Fingerabdrücke der alten Frau am Abzug waren. Außerdem gab es noch einige Fingerabdrücke vom jungen Schlick auf dem Gerät, aber nicht am Abzug.«

Umständlich zündete sich der Polizist eine Zigarette an und fuhr fort: »Die alte Frau war sehr krank. Leberkrebs.

Möglicherweise hat sie ihrem Sohn Steffl erklärt, dass sie sich umbringen will, sobald die Schmerzen unerträglich werden. Der Steffl hat ihr bei dem Vorhaben geholfen und den Schussapparat besorgt. Der Apparat war durch den Gebrauch im Schlachthaus wahrscheinlich mit Blut und Hirn verschmiert gewesen, als der Steffl ihn nach einem Besuch bei seiner Verlobten Afra Kandlbinder mitgenommen hat. Er ist entweder vom Steffl oder seiner Mutter vor ihrem Selbstmord abgewischt worden. Sonst hätten wir doch wenigstens ein paar Fingerabdrücke von einem der Metzger oder einige Spritzer Tierblut drauf finden müssen.«

»Warum hat sich die Schlickin eigentlich nicht mit der Pistole vom Steffl erschossen?«, fragte Max. »Das wär doch viel einfacher g'wesen.«

»Das schon, aber ihr Tod musste so aussehen wie ein Unfall, weil die Lebensversicherung bei einem Selbstmord nicht gezahlt hätte«, erklärte der Inspektor und sah versonnen zum Isarspitz hinüber, an dem wir gerade vorbeitrieben. »Und die Versicherungsprämie sollte der Steffl bekommen. Als Startkapital für einen Neuanfang sozusagen. Aber jetzt will ich euch erzählen, wie der Selbstmord der Schlickin abgelaufen sein muss.« Huber nahm einen tiefen Zug und begann: »Die Schmerzen der alten Schlickin waren unerträglich geworden, und sie hatte beschlossen, sich am Mittwochnachmittag umzubringen. Der Steffl war den Nachmittag über beim Wirt. Das war sicher mit seiner Mutter so abgesprochen, damit er später nicht verdächtigt werden konnte, er hätte etwas mit dem Tod der alten Bäuerin zu tun.« Huber räusperte sich und streckte seinen kurzen Oberkörper. »Der Wirt hat ausgesagt, der

Steffl sei die ganze Zeit allein an einem Tisch gesessen. Das hat ihn nicht gewundert, denn der junge Schlick galt eh als Sonderling. Als der Steffl sicher sein konnte, dass seine Mutter schon zwei oder drei Stunden tot war, ist er nach Hause gefahren. Dort hat er seine tote Mutter unter das marode Vordach gelegt und dafür gesorgt, dass es zusammenbrach. Ein Stück Balken mit einem langen Nagel dran hat er vermutlich neben ihren Kopf gelegt, damit es eine Erklärung für ihre Schädelverletzung gab. Anschließend hat er den Notarzt verständigt.«

Der Inspektor nahm einen kleinen Schluck Bier, Max und ich hatten wegen des anhaltend heißen Wetters eine dünne Radlerhalbe in den Händen.

»Wann haben Sie g'wusst, von wem die Fingerabdrücke auf dem Schussapparat waren?«, fragte Max.

»Einen Tag nachdem wir das Gerät vom Kandlbinder sichergestellt hatten«, sagte Huber und setzte seine Tasse ab. »Ab diesem Zeitpunkt war klar, dass sich die alte Frau entweder selbst getötet hat oder von einem ungewöhnlich gerissenen Menschen ums Eck gebracht worden ist. Da es sich um den Schussapparat vom Kandlbinder handelte, fiel natürlich der Verdacht zuerst auf ihn. Aber der wäre doch nicht so blöd gewesen, sich die Tatwaffe daheim auf den Schrank zu legen. Außerdem hätte er nie ein Mordinstrument verwendet, das so eindeutig auf ihn hingewiesen hätte.«

»Warum haben Sie uns das mit den Fingerabdrücken auf dem Schussapparat nicht erzählt?«, wollte Max wissen.

»Dann hättet ihr mir doch nie abgenommen, dass ich den Kandlbinder verdächtige«, entgegnete Huber. »Und ich musste den Metzger offiziell verdächtigen, sonst hätte ich ihn nicht festnehmen und somit den Korrer in Sicherheit wiegen können. Ich musste euch anlügen.«

»Das können Sie gar nicht schlecht«, bemerkte Max mit einem kleinen Seitenblick.

Huber zog die Augenbrauen etwas hoch und verschränkte die Arme vor der Brust, bereit für weitere Auskünfte.

»Beim Mord am Steffl dürfte wohl alles klar sein«, meinte Max und wechselte hiermit das Thema.

»So klar auch wieder nicht«, erklärte der Inspektor. »Wir wissen, dass der Korrer den Steffl eine Woche nach dem Tod seiner Schwiegermutter besucht hat. Er hatte eine Waffe eingeschoben, was man bei den meisten Verwandtschaftsbesuchen eigentlich nicht braucht.« Max und ich lachten. »Dem Untersuchungsrichter erzählte der Korrer natürlich, dass er in Notwehr geschossen hat, nachdem sein Schwager ihn mit einer Waffe bedroht hätte.« Huber tippte sich an den Kopf. »So ein Blödsinn. Wir sind doch nicht im Wilden Westen, und der junge Schlick war zwar ein Waffennarr, aber nicht Billy the Kid. Ich glaube dem Korrer ja, dass er den Steffl nicht um jeden Preis umbringen wollte. Aber nachdem sein Schwager nicht vorhatte, den neuen Reichtum zu teilen, ist der Goldschmied aufs Ganze gegangen. Er hat den Steffl niedergeschossen, die Leiche an den Küchentisch gesetzt, dessen Pistole daneben hingelegt und das Haus angezündet.«

»Damit alle Spuren beseitigt sind«, ergänzte Max.

»Genau«, bestätigte Huber.

»Und warum hat die Frau Korrer dran glauben müssen?«, fragte ich.

Hubers Schweinsaugen verengten sich zu Schlitzen.

»Die Frau Korrer hat doch kurz vor ihrer Ermordung bei uns im Polizeirevier angerufen und sich über mich beschwert, weil ich ihr noch ein paar Fragen gestellt hatte, obwohl der Tod ihres Bruders als Selbstmord eingestuft und offiziell bereits abgeschlossen war.«

Wir nickten.

»Und dann hat sie so seltsam reagiert und das Telefonat sofort beendet, als sie von meinem Chef, dem Kurzer, erfuhr, dass ihr Bruder möglicherweise ermordet worden war. Der Kurzer hat sich über ihr Verhalten gewundert, denn die Goldschmiedin sollte doch froh sein, wenn auch die letzten Fragen zum Tod ihres Bruders aufgeklärt würden. Sie und ihr Mann konnten mit dem Tod des jungen Schlick ja nichts zu tun haben. Die Korrers waren an dessen Todestag zusammen in München gewesen, wie sie übereinstimmend bei der Polizei ausgesagt hatten.« Nun hob Huber belehrend den rechten Zeigefinger. »Dieses Alibi stimmte aber nicht, denn der Steffl war an einem Mittwoch umgebracht worden. Und die Frau Korrer traf sich jeden Mittwochnachmittag mit ihrem Geliebten.«

»Also hat auch das Alibi von ihrem Mann nicht g'stimmt«, fiel Max dem Inspektor ins Wort. »Solange es g'heißen hat, dass der Steffl sich selbst um'bracht hat, hat es sie nicht interessiert, was ihr Alter wirklich an dem fraglichen Nachmittag g'macht hat. Jetzt wollt sie es aber wissen, und zwar ganz genau.«

»Richtig«, sagte Huber. »Komischerweise hat sie aber direkt nach dem Telefonat mit der Polizei zuerst ihren Liebhaber, den Schwarz, angerufen und ihm gesagt, dass sie sich nicht mehr mit ihm treffen wolle. Das wissen wir vom Viehhändler. Vielleicht fühlte sie sich plötzlich schuldig am Tod ihres Bruders und hat deshalb ihr Verhältnis so überstürzt beendet.«

»Und was hat die Frau Korrer g'macht, nachdem sie den Schwarz ang'rufen hat?«, fragte Max.

»Sie ist sofort ins Geschäft gefahren«, berichtete der Inspektor. »Dort hat sie ihren Mann zur Rede gestellt und gefragt, was er zum Zeitpunkt des Todes ihres Bruders wirklich getan hätte. Als ihr der Goldschmied keine vernünftige Antwort gab, konnte sie sich an ihren fünf Fingern abzählen, dass ihr Mann ihren Bruder und vielleicht auch ihre Mutter umgebracht hatte. Der Korrer befürchtete jetzt, dass seine Frau bei der Polizei auspacken würde. Sie musste in dem Fall zwar ihre Falschaussage zugeben, aber sie war mit dem Schwarz zusammen. Der Korrer dagegen hatte kein Alibi mehr, und er war der Täter. Er hatte also keine Zeit zu verlieren. Er musste sie zum Schweigen bringen. Unter allen Umständen und – sofort.

Er ging also in die Werkstatt, holte die Waffe, mit der er bereits den Steffl erschossen hatte, aus ihrem Versteck und feuerte seiner keifenden Gattin mitten ins Gesicht. Dorthin, woher die Bedrohung für ihn kam. Sie sollte endlich ruhig sein.

Mit dem zweiten Schuss aus nächster Nähe in die Stirn ging er auf Nummer sicher. Er merkte in seinem Zorn nicht einmal, dass die erste Kugel bereits tödlich gewesen war. Dann täuschte er einen Überfall vor und räumte schleunigst die wertvollsten Schmuckstücke aus dem Schaufenster. Anschließend verpasste er sich selbst einen Schuss in den Oberschenkel und zog ein frisches Hemd ohne Schmauchspuren an. Das angeschmauchte Hemd, den Schmuck, das Bargeld und die Tatwaffe versteckte er in der Werkstatt. Dann erst ging er an die Tür, wo er bewusstlos zusammenbrach, nachdem er sie mit letzter Kraft geöffnet hatte.«

»Wie ist eigentlich der Kandlbinder draufgekommen, dass der Goldschmied der Mörder ist?«, fragte Max.

Huber setzte sich aufrecht hin und zündete sich eine weitere Zigarette an. Das Folgende sagte er langsam und leise, wobei er jeden Blickkontakt mit Max und mir vermied. »Nachdem wir wussten, dass die alte Schlickin mit dem Schussapparat vom Kandlbinder zu Tode gekommen war, haben wir den Metzger auf dem Revier verhört. Sehr eingehend sogar, denn schließlich gehörte ihm das Mordwerkzeug. Am späten Nachmittag haben wir ihn aber wieder laufen lassen, weil kein Tatverdacht gegen ihn bestand. Die Gründe dafür habe ich euch schon genannt.« Noch tiefer als gewöhnlich sog der Polizist den Rauch in seine Lungen. »Während des Verhörs habe ich ihm erzählt, dass die Frau Korrer so seltsam reagiert habe, nachdem sie von meinem Kollegen erfahren hatte, dass ihr Bruder vielleicht gar nicht Selbstmord begangen hatte, sondern ermordet worden war. Ich wollte von ihm wissen, ob er sich einen Reim auf ihr seltsames Benehmen machen könne.«

»Und?«, entfuhr es Max und mir gleichzeitig.

»Der Kandlbinder wusste sofort, was die Reaktion der Goldschmiedin bedeutete. Von diesem Moment an war er verändert. Er hatte sich während des Verhörs immer wieder beschwert, dass man ihn, einen angesehenen Geschäftsmann, unschuldig verdächtige. Er gab patzige Antworten und antwortete auf bestimmte Fragen gar nicht. Nachdem er von der ungewöhnlichen Reaktion der Goldschmiedin erfahren hatte, hörte er mit dem Unsinn auf. Er war vollkommen konzentriert und achtete auf jede Kleinigkeit, die er sagte.«

»Und was hat er noch g'sagt?« Max konnte es nicht erwarten.

»Nichts von Bedeutung. Heute weiß ich, dass er nur darauf wartete, nach Hause geschickt zu werden, damit er sich den Korrer vornehmen konnte.«

»Und warum?«

Huber holte weiter aus: »Der Kandlbinder wusste doch, dass sein Spezl, der Schwarz, jeden Mittwoch Nachmittag die Frau Korrer getroffen hat. Die zwei hatten ja schon länger ein Verhältnis. Auch an dem Mittwoch, als der Bruder der Goldschmiedin ums Leben kam, waren die beiden zusammen in der kleinen Wohnung in Penzberg. Der Kandlbinder erfuhr nun von mir, dass die beiden Korrers ausgesagt hatten, sie wären zusammen in München gewesen. Er wusste aber, dass das Alibi der Goldschmiedin nicht stimmte. Also war auch das Alibi ihres Mannes erlogen.«

»Ja, und wie ist es dann weitergegangen mit dem Kandlbinder?« Gebannt schaute ich in Hubers breites Gesicht.

»Nachdem der Viehhändler übers Telefon von seiner Geliebten abserviert worden war, wurde er nervös. Er wollte unbedingt verhindern, dass seine Frau von dem Verhältnis erfuhr. Er scheint sehr an ihr zu hängen, also musste er sein Liebesnest umgehend ausräumen. Deshalb hat er seinen Freund, den Kandlbinder, angerufen und ihn gebeten, ihm dabei zu helfen. Zusammen haben sie am Mittwochnachmittag das schwere französische Bett und den Rest der Einrichtung aus der Wohnung rausgeschafft und mit dem Viehwagen in eine alte Kiesgrube gefahren. So konnte der Viehhändler alle Vorwürfe abstreiten und seiner Frau die Wohnung ruhigen Gewissens zeigen, falls die Sache wirklich aufkommen sollte. Der Kandlbinder musste versprechen, zu keinem Menschen ein Wort über die Angelegenheit zu sagen.«

Der Inspektor schaute mich an, als wollte er überprüfen, ob ich ihm folgen könne.

»Deshalb ist der Kandlbinder gleich nach dem Telefonat zum Schwarz g'fahren und hat nicht einmal seiner Schwester erzählt, was er in der Zeit, als die Korrerin um'bracht worden ist, getan hat«, meinte ich.

»Der Kandlbinder hat praktisch als Erster g'wusst, wie alles g'laufen ist.« Für Max schien sich der Kreis zu schließen. »Aber er hat sich mit seinen Erkenntnissen nicht an die Polizei wenden können, ohne die Ehe seines Freundes zu gefährden.«

»Also hat er sein Hackebeil g'nommen, ist zum Korrer g'rannt und hat ein Geständnis vor Zeugen aus ihm herausgeprügelt«, ergänzte ich.

»Eigentlich eine bärige Idee«, meinte Max anerkennend, doch dann fing er mit etwas ganz anderem an. »Warum hat man denn der Frau Korrer nicht früher g'sagt, dass der Steffl vielleicht doch ermordet worden ist?«

»Nicht die Polizei hat einen Mord in Erwägung gezogen, sondern bloß ich. – Beziehungsweise wir drei«, verbesserte sich der Inspektor und bekam rote Flecken im Gesicht.

»Also hat der Kurzer die Sache vermasselt«, zischte Max. »Wenn der zur Frau Korrer nix von Mord g'sagt hätt, würd sie vielleicht noch leben.«

»Die Polizei hat nichts vermasselt. Es ist halt blöd gelaufen.« Huber machte eine wegwerfende Handbewegung und schaute zur Aumühler Kanalbrücke hoch, die wir gerade passierten. Dann redete er hastig weiter. »Wer hätte auch gemeint, dass der Korrer seine Frau gleich über den Haufen schießt, nachdem sie Verdacht geschöpft hat?« Einige Schweißperlen bildeten sich auf der niedrigen Stirn des Polizisten. »Sie war schon seit einiger Zeit fremdgegangen mit dem Viehhändler. Vielleicht hat ihr Mann das sogar gewusst. Und ein Risiko war sie ohnehin für ihn. Sie hat ihn mit einem falschen Alibi gedeckt, das sie jederzeit widerrufen konnte.« Er wischte sich den Schweiß mit einem blauen, nicht mehr ganz frischen Taschentuch von der Stirn. »Inzwischen gibt der Korrer sogar zu, dass er ihre Ermordung in Erwägung gezogen hatte. Die Waffe, das Versteck, die Methode, wie man keine Schmauchspuren bei ihm finden würde. Das war alles vorbereitet.« Huber sah uns mit seinen wasserblauen Augen an und zuckte mehrmals die Achseln. »Ich persönlich glaube, der Mord an der Goldschmiedin war eine Art Liebesdrama. Ich stelle mir die Situation folgendermaßen vor: Der Korrer war unter einem enormen Druck, als seine Frau nach dem Telefonat mit der Polizei ins Geschäft gekommen ist und ihn zur Rede gestellt hat. Vielleicht hat er zugegeben, dass er ihren Bruder umgebracht hat. Vielleicht auch nicht. Sie aber quält ihn und erzählt, dass sie sich schon lange jeden Mittwochnachmittag mit dem Viehhändler trifft. Möglicherweise mit ein paar pikanten Details, die ihren Mann so richtig auf die Palme bringen. Zum Schluss ist er ausgerastet und hat vor Wut zweimal auf sie geschossen. Zweimal ins Gesicht, also eindeutig im Affekt.«

»Mit Verlaub, Herr Inspektor, das ist purer Schmarrn.« Max richtete seinen langen Oberkörper selbstsicher auf, wobei er den bösen Blick des Polizisten ignorierte. »Der Korrer hat die Ermordung seiner Frau bis ins kleinste Detail geplant. Er hat den Ferdl deshalb rausg'schmissen, damit er keinen Zeugen dabei hat, wenn er seine Frau im Geschäft erschießt. Wahrscheinlich hat er sich sogar informiert, wie man sich am besten ins Bein schießt, ohne einen bleibenden Schaden zu riskieren.«

»Die Kunst des Heimatschusses«, entfuhr es mir. Ich hatte davon gehört, dass sich Soldaten mit ihrer Waffe selbst verletzt hatten, um für eine Weile von der Front weg ins Lazarett zu kommen.

Max fuhr fort: »Er hatte alles für die Ermordung seiner Frau vorbereitet, das Wetter hat auch gepasst. Bei dem Regen damals war kaum jemand auf der Straße, der bezeugen hätt können, ob ein Mann das Juweliergeschäft betreten hat. Natürlich erzählt er uns jetzt, dass er von seinem Schwager bedroht worden ist und dass ihn seine Frau bis aufs Blut g'reizt hat. In Wirklichkeit ist es dem Korrer immer bloß ums Geld gegangen. Nachdem er erfahren hat, wie viel Geld von seiner Schwiegermutter zu erben war, hat er seinen Schwager eiskalt erschossen, an den Küchentisch g'setzt und das Haus angezündet.« Von oben herab musterte Max den Inspektor. »Und mit seiner Frau war es dasselbe: Er hat sie g'heiratet, weil sie eine gute Partie war. Von ihrer Mitgift hat er aber keine Mark g'sehen. Später hat er seinem Schwager finanziell unter die Arme gegriffen, um vielleicht irgendwann den ganzen Hof übernehmen zu können. Das hat auch nicht funktioniert, weil der Schwarz dem Steffl immer wieder ausg'holfen hat.

Schließlich stirbt die Schwiegermutter. Es sieht nach einer ganz dicken Erbschaft aus. Aber er kriegt bloß die Brösel, während sein Schwager abräumt. Nachdem er den Steffl aus dem Weg g'räumt hat, ist seine Frau das letzte Hindernis vor dem ganz großen Geld. Ihr gehört das Erbe, und sie könnt ihn hinter Gitter bringen, wenn sie auspackt. Also inszeniert er einen Überfall und erschießt sie.« Triumphierend lehnt Max sich zurück. »Jetzt muss der Korrer bloß noch die Beweisstücke aus der Werkstatt beseitigen, dann kann ihm niemand mehr etwas nachweisen. Er ist frei, und ihm g'hört alles.« Max räusperte sich kurz, um dann hinterherzuschieben: »Warum er aber zweimal auf seine Frau g'schossen hat, weiß ich auch nicht. Vielleicht hat's ihm einfach Spaß g'macht.«

»Spaß gemacht, Spaß gemacht.« Huber legte seinen Kopf in die rechte Handfläche und schaute einige Momente zu seinen Freunden von der Polizeischule, die bereits das zweite Fass anzapften. »Ist ja letzten Endes egal, wie viel Emotion bei den Morden dabei war. Jedenfalls hatten wir Glück, dass wir den Korrer überführen konnten.«

»Warum?«, fragten Max und ich gleichzeitig.

»Der Korrer wollte nicht bloß das Hemd mit den Schmauchspuren verbrennen und den Schmuck einschmelzen, sondern auch die Pistole in ihre Einzelteile zersägen. Und anhand der Einzelteile hätte niemand mehr nachweisen können, dass es sich um die Tatwaffe gehandelt hat.« Huber fuhr sich mit der Rechten durch die kurzen, borstigen Haare. »Ihr habt den tiefen Einschnitt im Lauf der Pistole ja gesehen, nicht wahr? Der Korrer hat gleich bei der ersten Vernehmung nach seiner Festnahme zugegeben, dass er die Tatwaffe in kleine Teile zersägen und diese dann in eine Bleikugel eingießen wollte. Die Kugel wäre ein Teil von einem Fußballpokal geworden. Den Pokal hätte er im Geschäft gelassen, und niemand wäre draufgekommen, wo die Tatwaffe ist. Und hätten wir trotzdem Verdacht geschöpft und die Einzelteile wieder aus der Bleikugel rausgeholt, so wäre eine Identifizierung der Tatwaffe unmöglich gewesen.«

»Zum Schluss wäre das wichtigste Beweisstück also im Trophäenschrank eines Fussballvereins gelandet«, meinte Max trocken.

»Vielleicht beim SC Deining«, setzte ich noch einen drauf.

Wir lachten.

»Sie geben also zu, dass Kaspar und ich den Täter überführt haben.« Max sah den Inspektor herausfordernd an. Er wollte als Sieger aus dem Ring gehen. »Schließlich haben wir den Korrer mit dem Gasalarm so unter Druck g'setzt, dass er die Pistole nicht fertig zersägt hat. Er hat sie eing'schoben und ist davong'rannt. Wegen uns ist sein raffinierter Plan nicht aufgegangen.«

»Von mir aus«, meinte Huber gutmütig. »Aber sagt das ja nicht dem Kerl da drüben.« Der Inspektor machte eine Kopfbewegung in Richtung Bierfass, wo ein etwa dreißigjähriger Mann in einem modisch geschnittenen grünen Hemd einem anderen zuprostete. »Der Kerl arbeitet im Ministerium in der Beförderungsstelle. Wenn die Leute dort nämlich erfahren, dass ich meine Fälle von zwei Halbstarken lösen lassen muss, weil ich selber zu blöd dafür bin, dann werd ich nie Oberinspektor.«

Als hätte er gemerkt, dass wir über ihn sprachen, kam der bereits angetrunkene Kollege von Huber zu uns her, setzte sich neben den Inspektor und legte einen Arm um dessen Schulter.

»Sag mal, Karl«, zum ersten Mal hörte ich Hubers Vornamen, »kannst du mir die Adresse von der scharfen Spanierin besorgen, die du beim Abschlussball vor zehn Jahren dabeigehabt hast? Die würd ich gerne kennenlernen.«

»Kein Problem.« Huber zog eine Visitenkarte aus seinem Geldbeutel und drückte sie seinem erstaunten Gegenüber in die Hand. »Wir haben ein paar Monate nach dem Ball geheiratet.«